COLLECTION SÉRIE NOIRE

Créée par Marcel Duhamel

PIERRIC GUITTAUT

D'OMBRES ET DE FLAMMES

nrf

GALLIMARD

Suivez l'actualité de la Série Noire sur les réseaux sociaux :
https://www.facebook.com/gallimard.serie.noire
https://twitter.com/La_Serie_Noire

Pour Angélique, la flamme incandescente qui repousse les ombres s'entassant sur mon chemin depuis vingt ans.

À mes grands-parents, qui me manquent souvent.

Figuré par la main d'imagiers habiles, ton corps sera étendu sur mon lit ; auprès de lui, je me coucherai, et l'enlaçant de mes mains, appelant ton nom, c'est ma chère femme que je croirai tenir dans mes bras, quoique absente : froide volupté sans doute…

EURIPIDE, *Alceste*

Il a couru de toutes ses forces dans la nuit tombante, espérant oublier dans la douleur de l'effort la vision révoltante que lui avait offerte le lieu de l'accident. Trois cyclistes fauchés à plusieurs dizaines de mètres d'intervalle les uns des autres. D'abord la mère, puis l'enfant, et enfin le père. La femme avait été tuée sur le coup par la violence du choc et gisait, désarticulée, dans le fossé, à plusieurs mètres de son vélo au cadre tordu. Poupée sanglante dans son gilet jaune chiffonné et inutile. Fabrice s'est agenouillé auprès d'elle, posant deux doigts sur sa gorge déjà fraîche pour constater l'absence de pouls et l'aspect vitreux de son regard. À la vue des fractures ouvertes des membres inférieurs de la victime, son cœur endurci de gendarme s'est contracté avant qu'il ne reparte au trot sur le bitume grumeleux de la route départementale. *Au moins, elle ne souffre plus.*

Arrivé auprès de la petite fille, il n'a pu retenir un grognement de dénégation et a senti ses forces le quitter. Elle gisait sur le dos, les yeux grands ouverts sur lui. Elle ne pleurait ni ne criait, et pourtant sa vie fragile la fuyait en même temps que l'étoile sombre de son sang se répandait et s'agrandissait sur le goudron huileux. Fabrice lui a pris la main après avoir fait de grands signes en direction de ses collègues et des sapeurs-pompiers, tous bien trop loin. La fillette n'a pas réagi et ses prunelles claires avaient des mouvements désordonnés à droite et à gauche. Il n'a pas voulu regarder derrière sa tête, presque sûr que la matière grisâtre sur la route venait de sa boîte crânienne. La petite main froide calée au creux de sa paume épaisse, le gendarme est resté de longues secondes désemparé et impuissant, voyant la vie quitter l'enfant, dernier témoin de l'instant terrible de son passage. Dès qu'il a aperçu les bottes des sapeurs-pompiers dans son champ de vision troublé par des larmes naissantes, le sous-officier de gendarmerie s'est relevé comme un diable, s'enfuyant sans même les regarder, la mâchoire serrée, le dégoût au ventre. Le fantôme métallique du sang dans sa bouche.

La troisième victime était étendue trente mètres plus loin, avant la masse sombre de la berline allemande aux phares toujours allumés et à la portière côté conducteur restée ouverte. À en croire la disposition de l'homme, de son vélo et de la voiture, le gendarme en a déduit en s'approchant au pas de course que le chauffard l'avait happé sous sa calandre, avant de lui rouler dessus et de le traîner sur plusieurs mètres. Après avoir constaté que le troisième cycliste, un homme d'une quarantaine d'années, était décédé, le major Remangeon s'est approché du véhicule, le souffle rauque et saccadé. L'écœurement et la révolte faisant place à un autre type de sentiment, plus instinctif, plus en rapport avec ses fonctions. Le goût métallique s'amplifiant sur sa langue.

Le véhicule est vide. Le gendarme remarque tout de suite l'odeur de la résine de cannabis dans l'habitacle, ainsi que les canettes de bière vides sur le plancher côté passager. Il va ouvrir le coffre de façon machinale. Des papiers, des emballages plastique, un vieux haut de survêtement sale. Il baisse le regard sur la plaque d'immatriculation. En faisant le tour de la voiture, il remarque très vite les traces de pas dans la terre meuble au-delà du fossé et les tiges de colza écrasées ou brisées. Fabrice Remangeon jette un œil rapide en arrière sur les silhouettes de ses collègues qui arrivent en courant, là-bas, près du corps de la gamine. Il ne les attend pas et franchit à son tour le fossé. Ses rangers s'enfoncent sans bruit dans la terre collante et l'odeur entêtante du colza le submerge alors qu'il s'élance à la poursuite du chauffard meurtrier. Une fois happé par les hautes plantes huileuses arrivées à maturité, il sort l'arme de service de son étui tout en réduisant l'allure. Les gyrophares lointains balaient l'onde verte autour de lui alors que sa respiration se fait forte, hachée, dans le faible bruissement végétal.

Il le retrouve assez vite. Le fuyard a trébuché plusieurs fois, laissant des empreintes grossières de son passage. Semelles marquées ou mains bien nettes, tiges cassées et piétinées. Au lieu de toujours aller de l'avant en gardant le même cap, le chauffard a commencé à tourner en rond, sans doute trompé par la superficie du champ de culture, typique des immenses parcelles d'un seul tenant de la Beauce. Quand il entend le gendarme sur ses arrières, il est trop tard. Fabrice n'est qu'à deux mètres, la gueule noire de son arme pointée sur lui. Sur l'arrière de son crâne.

— Halte ! Gendarmerie ! Ne bougez plus !

Le fuyard se retourne pour fixer le major. Ses yeux globuleux, injectés et luisants, ainsi que sa lèvre inférieure relâchée trahissent une forte intoxication et les lourdes oscillations de sa tête dénotent un équilibre précaire. Une boule de rage amère éclot au creux de l'estomac du gendarme lorsqu'il reconnaît le chauffard et remet un nom et un casier judiciaire complet sur l'homme qui titube devant lui. *Une vieille connaissance.*

— C'est pas vrai. C'est encore toi ?

L'autre met trois secondes à assimiler les paroles du gendarme et essaie alors de se concentrer sur son interlocuteur.

— Oh, putain… T'es qui, toi ?

— Ferme ta gueule, enfoiré !

Le chauffard cligne des yeux à plusieurs reprises en essayant de se redresser. Il louche sur l'arme et enregistre enfin la menace qui pèse sur lui. Son visage criblé marque le coup.

— Ho… C'pas ma faute… C'est un accident…

C'est pas ma faute !

— Un accident ? Tu viens de massacrer une famille entière, espèce de connard de toxico de merde.

— Ho !... C'est pas ma faute si ces bouffons y roulent comme ça... On fait pas du vélo la nuit... Ma parole, je les ai pas vus !

Ces bouffons... Le goût entre ses dents est si fort à présent que le gendarme pourrait croire avoir déchiré une poche de sang à pleine mâchoire. Fabrice murmure, plus pour lui-même que pour le chauffard :

— Ce n'est pas ta faute. C'est pour ça que tu t'enfuyais en plein champ...

— Hé... oh ! J'm'enfuyais pas... Euh... J'allais chercher des s'cours...

Après quelques secondes de silence, la voix du gendarme articule de façon glaciale :

— Tu allais chercher des secours ?

Ravi par sa trouvaille inespérée, le chauffard esquisse un sourire et montre une rangée de dents inégales et jaunies, sans comprendre que son cynisme vient de le condamner. Un sourire écœurant, où la bêtise la plus crasse se conjugue à la veulerie la plus répugnante à l'aune d'une déchéance toxique. Une lueur de provocation arrive même à éclore à la surface de son regard noyé par la défonce. Fabrice ferme un bref instant les yeux. Le sang de la femme sur le gilet jaune. Celui de la fillette sur le bitume. Les traces sanglantes de l'homme sur les bas de caisse de la berline.

L'appel du sang le submerge. Le militaire fait deux pas et l'abat d'un seul coup de poing en pleine face. L'homme s'effondre avec un bruit mou sur le côté, comme un boxeur surclassé et épuisé par un combat bien trop long et par trop inégal. La rage du gendarme ne fait qu'empirer face à cette absence de résistance et de tenue. Il se laisse tomber à son tour, les genoux serrés sur la poitrine malingre. Deux côtes sont fracturées et la douleur arrache un râle et une toux douloureuse au fuyard. Fabrice le prend par la tignasse pour lui relever la tête, cherchant à établir un contact visuel. Le gendarme est sûr que l'autre veut l'insulter mais lorsqu'un dernier éclair de lucidité le traverse, le chauffard comprend enfin, bien trop tard, que c'est un autre tueur qu'il a au-dessus de lui. La peur déforme ses traits avant que le poing du militaire ne s'y écrase, à pleine puissance. Une fois. Deux fois. Ses phalanges lui font mal. Trois fois. Un craquement. Quatre fois. La douleur enfle dans sa main.

Des bruits de pas dans son dos. Des bruissements humides dans le colza. Une voix familière s'élève, chargée d'anxiété :

— Major ! Arrêtez, major !

Le gendarme a entendu, mais les mots n'ont plus aucun sens pour lui à cet instant. Seule existe cette rage vibrante qui l'anime et dans laquelle il s'est enfermé, désormais coupé du reste du monde. Son poing s'abat une cinquième fois avec une colère inégalée mais lorsqu'il l'élève pour l'abattre à nouveau, son bras ne répond plus. Il tourne la tête, stupéfait, pour constater que des mains le retiennent, pendant qu'un bras vient se positionner sans ménagement sous son menton pour lui faire une clef au cou. La tête forcée en arrière et la respiration en partie bloquée, Remangeon cherche des yeux le second collègue qui est venu se jeter dans son dos. Son corps se raidit, il est tenté de se débattre mais il connaît trop bien l'efficacité de cette prise réservée aux interpellations difficiles. Ses grognements de protestation sont vains.

Le souffle court, le visage congestionné, le major se laisse aller, poids mort contre la masse tendue de son collègue. Au-dessus d'eux, le spectacle apaisant de la voûte céleste nocturne le ramène à la raison. Le goût métallique dans sa bouche s'estompe. Il lève les bras, les paumes ouvertes, pour signifier sa soumission.

Le silence est retombé dans le colza. Libéré par son collègue, Fabrice Remangeon se redresse sur ses genoux humides. Il se penche sur le chauffard avec mépris et essuie le sang qui a giclé sur son visage d'un revers de la main.

— Les gens de votre espèce ne sont plus les bienvenus dans la gendarmerie.

Fabrice Remangeon demeure imperturbable en dépit du feu roulant d'accusations et de dénigrement à son encontre depuis dix minutes. Il s'est rasé de près pour cet entretien avec le duo d'officiers, après avoir refait sa coupe réglementaire à l'aide de sa tondeuse personnelle. Cela fait des années qu'il se coupe ainsi lui-même les cheveux. Face au miroir, les gestes sont précis et répétitifs et l'opération ne prend que quelques minutes, nettoyage et rangement de l'ustensile inclus.

Le major attend avec calme et patience que les remontrances de ses supérieurs s'épuisent d'elles-mêmes. Il sait que c'est un passage obligé. Face à lui, par-delà le bureau sombre d'acajou profond du commandant de groupement, un jeune colonel de la DGGN se fait de plus en plus hargneux.

— Vous entendez ce que l'on vous dit ?

Dès qu'il est entré dans la pièce, Fabrice a éprouvé une immédiate antipathie pour ce brun maigre et nerveux au regard accusateur et luisant. *Un excité. Un politique.*

— Je me suis déjà expliqué à plusieurs reprises sur les circonstances de l'interpellation du chauffard. Lisez mon rapport.

Son officier de groupement, un blond rougeaud à la silhouette épaissie et avachie par l'inactivité bureaucratique, acquiesce en silence sans le regarder. Celui-ci est sans doute désireux d'en finir, mais le colonel à ses côtés entend poursuivre sa diatribe jusqu'au bout :

— Nous ne sommes pas dupes, major ! Vous vous trompez lourdement si vous croyez que nous accordons le moindre crédit à votre version des faits. Les tests toxicologiques sont formels : le prévenu était sous l'emprise d'un cocktail massif de médicaments, d'alcool et de stupéfiants. Le fait qu'il puisse tenir debout et faire plusieurs centaines de mètres en plein champ relève déjà de l'exploit. En aucun cas, il n'a pu vous tendre une embuscade et vous attaquer, comme vous le prétendez dans ce torchon que vous appelez un rapport d'intervention. Nous savons que vos collègues vous couvrent en prétendant vous avoir vu frapper le prévenu à une seule reprise. Ses blessures à la face ne sont pas dues à l'accident de la circulation comme vous le prétendez. Vous vous êtes acharné sur un homme semi-conscient, et vous l'auriez peut-être tué sans l'arrivée de vos collègues. Heureusement qu'il n'a plus aucun souvenir des événements. Vous imaginez dans quelle situation vous auriez mis l'institution dans le cas contraire ?

Le visage de Remangeon se ferme. Il tient à soutenir le regard de ses deux interlocuteurs mais il sait qu'il est inutile de répondre. Ce n'est plus un entretien, mais un réquisitoire. Le major serre les mains, réveillant une légère douleur dans les plaies sous bandage de son poing droit. Son silence ne fait qu'accroître la haine du brun maigrelet assis en face de lui.

— Vous êtes un élément néfaste et incontrôlable, Remangeon. Voilà ce que vous êtes. Vous ne valez pas mieux que celui que vous avez passé à tabac. Et si j'en crois vos états de service, je constate avec amertume que ce n'est pas une première. Vous êtes un récidiviste.

Le major encaisse l'attaque sournoise en serrant les mâchoires tandis que l'officier de groupement redresse la tête pour observer l'envoyé de la DGGN avec une méfiance nouvelle. Et peut-être aussi une forme de crainte et de surprise.

— Si vous faites allusion à la plainte pour violences policières déposée contre moi il y a deux ans par ce dealer de cocaïne, vous devriez savoir qu'elle est sans fondement, et que cela a été prouvé par une enquête interne… Je m'étonne même qu'un officier de votre rang puisse se laisser avoir par ce type de procédure abusive, érigée en ligne de défense systématique par certains malfaiteurs.

Le lieutenant-colonel remue sur son fauteuil, mal à l'aise, tandis que l'autre officier supérieur dépêché par Issy-les-Moulineaux se laisse aller contre son dossier sans quitter le sous-officier de ses yeux sombres et étroits.

— Je vois totalement clair dans votre jeu, major. Je sais de quoi vous êtes le nom… Et permettez-moi de vous dire que la direction générale n'autorisera pas ce type de dérive.

Remangeon adresse un regard à l'officier du groupement en quête d'une aide ou d'un éclaircissement, mais il doit se rendre à l'évidence : sa hiérarchie départementale n'est autorisée à assister à l'entretien qu'en tant qu'observatrice. Fabrice fixe le colonel parisien.

— Je ne comprends pas ce que vous dites, monsieur.

Le brun ouvre les yeux sous l'effet d'une surprise où couve la colère. Il a saisi que Remangeon cherche à le provoquer en ne l'appelant pas par son grade. Une façon de lui signifier son absence de légitimité à ses yeux. L'officier de groupement intervient :

— Bien, heu… Messieurs… Peut-être pouvons-nous en arriver aux conclusions de cet entretien, mon colonel ?

Le blond a rougi encore un peu plus dans son polo bleu ciel trop étroit. Un silence lourd et malaisé s'installe dans la pièce tandis que les deux bruns se fusillent du regard.

— Vous êtes solognot, Remangeon, n'est-ce pas ?

Impossible de ne pas remarquer la joie malsaine de l'émissaire de la DGGN dans cette question saugrenue.

— Oui.

— Très bien… Vous allez y retourner, major, en Sologne. La gendarmerie vous octroie le privilège de terminer votre carrière dans votre région d'origine. Avec les félicitations de la direction générale.

Cette fois, Fabrice Remangeon blêmit et son masque stoïque se décompose l'espace de quelques secondes. Face à lui, le brun aux yeux de fouine lubrique exulte tandis que l'officier de groupement se perd dans les détails ô combien intéressants des défauts du vernis de son bureau.

— Cela signifie que mon affectation pour l'an prochain a déjà été décidée ?

— Non. Pourquoi attendre encore une année ? Votre nouvelle brigade vous attend dès lundi, major.

Lorsqu'il quitte le bureau quelques instants plus tard, Fabrice Remangeon progresse dans les couloirs dans un état second, une vague nausée au creux de l'estomac. Il s'attendait à des difficultés, une sanction déguisée. Ils connaissent tous son aversion pour sa région d'origine. Cette mutation forcée est la pire des punitions, doublée d'une humiliation.

C'est encore pire que s'ils m'avaient exclu de la gendarmerie…

Dans le bureau, le colonel de la DGGN se lève, satisfait. Le lieutenant-colonel l'imite à contrecœur, embarrassé mais impuissant. Il tente d'argumenter :

— Le major est un excellent élément. Son officier de CoB en est très satisfait. Il pensait à lui pour diriger une de ses brigades et…

— Les décisions de la direction générale ne sont pas discutables, capitaine. Croyez bien qu'elles sont prises dans l'intérêt de la gendarmerie. Remangeon est une personnalité borderline, ses façons de faire ne sont plus souhaitées dans cette arme appelée à relever de nouveaux défis et de nouveaux enjeux. Nous n'avons pas besoin d'un nouveau Lamare en cette période ô combien cruciale.

L'officier de groupement plisse les yeux. *Qu'est-ce qu'il raconte, ce foutu politicien ? Pourquoi fait-il référence à cette vieille histoire de gendarme tueur en série ?*

— Un nouveau Lamare ? Vous exagérez un peu, non ?

Le colonel le prend de haut et jappe un « pas du tout » qui claque dans le bureau exigu. Il enchaîne, sarcastique :

— Saviez-vous que la femme de Remangeon a disparu il y a dix ans ?

Le blond est désarçonné.

— Non… Je l'ignorais.

— Nous avons consulté le dossier en détail. Cette disparition a été considérée comme inquiétante par nos propres services. Certains témoins ont accusé Remangeon d'en être responsable. Sa femme figure toujours au fichier des personnes disparues.

Face au mutisme confus et stupéfait du blond, le colonel conclut :

— Que Remangeon retourne au fond de ses bois, et qu'on n'entende plus jamais parler de lui.

À travers sa fenêtre, Fabrice observe les lumières du stade dans la nuit. Soir de match. Des milliers de voitures remplissent les vastes parkings autour de l'enceinte couronnée du halo des rampes de projecteurs. Quand il fait beau, il lui arrive d'ouvrir pour laisser entrer dans son appartement les clameurs lointaines des tribunes et le ronronnement de la rocade toute proche. Il aime sentir pulser près de lui le bourdonnement de la ruche humaine, ces milliers de vies inconnues qui passent en voiture ou s'assoient dans les gradins du stade sans savoir qu'il est là, parmi les centaines d'autres habitants de sa barre d'immeubles. Vigie silencieuse et solitaire.

Depuis qu'Élise a disparu, il a pris l'habitude de sortir seul, de nuit comme de jour, en fonction de ses quartiers libres, pour aller flâner au gré du tissu semi-urbain des franges commerciales. Complexe de cinémas ou essaim de chaînes de restaurants. Bowling ou patinoire. Galerie marchande de l'hypermarché. Centre nautique. Parfois il s'engage sur la double voie rapide et en vingt minutes il est en ville, au milieu des restaurants, des bars et des boîtes de nuit, où bien souvent il ne fait que passer, curieux de ces gens bruyants qui se pressent sur les trottoirs.

C'est plutôt ici qu'il se plaît, à la jonction entre la vieille ville, attirante mais étrangère au bout du compte, et la campagne oubliée et nocturne, au cœur de l'espace en mutation et en expansion des zones en Z. *La nouvelle Frontière.*

Le major ressent une énorme frustration à la pensée qu'il va perdre tout ça. Ce mouvement perpétuel et cette liberté dans l'anonymat. Le plaisir de choisir la solitude ou l'agitation.

Là-bas, il n'y a aucun choix. Tout est immobile et figé. Et tout le monde se connaît. Là-bas, je serai pour tous le fils Remangeon. « Le fils du rebouteux, qu'est devenu gendarme. »

Fabrice Remangeon serre les poings. Il pense un instant s'enfuir, changer de vie. Il a un peu d'argent de côté. L'homme baisse la tête et pose le front contre la vitre fraîche. Il sait bien qu'il n'en aura pas la force. Maintenant qu'Élise n'est plus là, la gendarmerie est sa seule amie, sa seule famille, sa seule compagne, sa seule amante. Alors, la quitter ?

Autant se flinguer tout de suite.

Fabrice ferme les yeux sur une image du visage fin et aristocratique de son épouse disparue. C'est ainsi qu'il aime s'en souvenir. *Élise aux grands yeux*, comme il l'appelait parfois, sans cesse émerveillé par la beauté et la profondeur de son regard où traînait un voile de mystère insondable qu'il attribuait à celui de toutes les femmes, à leur essence foncièrement étrangère à la sienne.

Elle aussi était d'extraction modeste, même si l'exiguïté de la mercerie des parents d'Élise dans le vieil Aubenas ne pouvait se comparer à la rusticité séculaire de la ferme solognote. Cela ne pouvait toutefois se déceler dans son apparence physique, contrairement à lui, avec ses grosses mains carrées et ses manières de rustaud. On aurait pu prendre son épouse pour la lointaine descendante d'une vieille famille de haute noblesse du diocèse du Puy, ou pour la bâtarde secrète et légendaire d'un baron de retour de croisade et d'une fée sylvestre. Elle était la danseuse classique venue illuminer sa vie de sa blondeur d'ange triste aux yeux implacables. Légère, aérienne, insondable, racée et bien élevée, Élise fascinait et intimidait.

Ce qu'il a perdu avec Élise, ce n'est pas qu'une femme aimée, une épouse, une compagne, mais aussi une autre façon de voir le monde. La solitude d'un adulte n'est pas que la somme du manque d'une chaleur au quotidien, d'une présence autre, d'un interlocuteur, d'un corps auquel se frotter, c'est aussi, surtout, le rétrécissement progressif d'un univers mental. Seul, la pensée s'étrique. Les jours sont moins longs, les années plus rapides et répétitives et l'on marche aigri et semi-conscient vers sa tombe dans un crépuscule généralisé.

La poitrine du gendarme se comprime sous l'effet de l'émotion tandis que ses traits se crispent pour afficher leur douleur. Il se demande si la terrible sensation du manque finira par diminuer un jour.

L'image s'effiloche et il se laisse aller quelques instants au flux mouvant des taches colorées, des lignes ondulatoires qui matérialisent sous ses paupières closes l'excitation récente de ses rétines et de son nerf optique. Son esprit se vide peu à peu et sa respiration devient lourde, sans être laborieuse. Il chemine en arrière, sans vraiment le vouloir, au jour de la disparition d'Élise.

Nous nous étions disputés.

Le motif lui échappe mais c'est comme s'il pouvait à nouveau sentir l'odeur de leur appartement, faite de vieille cire des parquets anciens et des émanations des peintures récentes voulues par Élise. Il faisait beau dehors, un léger courant d'air filtrait entre les pièces aux hauts plafonds. Sa femme était partie en fin de matinée en claquant la porte pour « aller faire une course ». Il revoit le regard qu'elle lui a lancé avant que la porte ne se referme sur sa silhouette élancée. Un regard empli de colère et marqué aussi par une forme amère de déception. Elle n'était pas rentrée. Ni pour le déjeuner ni pour le dîner. Il avait passé son jour de permission seul et désemparé, en proie à une anxiété grandissante et inexplicable. Il était resté éveillé jusqu'à la rediffusion de nuit du *Journal du Dakar*. Il s'en souvient parce qu'Élise s'était mise à suivre la course depuis l'année précédente et enregistrait ce programme. Le lendemain, il avait été la proie d'une migraine terrible qui l'avait forcé à rester alité dans le noir presque toute la journée, manquant à son devoir de militaire. Lorsqu'elle n'était pas rentrée le surlendemain, il avait été contraint d'appeler leurs amis, leurs parents, puis ses amies à elle. Personne ne l'avait vue.

Élise avait disparu.

Lorsque l'enquête pour disparition inquiétante avait été ouverte, ses collègues en charge avaient pu démontrer qu'elle avait pris sa voiture et que son badge autoroutier avait été activé au péage du Val-de-Loing sur l'A77. Une caméra de surveillance la montrait au volant et lorsqu'un cliché tiré de la vidéo lui avait été présenté, Fabrice avait été frappé par la familiarité du visage figé sur le cliché, autant que par la sourde dissemblance entre cette conductrice et l'épouse qu'il côtoyait tous les jours. C'était Élise, mais avec une expression dure et résolue qui était étrangère au major. La voiture était sortie du réseau payant à Gien.

C'était la route de Romorantin, par Aubigny et Salbris. Celle qu'ils prenaient tous les deux pour venir voir ses parents à lui, avant leur décès. Qu'était-elle venue faire en Sologne sans lui, elle la petite fille de huguenots du Vivarais ?

Dix ans que cette question tourne en boucle dans son crâne, sans l'esquisse d'une réponse. Dix longues années de solitude et de torture.

Le major rouvre les yeux, le cœur battant, en proie à une certitude soudaine, qui ne fait rien pour apaiser l'angoisse née de sa mutation forcée.

Et si elle était restée là-bas ?

Fabrice Remangeon ne sait pas pourquoi il a honte à ce point. L'aperçu du clocher courtaud par-dessus l'horizon sombre des pins et des bouleaux a fini de le démoraliser et de l'humilier. Comme si, jusqu'au dernier instant, il avait cru pouvoir échapper à ce retour au pays en pleine disgrâce. La route départementale qui mène au village avant de le traverser sans remords a été refaite il y a peu. Le macadam noir, lisse et silencieux, contraste avec la peinture blanche de la ligne pointillée en son milieu. Ce confort de conduite ne change rien au désespoir glacial qui étreint le conducteur au moment où il rétrograde, baissant les yeux autant pour ne pas être vu, ni reconnu, que pour ignorer le panneau de signalisation qui claironne le patronyme de son village natal.

Bienvenue en Sologne, Fabrice. Terre méphitique de marécages et d'oubli.

L'oubli, est-ce cela qu'Élise était venue chercher ici ?

Il y a peu de chances qu'on fasse attention à lui. À cette heure, les enfants sont à l'école, les travailleurs partis gagner leur salaire en ville. Les chômeurs et les femmes au foyer ont épuisé les joies du bar-tabac local, de la boulangerie et du magasin d'articles de chasse et de pêche. Ils préfèrent Internet ou la console de jeu, voire la télévision pour les plus rétrogrades. Trois commerces pour mille soixante-dix-neuf âmes. Seuls dehors, quelques anciens à casquettes ou à robes à fleurs s'attardent à petits pas dans un village qui ne les reconnaît plus. Les retraités doivent se méfier des poids lourds polonais ou tchécoslovaques en transit, toujours trop pressés. Le bourg ne verra pas évoluer grand monde en son sein avant la sortie de l'école, à seize heures vingt.

Fabrice reconnaît son village, et pourtant son regard ne cesse d'enregistrer des détails qui ne cadrent pas avec ses souvenirs. De nouveaux massifs de fleurs sur le parvis de l'église. Une façade en ruine disparue, agrandissant la perspective d'une ruelle. La pancarte neuve et criarde d'un artisan en systèmes de chauffage. Des trottoirs plus larges et bitumés devant la mairie, remplaçant l'ancienne grou. Une vaste zone en friche là où se dressait une scierie séculaire aux planches noirâtres, terrain de jeu de son enfance. Plus d'une décennie de changements, de votes de budgets municipaux, d'allers simples pour le cimetière. Treize années depuis sa dernière visite.

Treize, comme pour confirmer le sort mauvais qui s'acharne sur moi.

Il s'arrête le long du mur du cimetière. La gendarmerie est à quelques centaines de mètres au bout de cette rue, juste avant le panneau de sortie du village. La forêt va ensuite border la route pendant des kilomètres et des kilomètres, jusqu'à un autre bourg, lui aussi assiégé par les sols sableux et humides, lui aussi plongé au cœur de bois où se terrent des centaines de sangliers et de cervidés. Le gros gibier, nouveau trésor de la région. L'or brun et velu, aux flancs tièdes et palpitants contre les genêts glacés des landes brumeuses face aux cris des chiens les dimanches d'hiver. Fini les « ventres jaunes » faméliques frappés par le paludisme et la misère d'avant les guerres avec « les Boches » : de nos jours, les fermiers solognots roulent en 4 × 4 de marque, financés par les actions de chasses privées.

Chaque pas dans l'enceinte funéraire est une négation des années qui viennent de s'écouler loin d'ici. Lorsqu'il arrive face au caveau familial, ce qu'il remarque en premier, ce n'est pas le pot de fleurs cassantes et de terre desséchée renversé sur la pierre tombale, ni les gravures des noms de ses parents où la peinture dorée s'écaille, mais l'emplacement vide au-dessous d'eux sur la stèle. Un jour, on y gravera son nom. Du moins, c'est ce qu'espéraient ses parents. Fabrice Remangeon était persuadé d'avoir tout fait pour que cela n'arrive jamais, pour qu'on l'inhume n'importe où sauf là. Il réalise l'ampleur de son échec, matérialisé par ce pan de stèle vierge. Le voilà à nouveau sous la menace de finir ici, comme tous ceux de sa lignée de Remangeon. Les seuls à y avoir échappé figurent quand même sur le monument aux morts de la commune. Leurs dépouilles ont été ensevelies par les obus allemands en Picardie ou en Meuse, mais la Sologne s'est accaparé leur mémoire. Jusqu'à la fin des temps, à moins que la gangrène des zones pavillonnaires et des rocades ne finisse par venir à bout de cette forêt humide.

Il a grandi là à l'ère des missions lunaires américaines, du mobilier plastique orange et du disco. Certains jeunes du cru se laissaient pousser les cheveux et portaient des jeans à pattes d'éléphant. Ils avaient deux ou trois ans de retard sur « la ville » mais prenaient malgré tout le train de la modernité en marche. Lui devait se contenter de la boule à zéro, des pantalons trop courts et démodés hérités d'un cousin de plus de huit ans son aîné. Le village prenait le chemin du futur, et lui restait muré dans les superstitions qui ceignaient la ferme de ses parents d'une aura maudite. Il avait voulu « faire gendarme » pour briser le destin, pour ne plus être le fils d'un rebouteux et d'une fille de ferme analphabète. Le concours était à sa portée, la mission en adéquation avec sa mentalité et un succès constituait son bon de sortie. Ce n'est que par la suite qu'il avait compris l'enjeu national de son arme, la cohésion sociale qu'elle représentait.

Le major verrouille son regard sur les noms gravés dans la pierre, sur les dates de naissance et de mort de ses parents, parenthèses fugaces dans l'échelle des temps humains. Une larme plus acrimonieuse que triste perle au coin de son œil droit avant de couler sur sa joue osseuse. Il ne sait pas s'il a jamais éprouvé de l'amour pour ses parents mais il est certain de n'avoir jamais cessé de leur en vouloir d'avoir fait de lui cet enfant bâtard et réprouvé du folklore et du Moyen Âge à l'aube de l'an deux mille.

Fabrice Remangeon a levé la tête en direction de la cime des pins. L'envol bruyant d'un oiseau a attiré son attention, mais il n'a pas eu le temps d'apercevoir le volatile et son écho saccadé s'évanouit dans le ciel clair et dégagé de cette matinée déjà chaude.

— Alors, major ?

La voix du brigadier Geretz lui fait baisser les yeux sur sa subalterne. Une brune élancée à la peau si claire qu'elle en est presque translucide, et guère rehaussée par le bleu ciel du polo réglementaire. Avec sa frange désuète et ses grands yeux gris, il aurait pu la trouver charmante, n'était le petit orifice pas encore cicatrisé sur l'ailette de son nez, long et droit. Et un autre sous la ligne de son sourcil gauche. Des piercings que la jeune femme a enlevés avant d'entrer à l'école de gendarmerie. Il s'est toujours demandé ce qui pouvait pousser des jeunes femmes à s'enlaidir de la sorte.

— Alors, quoi ? grogne-t-il sans chercher à dissimuler sa mauvaise humeur.

Sa collègue retient une phrase et finit par baisser les yeux. Le major croise le regard du troisième gendarme, l'adjudant de Freitas, un brun courtaud au visage carré et aux cheveux presque ras qui cherchent à dissimuler une calvitie précoce chez ce jeune trentenaire. L'homme n'a montré aucune rancœur jusqu'ici, mais Remangeon sait que sa mutation brusque et forcée a été imposée à l'ancien chef de brigade. L'autre a dû céder son commandement face au parachutage du plus gradé, et, à un moment ou à un autre, l'enjeu reviendra sur le tapis.

Fabrice n'a cure des trois carcasses mutilées de cervidés dans l'herbe ensanglantée. Un mâle et deux biches. Trois paires d'yeux figés dans la stupeur de la mort nocturne inattendue. Les bêtes ont été dépecées à la hâte : cuissots, épaules et longes dorsales découpés sans même dépouiller le reste, et sans toucher aux têtes. Le mâle porte un beau trophée, douze cors, bien que l'animal ne soit pas particulièrement gros. Peut-être un effet d'optique à cause des pattes manquantes et de la colonne vertébrale mise à nue. En dépit d'un permis passé à seize ans comme tout le monde sans se poser la question et de quelques parties de chasse de jeunesse, le major n'a jamais été un chasseur mordu et il ne compte pas perdre son temps à courir après les braconniers du coin, même si le manque de respect affiché envers ces animaux ne fait qu'aiguiser sa méchante humeur.

Un homme d'une soixantaine d'années s'approche du sous-officier, laissant deux autres individus observer en retrait les gendarmes avec méfiance. Les gardes du propriétaire.

— Bonjour. C'est vous le nouvel officier de la brigade ?

— Major Remangeon.

L'autre marque un temps d'arrêt à l'annonce du nom familier. Ses petits yeux clairs se ferment derrière ses lunettes fumées.

— Remangeon, hein ? Vous êtes du coin ?

— Oui. Vous êtes ?

L'autre s'arrête et se raidit, avant de jeter un œil nerveux et surpris en direction des autres gendarmes et de ses gardes particuliers. À nouveau face au major, il réalise que celui-ci ne plaisante pas.

— Vous ne me connaissez pas ? Je suis Patrick Vailly. La concession Vailly, à Romorantin. Les 4 × 4.

— Vous êtes le propriétaire de ce parc ?

Le sexagénaire trapu fronce les sourcils.

— Oui, ce bois m'appartient. Mais ce n'est pas un parc.

— Une parcelle avec du grillage tout autour et des animaux dedans, c'est un parc pour moi.

Le marchand de 4 × 4 se renfrogne lorsqu'il comprend que la communication risque de se limiter au strict nécessaire avec le nouveau chef de brigade, et il va à l'essentiel.

— Bon. Vous comptez faire quoi, monsieur ?

— Je ne vois rien ici qui nécessite la mobilisation de la gendarmerie nationale. Appelez les agents de l'Office de la chasse.

Le propriétaire rougit et tend un doigt accusateur en direction du tronc de cerf mutilé.

— Mais c'est du braconnage, vous ne voyez pas !

— La police de la chasse est du ressort de l'ONCFS. Appelez-les. Ils dresseront un procès-verbal et diligenteront une enquête. S'ils l'estiment justifiée.

L'interlocuteur du gendarme s'emporte et se tourne pour indiquer une haute clôture à une trentaine de mètres d'eux. Les braconniers l'ont arrachée sur plusieurs longueurs à l'aide d'un véhicule et ont laissé de profondes ornières dans les bas-côtés à proximité. Les poteaux brisés, le grillage ouvert et détendu sont visibles entre les troncs des sapins depuis l'endroit où ils se trouvent.

— Ils ont défoncé ma clôture ! C'est de la destruction de propriété privée, ça n'a rien à voir avec la chasse. Vous devez vous occuper de ça au moins !

Le major adresse un regard las en direction du grillage vandalisé.

— Très bien. Passez à la brigade. Nous enregistrerons une déclaration, pour votre assurance.

— Je ne veux pas d'une simple déclaration. Je veux déposer une plainte !

— On verra.

— Comment ça, on verra ? Et je peux même déjà vous dire qui vous allez interroger, parce que je me doute bien qui c'est l'enfoiré qui a fait ça.

— Vous connaissez le ou les contrevenants ?

— Bien sûr que je sais qui c'est. C'est l'autre saloperie de braco de Tristan Lerouge…

— Très bien. Si vous avez des soupçons, transmettez-les aux agents de l'ONCFS. Pour leur enquête.

Le propriétaire et le gendarme se toisent en silence quelques instants, puis le sexagénaire tourne les talons et va rejoindre ses gardes. Il leur aboie deux ou trois mots secs avant de poursuivre son chemin, la tête dans les épaules. Ses deux gardes ont un air de famille, peut-être des frères ou des cousins. Carrure et mains épaisses, traits ombrageux, cheveux blond foncé. L'un porte une moustache fournie et les cheveux mi-longs, l'autre est mal rasé et presque chauve. Le moustachu porte un polo orné d'un logo de marque de 4 × 4, le dégarni une chemise délavée et fripée aux manches retroussées sur des avant-bras velus. Les deux hommes toisent les gendarmes, s'attardant tous les deux sur la jeune femme, avant de suivre leur patron. Quelques instants plus tard, un moteur s'ébroue et la longue et lourde silhouette métallisée d'un pick-up américain passe entre les arbres, par-delà la clôture arrachée, avant de disparaître en direction du village.

Geretz et de Freitas observent leur supérieur en silence, cachant très mal leur surprise et leur incompréhension. Fabrice Remangeon baisse les yeux sur le gibier couché dans l'herbe clairsemée et sèche. *Pauvres bêtes. Privées de leur dignité jusque dans la mort.*

Quand il relève la tête, le major Remangeon voudrait dire à ses collègues que c'est pour ça qu'il s'est montré si peu avenant avec le propriétaire. Parce qu'il y a vingt-huit ans, quand il est parti avec l'espoir de ne jamais revenir dans le coin, c'était déjà le même cirque, la même mesquinerie, les mêmes notables drapés dans leur arrogance vulgaire de nouveaux riches, les mêmes histoires de rivalités de chasses, les mêmes victimes animales expiatoires du business de la venaison de contrebande et du frisson factice.

Pourtant il ne dit rien et abandonne ses collègues derrière lui pour retourner en direction du Trafic. *Si je me mets tout le monde à dos, ils seront bien obligés de faire quelque chose et de me muter à nouveau, non?*

C'est une belle nuit, douce et étoilée, et l'odeur de la forêt autour des gendarmes s'exhale des troncs et des feuillages chauffés par le soleil d'été tout au long de la journée. Le major Remangeon ferme la portière du Trafic sans faire de bruit. Les deux autres gendarmes descendent du véhicule et viennent se poster près de lui. Leurs traits sont estompés par l'obscurité mais la nuit n'est pas assez profonde pour masquer la brillance de leurs pupilles. La voix du major s'élève, feutrée :

— De Freitas, tu vas rester au camion pour le surveiller. Toussaint, tu viens avec moi.

L'adjudant demeure impassible et se contente d'un léger hochement de tête. Remangeon pourrait lui dire que ce n'est ni une brimade ni un caprice autoritaire, qu'il veut éviter de se retrouver avec quatre pneus crevés en pleine nuit, et qu'il ne peut laisser un personnel féminin seul auprès du Trafic, mais il n'a pas à se justifier. De son côté, l'Antillaise l'observe de ses yeux bruns en amande sous une double virgule de sourcils épilés. Fabrice a eu du mal à dissimuler son étonnement, et son trouble, lorsqu'il est tombé sur elle dans les locaux de la brigade en fin d'après-midi. Une beauté digne d'un concours de Miss France, éligible d'emblée pour la traditionnelle et obligatoire place de seconde dauphine. Avec Geretz, cela fait deux jeunes femmes avec peu d'expérience dans la même petite brigade. *Cinquante pour cent de mes effectifs…*

Le major et le brigadier-chef descendent un chemin en pente légère où leurs rangers ne font pas de bruit dans le sable tiédi mélangé aux aiguilles de pin. Les pensées du Solognot se portent sur le concessionnaire et son affaire de cerfs démembrés. L'ordre est tombé du Groupement, sans même passer par sa compagnie : « Une patrouille nocturne serait tout à fait judicieuse dans l'immédiat, et une opération conjointe avec les services de l'ONCFS est à envisager si les faits devaient se reproduire. » *Ce Vailly a le bras plus long que prévu.* En dépit de la frustration temporaire ressentie, cela ne fait que renforcer sa détermination à ne pas entrer dans le jeu des allégeances locales.

Après dix minutes de marche le long de la haute clôture du second parc à gibier de Patrick Vailly, le duo s'arrête sous l'impulsion du major. Il a perçu un bruit lointain, peut-être un moteur à bas régime. L'écho s'étiole et disparaît. Remangeon lève la tête en direction de la voûte étoilée. À ses côtés, Toussaint ne trahit aucun signe d'impatience. Cela fait plusieurs années que Fabrice n'a pu embrasser ainsi du regard autant d'étoiles, détailler à ce point la Voie lactée. Désavantage des zones urbaines ou périurbaines : quand il ne s'agit pas de pollution atmosphérique, c'est la pollution lumineuse des éclairages publics et publicitaires qui vous prive du spectacle céleste nocturne. Il n'y a plus de véritable nuit, mais c'est peut-être cette idée qui lui plaisait.

Le bruit revient, lointain et diffus. Lorsqu'il s'amplifie, le major comprend qu'il ne s'agit pas d'un véhicule. Sa structure est trop désordonnée. En se rapprochant, l'écho prend une dimension plus aérienne que terrestre. Une vague sonore tumultueuse fonce sur eux par le ciel et les cimes environnantes. Ils sont cernés par une clameur protéiforme, comme autant de cris ou d'appels furieux, de jappements et de grondements, de claquements dans les airs. Pourtant, la portion de ciel au-dessus d'eux reste dégagée sur les étoiles lointaines.

Le bruit atteint un apogée de quelques secondes et le brigadier-chef Toussaint s'agite, mal à l'aise, tournant sur lui-même, cherchant dans le ciel une explication à ce charivari inquiétant et surnaturel. On pourrait croire entendre une meute d'animaux infernaux passer en une sarabande invisible juste au-dessus, en route vers on ne sait quelle destination hérétique. De façon inconsciente ou non, le major trace un arc de cercle du bout d'une de ses rangers poussiéreuses.

Aussi vite qu'il est apparu, le bruit décroît en intensité, se dilue dans l'air doucereux de la nuit de cette fin juin et n'est bientôt plus qu'un souvenir irréel. Le major capte un mouvement du bras de sa collègue dans l'obscurité. *Elle s'est signée.* Une question fuse dans un souffle chaud où les traces résiduelles habituelles d'accent créole ont disparu :

— Qu'est-ce que c'était que ça ?

La peur a chassé du visage féminin la froide morgue affichée plus tôt. Cette moue boudeuse et hautaine, si typique de ces femmes encore jeunes qui n'ont pas pris la mesure totale de ce à quoi les expose le fait d'avoir gagné à la loterie génétique des critères de beauté d'une époque donnée. L'hypocrisie généralisée des hommes, la haine recuite et muette des femmes, les terribles désillusions à venir lorsque viendra le temps de la « maturité ». Fabrice a connu par le passé l'épouse d'un officier à la beauté cristalline, notoire dans tout le Groupement. Tous les gendarmes de passage à la caserne s'arrangeaient pour l'apercevoir, pour capter ne serait-ce qu'un instant fugitif sa lumière de poupée hollywoodienne. À quarante-cinq ans, c'était une femme brisée et divorcée. Suicidaire. L'ombre du temps avait voilé son aura plus vite qu'elle ne l'aurait jamais cru, et son officier avait trouvé une autre gendarme plus jeune, pas encore flétrie.

Cette femme sensée, et avec une éducation de qualité, n'avait pas compris que c'était pourtant inévitable. Un homme prêt à affronter la compétition féroce et permanente de plusieurs centaines d'autres hommes dans un contexte d'absences répétées au sein d'un univers masculin ne pouvait être mû que par l'instinct de possession. Une compagne envisagée sous le seul angle de la femme-objet ou du trophée. Son extraordinaire beauté ne l'avait protégée ni de la solitude effroyable pendant son mariage, ni de l'humiliation de l'abandon lorsque celui-ci était devenu périmé.

Le major est tenté de sourire de la frayeur de Toussaint mais il s'en empêche, par courtoisie. Il réplique, d'une voix rauque et sombre :

— C'est la chasse à Bôdet. La chasse sauvage.

Elle essaie de décrypter sa réponse et scrute son visage en quête de moquerie. Sa crainte se teinte d'une nuance d'agressivité. Remangeon poursuit, le nez levé vers les doigts sombres des frondaisons qui tentent de griffer la Voie lactée :

— Certains disent que c'est le diable qui poursuit les damnés pour les emmener en enfer… D'autres pensent que c'est un grand seigneur d'autrefois, condamné à chasser sans répit avec sa meute à cause d'une faute commise un jour de messe… Dans les forêts du Nord, il se murmure que c'est Odin lui-même qui part en chasse à la tête de ses équipages de guerriers morts…

La jeune femme ne peut s'empêcher de demander «qui ça?», même si elle pense aussitôt qu'elle est stupide d'entrer dans le jeu de son supérieur. Elle le fixe avec animosité.

— Pourquoi vous vous moquez de moi?

— Tu m'as demandé ce que c'était. Je te le dis.

— Je vous ai demandé ce que c'était «en vrai», pas de vous moquer de moi avec vos histoires débiles. Vous croyez quoi? Que parce que je suis une femme et qu'il fait nuit, je vais avoir peur? Ou alors parce que je suis black, je dois forcément croire à des trucs bizarres genre vaudou, c'est ça?

Remangeon se ferme puis fait un pas dans la direction de la jeune femme. Son index se dresse sous le menton en pointe de sa collègue.

— Écoute-moi, Toussaint. J'en ai rien à faire que tu sois une bonne femme, ou que tu sois noire. Tout ce que je demande, c'est que tu sois un bon gendarme. Pour l'instant, je me dis que tu es surtout une nana bien roulée profitant des nouveaux quotas féminins pour venir faire carrière dans l'armée grâce à son cul. Maintenant, si tu m'emmerdes avec des revendications féministes ou je ne sais quoi, on va pas être copains.

Les yeux du brigadier-chef se chargent d'une lueur intense dans l'obscurité.

— C'est vrai, major ?

— Qu'est-ce qui est vrai ?

— Ce qu'on dit sur vous. Que vous avez tabassé un jeune et qu'on vous a muté ici pour qu'il n'y ait pas de problèmes.

Fabrice doit faire un effort pour soutenir le regard appuyé de sa subalterne.

— J'ai pas tabassé un « jeune ». Je me suis… défendu… face à une saloperie de toxicomane notoire. Un récidiviste en plein délit de fuite après avoir massacré une famille entière, dont une fillette de huit ans. Il sortait de prison à la suite d'un viol en réunion sur mineure. Quinze ans, la gamine, abandonnée dans un terrain vague, couverte de bleus avec des fractures du nez et de la mâchoire. Voilà pour le pedigree de ton « jeune ».

Il ne lui laisse pas le temps de protester et poursuit :

— Et sache qu'on ne m'a pas muté ici pour me protéger, mais pour me punir, parce que en haut ils savent que j'ai tout fait pour me barrer de cette région dès que j'en ai eu l'occasion.

— Oui, mais…

— Oui mais rien, brigadier-chef ! La discussion est close et c'est la dernière fois que je t'entends parler ainsi à ton supérieur hiérarchique dans le cadre de tes fonctions.

Remangeon tourne les talons et reprend la patrouille. Derrière lui, la démarche souple, sa subalterne reste à bonne distance. Après une dizaine de minutes, le major s'arrête pour contacter l'adjudant de Freitas. Celui-ci n'a rien à signaler. Aucune circulation suspecte du côté nord du parc. Remangeon range son émetteur-récepteur portatif et jette un œil à Toussaint. Au milieu des traits indistincts, ses prunelles lui renvoient l'éclat faible des étoiles avec une intensité sans équivoque. Il se veut conciliant.

— En « vrai », c'étaient sans doute des oiseaux. Plusieurs milliers d'entre eux qui se déplacent de nuit en bande. Sans trop qu'on sache pourquoi, d'ailleurs.

La jeune femme reste impassible. Fabrice s'apprête à lui dire que la *Chasse sauvage* est considérée comme un mauvais présage, mais il se retient in extremis, perturbé par une vision inopinée d'accident de la route. Des gyrophares qui tournent dans la nuit.

— C'est pas une lumière, là-bas ?

Le major se tourne dans la direction indiquée par Toussaint. *Oui, on dirait.* Après quelques instants, les deux gendarmes observent le filet jaunâtre d'un projecteur qui luit par intermittence entre les troncs, trait de lumière oblique et mouvant. Remangeon fait signe à Toussaint de ne pas faire de bruit et de le suivre. Les deux gendarmes progressent d'une petite centaine de mètres, avant de percevoir le ronronnement irrégulier d'un engin au ralenti, ponctué de quelques ferraillements dans le haut moteur. Des éclats de voix dans la nuit, puis le faisceau mobile d'un projecteur qui prend naissance à deux mètres du sol, sur le toit d'un vieux 4 × 4, avant de balayer l'intérieur du parc au-delà du grillage, en quête de silhouettes animales figées un instant dans ce halo de lumière inattendu.

Les braconniers.

L'adjudant de Freitas s'est immobilisé contre l'aile du Trafic. À moins de dix mètres de lui, de l'autre côté de la clôture, trois chevreuils se sont approchés sans le voir, peu impressionnés par la silhouette sombre et immobile du véhicule de gendarmerie. Des chevreuils, l'adjudant en voit toute l'année, mais percutés par des automobiles et morts sur le bord des routes, ou réduits à l'état de pulpe sanglante mêlée de poils sur le goudron après le passage de centaines de véhicules sur leur cadavre. Là, ils sont vivants, le grillage les protège des automobiles. L'hiver prochain, la clôture les retiendra prisonniers quand le parc sera envahi de chasseurs ayant versé plusieurs centaines d'euros chacun à Patrick Vailly. Le gendarme se demande ce qu'il fait là, à protéger les intérêts financiers d'un type comme le concessionnaire, fort en gueule et jamais avare de protestations contre le fisc ou l'URSSAF. *Vailly emploie des gardes-chasses, c'est à eux de surveiller ses parcs, pas à la gendarmerie nationale.* Au moins, il est d'accord sur ce point avec le nouveau chef de brigade.

L'adjudant prend son mal en patience au sein de son ancienne unité. Le major n'est plus en odeur de sainteté dans l'institution. La hiérarchie va finir par le forcer à démissionner, ou même le radier des effectifs. Et ce n'est pas en bafouant le règlement comme ce soir, le laisser ainsi seul auprès du véhicule, que l'autre va arranger ses affaires.

Le temps joue en ma faveur.

L'appareil de liaison radio émet un signal à sa ceinture. De l'autre côté du camion, les trois chevreuils se sont figés, en alerte.

C'est le major :

« … Adjudant… Toussaint est blessée. Je répète : Toussaint est blessée. Il faut venir avec le camion… »

Le visage de l'adjudant se crispe. Sa voix résonne dans le chemin en même temps que les animaux s'enfuient dans les profondeurs du parc par bonds vigoureux :

« Bien reçu, major. J'arrive. Je répète : j'arrive. »

Il attend un OK de confirmation de son supérieur avant de se précipiter dans la cabine. Les phares du camion illuminent le chemin et le moteur s'éveille en vibrant, crachant deux volutes noires chargées de particules. Le sentier est sec et les rares ornières sont peu profondes, permettant à de Freitas de rouler en seconde, entre vingt et trente kilomètres à l'heure, même si les amortisseurs ne sont pas d'accord. Le cœur du sous-officier tape dans sa poitrine alors qu'il essaie de ne pas accidenter le camion de service. Aimée Toussaint est une collègue appréciable, qui apprend vite. Elle était sortie deuxième ou troisième de sa promotion à l'école de Chaumont cinq ans plus tôt. *Sacrément jolie, en plus.* L'adjudant espère qu'elle n'a rien de sérieux. *Elle s'est peut-être juste fait une entorse à cause d'une racine.*

Des branches basses viennent fouetter la carrosserie du camion en crissant avant un large virage sur la droite. Après celui-ci, le chemin se resserre, se fait plus encaissé, et de Freitas est obligé de ralentir son allure, balancé de droite à gauche derrière son volant. Il aperçoit enfin le major qui lui fait des signes à une cinquantaine de mètres à l'extrémité du faisceau des phares. Lorsqu'il s'arrête et distingue la silhouette de Toussaint, prostrée dans l'herbe au pied d'un chêne, l'adjudant jette un œil circulaire angoissé à travers le pare-brise et les vitres latérales. Le chemin est trop étroit pour y manœuvrer et faire demi-tour.

La portière latérale s'ouvre et le major y apparaît, soutenant Toussaint, l'aidant à monter. La jeune femme est silencieuse et choquée. La manche gauche de sa veste de treillis est déchirée et sanglante. La jeune femme maintient son bras contre sa poitrine, où une tache sombre remonte jusqu'à son cou. Le major la fait asseoir derrière et demande à de Freitas de démarrer tout en refermant la portière. L'adjudant s'exécute.

— Vous savez où va ce chemin, major ?

Comme il n'obtient pas de réponse, il se retourne et constate que Remangeon s'est agenouillé près de leur collègue. Elle grimace de douleur, recroquevillée sur son siège. Le major lutte pour conserver son équilibre.

— Vous devriez vous asseoir, major. Qu'est-ce qui s'est passé ?

Remangeon se lève pour river son regard sur le chemin. L'adjudant remarque qu'il a du sang sur les mains, et qu'il est en train de tacher les appuie-tête.

— On lui a tiré dessus. Des braconniers.

— C'est sérieux ?

— Je ne crois pas. Elle s'est protégée par réflexe, c'est l'avant-bras qui a pris. Un peu le thorax. Heureusement que c'était du petit plomb.

— Les fumiers !

Remangeon baisse la tête quelques instants. La fatigue. La tension. Le remords.

— C'est ma faute. Je les ai sous-estimés. J'aurais jamais cru qu'ils seraient capables d'ouvrir le feu sur nous.

Surpris, l'adjudant se tourne pour scruter le visage du major, et constate à quel point ses traits sont tirés.

— Vous savez, major. Tout change, même les petits patelins comme ici. C'est fini l'époque de Raboliot et tout ça. Maintenant, ce sont des mafias de l'Est ou des gangs de manouches qui braconnent à grande échelle. C'est la guerre, comme partout… Chacun pour soi…

Le major se retourne sur sa subalterne. Elle ne se plaint pas, ne gémit pas, et prend son mal en patience avec un courage qui force le respect, ce qui ne fait qu'accentuer son sentiment de culpabilité.

Fabrice s'est arrêté dans un rayon désert du supermarché, troublé par un sentiment de déjà-vu qu'il ne parvient pas à définir. Les vitrines réfrigérantes bourdonnent de chaque côté de lui et perturbent sa concentration. C'est juste là, en surface, presque palpable, mais rien ne se matérialise. C'est ancien et très altéré par les couches successives du temps écoulé. *C'est en rapport avec Élise.*

La mine soucieuse, le gendarme relève la tête. À la croisée de l'allée centrale, un vieil homme au teint rougeaud l'observe, les traits du visage figés dans une expression de stupeur craintive. Il faut encore une poignée de secondes au gendarme pour reconnaître l'oncle de son ami d'enfance. *Étienne Jambart.* Les années n'ont pas été tendres avec lui et Remangeon comprend que les propensions alcooliques de l'oncle de Teddy n'ont pas diminué depuis leur dernière rencontre. Étienne est désormais bouffi et avachi, avec une panse proéminente saillant d'une silhouette frêle, les membres flottant dans des vêtements élimés et froissés.

Les deux hommes s'observent en silence, sans qu'aucun sourire amical, aucune esquisse de geste de reconnaissance ne déride leurs traits tendus. L'instant se prolonge et prend des allures de duel silencieux. Lorsque Fabrice s'anime soudain pour avancer à pas décidés vers Étienne, le vieil alcoolique jette autour de lui un rapide regard circulaire teinté de nervosité, ou de peur.

Le gendarme lui tend la main.

— Bonjour, Étienne.

L'autre rechigne à la poignée de main, comme s'il craignait le contact, et son regard aux petits yeux gris se fait fuyant et imprécis. Il finit par coasser :

— Alors, t'es rev'nu ?

— Eh oui.

Jambart secoue la tête.

— J'aurais jamais cru.

Fabrice fronce les sourcils. Il n'a pas manqué la note d'espoir brisé dans la phrase laconique du vieil homme.

— Si ça n'avait tenu qu'à moi…

Étienne hoche la tête.

— P'têt' que tu finiras par t'y faire. Des fois… un mal pour un bien.

Bien qu'il connaisse Étienne Jambart depuis son enfance, Fabrice n'a plus rien à lui dire. L'autre n'a toujours été qu'un élément constitutif du décor familial compliqué de Teddy, et il s'était finalement montré incapable d'enrayer la dérive destructrice de son ami. Remangeon a beau constater qu'il est vain d'en vouloir à un type faible, limité et sans envergure comme Étienne, il ne peut s'empêcher d'être empli à son contact d'un mépris détaché mais profond.

À sa place, un autre aurait pu sauver Teddy.

Après un nouveau hochement de tête énigmatique, et deux ou trois mots grommelés que Remangeon ne cherche même pas à saisir, le vieil homme s'éloigne à pas rapides. Ce que le militaire n'a pas vu, c'est l'augmentation brusque du rythme cardiaque et de la pression artérielle du vieil homme. Celui-ci se réfugie au rayon des conserves, où ses mains tremblantes s'emparent de deux boîtes de « cornède bife » qu'il jette dans son panier plastique. Le reste de ses courses se fera au rayon des alcools et spiritueux. La vue des centaines de bouteilles alignées sur leur rayonnage lui apporte un soulagement qui ne dure guère. Surgi de nulle part, un homme râblé, aux jambes arquées dans son vieux blue-jean, fond sur lui. Le nouveau venu ne le salue pas.

— Qu'est-ce tu foutais avec lui ?

Jambart n'a aucun moyen d'échapper au regard inquisiteur sous une frange grise qui le dissèque sans aménité.

— Bin, rin... On s'est salués, c'est tout.

L'homme au visage aigu cherche à sonder la part de vérité dans le regard errant de Jambart.

— Des fois, on dit des choses sans s'en rendre compte.

— Meuh, non. J'ai rin dit. Tu me prends pour un baziot ?

Le nouveau venu reste silencieux un instant, ses yeux noirs toujours rivés sur ceux d'Étienne. D'un geste sec du menton, il désigne les rayonnages environnants.

— Un baziot, non, mais un alcoolique, ça c'est sûr.

Jambart finit par baisser la tête, honteux. L'intrus termine sur une menace :

— T'as pas intérêt à jacter, Jambart, sinon, je m'occuperai de ton cas. Et ça s'ra bien pire que d'êt' privé d'alcool, crois-moi.

Il quitte le rayon et laisse le vieil homme à son désarroi. Étienne s'était raccroché à l'idée que l'annonce murmurée partout que Remangeon était de retour puisse être infondée, mais l'oncle de Teddy a dû se rendre à l'évidence bien vite. En quelques jours, sa routine d'oblitération du passé a montré ses limites. Avec Remangeon désormais partout en ville, c'est le poids du passé qui va ressurgir avec lui à chaque coin de rue, charriant son lot d'amertume et de culpabilité. Après le décès de son épouse l'année précédente, Étienne Jambart avait cru pouvoir sombrer lentement dans l'indifférence généralisée. Une noyade éthylique à petites gorgées. Un long engourdissement salvateur dans la solitude étriquée du veuf sans enfant. Il allait pouvoir mourir dans l'inconscience légère de la stupeur alcoolique. *Mais Remangeon a tout fichu par terre.*

Une boule d'angoisse se noue au creux de l'estomac atrophié de Jambart.

À présent, me v'là pris entre deux feux.

Sur le chemin du retour, Fabrice Remangeon repense à sa visite au centre hospitalier, en proie à une tristesse colérique. Les médecins se sont montrés rassurants au sujet de sa collègue, mais la voir ainsi couverte de pansements et badigeonnée de produit désinfectant l'a affecté. Le chirurgien a retiré dix-sept plombs de l'avant-bras du brigadier-chef. Aucun n'avait atteint l'os, et les huit plombs qui avaient touché le thorax de la jeune femme n'avaient pu pénétrer les chairs en profondeur non plus. La distance de tir, la végétation environnante fournie et les vêtements de la jeune femme avaient été suffisants pour briser et ralentir la gerbe de grenaille. Seule atteinte à la symétrie harmonieuse du visage ovale, un plomb solitaire avait déchiré la peau du menton et nécessité un point de suture.

Zélé, le chirurgien a mis de côté tous les plombs pour ses collègues de la Brigade de recherches, mandatée par la hiérarchie pour épauler sa brigade territoriale dans l'enquête sur cette tentative de meurtre. Le major a constaté que ceux-ci étaient petits et cubiques. Un type de munitions utilisé pour chasser le lapin, ancien fléau de la Sologne avant l'ère de la myxomatose. La pensée qu'on puisse désormais tirer les gendarmes « comme des lapins » a provoqué chez Remangeon une brusque bouffée de colère et de culpabilité. L'atmosphère dans la chambre était vite devenue glaciale, lui renfermé et désagréable, elle distante, peut-être gênée par sa visite, ou par les trop nombreux centimètres carrés de peau nue visibles que son état imposait. *Les jeunes sont pudiques maintenant.*

Une infirmière pressée et fatiguée avait précisé au major dès son arrivée que sa collègue venait de recevoir une dose d'antidouleur, et qu'il valait mieux ne pas rester trop longtemps afin de la laisser se reposer. Fabrice a déposé sur la haute table de nuit la boîte de pâtes de fruits achetée à la hâte au supermarché et est reparti, moins de dix minutes après son entrée dans la chambre de sa collègue.

Quittant la ville pour retourner au cœur de la forêt, il est resté songeur face aux murs de végétation bordant la route. La rénovation de la chaussée ou de son village natal ne saurait tromper son œil averti. On a beau mettre du bitume tiède ou de la peinture blanche, on peut abattre certaines masures en ruine pour rajeunir le bourg, les camions de la globalisation peuvent le traverser, il n'en reste pas moins un îlot fragile dans un océan de verdure où le sauvage attend dans l'ombre sa revanche. Sur l'écran de navigation de sa voiture le filet de la route et la zone réduite du village sont bien esseulés au milieu de l'image, presque entièrement verte.

Un kilomètre avant le village, un chemin forestier étroit et caillouteux monte sur la droite vers une très ancienne fontaine, située à trois cents mètres en retrait de la route départementale. La municipalité a fait installer un panonceau touristique qui indique le site d'origine gallo-romaine. Celui-ci n'existait pas lorsqu'ils y étaient montés, Élise et lui.

C'était quand ? Quelques semaines seulement avant notre mariage.

La voiture arrive à proximité du chemin. Fabrice ne peut s'empêcher de ralentir. Ses yeux fouillent la pénombre de la naissance du sentier, prêts à déceler la présence gracieuse de son épouse sous les branches basses d'un petit chêne. Elle avait chaussé des bottines de marche ce jour-là, et roulé ses chaussettes de laine sur les tiges montantes, dévoilant ses longues jambes fuselées sous un short en toile très court. Sa chevelure blonde coiffée en une tresse unique lui battait entre les épaules. C'était l'incarnation de la cheftaine scout dont rêvent en secret tous les adolescents, la marcheuse « ajiste » que tous les randonneurs auraient voulue dans leur groupe, portant sa beauté martiale avec la morgue détachée d'une Valkyrie.

Il se rappelle l'avoir embrassée à la fontaine à l'issue de leur marche, mais elle avait montré une réticence à ce geste qui lui échappe encore aujourd'hui.

Il n'y a personne à la croisée du chemin avec la route, bien sûr, et il poursuit jusqu'au village, mis mal à l'aise par le souvenir ravivé de l'attitude distante d'Élise à son égard.

Elle t'avait presque repoussé.

C'est jour de marché. Il approche de la place de l'église, encombrée de quelques stands de fruits et légumes ou des camions du fromager et du volailler de rigueur. Fabrice ralentit et s'immobilise pour laisser un groupe de piétons traverser un passage clouté. Derrière une vieille dame traînant son cabas et une Parisienne en week-end avec ses lunettes de soleil remontées sur sa permanente blonde, marche un homme mince et voûté, aux cheveux gris mi-longs sur la nuque, avec une frange désuète au-dessus d'un visage en lame de couteau à la peau bronzée.

L'homme tourne la tête et leurs regards se croisent. L'instant ne dure pas, mais le major est frappé par son intensité. Bien qu'il soit habillé en civil et dans sa voiture personnelle, c'est le genre de regard qu'on peut lui jeter lorsqu'il patrouille en uniforme. Pas la provocation puérile des jeunes ou des délinquants de pacotille, non, plutôt la haine sourde et remâchée des affranchis de la vieille école. Fabrice a connu l'individu beaucoup plus jeune, moins maigre, avec les cheveux courts encore blonds, tirant sur le roux, mais sa démarche, sa chemisette à carreaux fripée et son regard trahissent Tristan Lerouge mieux que son ADN.

Le gendarme redémarre en fixant le dos de Lerouge qui s'avance pour se mêler aux chalands du marché. Mû par son instinct, le gendarme rétrograde quelques dizaines de mètres plus loin pour garer sa voiture devant l'ancienne poste, transformée en remise pour les cantonniers municipaux. Sur le trottoir trône désormais une boîte aux lettres jaune, en forme d'ancienne borne kilométrique. Le courrier y est relevé par une camionnette itinérante deux fois par semaine.

Remangeon revient à pas décidés vers le marché. Il ne compte rien faire, pas même parler à Lerouge, mais il a envie de le voir de près, de le « sentir ». Croiser à nouveau son regard en quête d'une trace de culpabilité. Et peut-être le suivre jusqu'à sa voiture, histoire de vérifier s'il n'est pas propriétaire d'un gros 4 × 4 à benne de couleur claire, comme en possédaient ceux qui ont ouvert le feu sur Toussaint la veille.

Il n'est pas censé enquêter sur l'affaire maintenant que la Brigade de recherches va s'en charger. Tout au plus lui communiquer sans délai tout nouvel élément susceptible de l'aider. *Mais ils ne trouveront rien.*

Contrairement aux armes rayées, les fusils de chasse ne permettent pas d'identifier les munitions utilisées. Quant aux cartouches, elles sont en vente libre dans toutes les armureries de la région. Autant dire qu'il y a trente mille suspects potentiels parmi les seuls chasseurs avec un permis en bonne et due forme, sans compter tous les détenteurs de fusils hérités du père, de l'oncle ou du grand-père et qui ne chassent pas. Ses collègues vont faire des moulages des empreintes de pneus laissées par les braconniers près de la fusillade, mais les propriétaires de 4 × 4 sont sans doute à peu près aussi nombreux dans la même zone. *Et puis des pneus, ça se change.*

À partir du moment où ni lui ni Toussaint n'ont pu identifier la marque et le modèle exact du véhicule, et encore moins son immatriculation, l'enquête n'a rien sur quoi s'appuyer. Il serait nécessaire d'organiser une série de planques nocturnes pour retomber sur les braconniers, mais la Brigade de recherches est trop occupée pour assumer ce type d'opérations. Face à la dangerosité des suspects, les agents de l'Office de la chasse seront tenus à l'écart. Lui, on va lui demander de protéger ses personnels, c'est-à-dire de patrouiller désormais là où il n'y a aucun risque de trouver les braconniers. Cette démission rampante des forces de l'ordre le met dans une rage insidieuse et fébrile.

Le seul espoir d'une arrestation rapide des braconniers résiderait dans une dénonciation par un tiers quand la nouvelle du forfait va se répandre. C'était envisageable vingt ans auparavant, quand il existait encore une forme de décence commune, quand les gendarmes étaient respectés dans les campagnes. Cela l'est de moins en moins, même dans une petite communauté isolée comme ici.

Il faudra du temps, mais je trouverai.

Fabrice Remangeon enregistre quelques regards curieux posés sur lui, mais son affectation est trop récente pour que les gens sachent qu'il est le nouveau chef de brigade. Il redoute surtout qu'un ancien ne le reconnaisse, le forçant à des amabilités et à des convocations de souvenirs d'enfance sur fond de « r » copieusement roulés et de quelques mots de patois.

Tristan Lerouge ne s'est pas arrêté, ni sur le stand d'un des commerçants, ni pour discuter avec des clients ou des promeneurs. C'est comme s'il n'avait fait que fendre la foule réduite du marché sans même ralentir son pas de loulou de banlieue des années soixante.

— Fabrice ? Fabrice Remangeon ?

Le gendarme en civil tourne la tête avec méfiance. Ce visage féminin lui hurle sa familiarité, mais il doit attendre qu'une bulle précise éclose à la surface de ses souvenirs pour que les traits de son visage se détendent et qu'un léger sourire se forme sur ses lèvres dures et étroites.

Delphine. Delphine Alapetite. La « picassée ».

— Bonjour, Delphine.

Les yeux du major cherchent par-delà le visage de la femme un signe de Tristan Lerouge. Il comprend qu'il s'est arrêté au marché pour rien, que l'autre va lui échapper sans qu'il puisse le suivre jusqu'à sa voiture.

— Tu es revenu dans le coin ?

Fabrice s'attarde sur le visage de celle qui l'a interpellé avec une gaieté surprenante. Elle n'a pas vraiment changé. *Elle a juste vieilli, comme toi. Comme tout le monde.* Les coins de ses yeux affichent désormais des rides en pattes-d'oie et ses pommettes piquetées de taches de rousseur ne sont plus aussi lisses qu'à l'époque du lycée. Son menton pointu s'est empâté, mais l'éclat rieur de ses yeux bleus n'a pas changé, les désillusions de la vie ont passé sur elle comme autant d'averses éphémères.

— Oui.

— Oh, ça n'a pas l'air de t'enchanter.

— Rien de personnel, mais non.

Elle hésite :

— Et… Tu vas travailler à la brigade ? Chez nous ?

Il réprime une remarque amère. Elle sait pourtant que c'est la dernière destination de week-end qu'il choisirait.

— Oui. Et toi, comment va ?

Les yeux du major ont de nouveau quitté l'agricultrice pour scruter les gens qui les entourent et les silhouettes qui se pressent autour des stands devant l'église. Aucun signe de Lerouge. *Ce maudit braco s'est volatilisé.*

— Bah, ma foi, toujours aux Garennes.

Regard discret mais amusé de Remangeon. La ferme des Garennes est celle des parents de son interlocutrice. *Vieille fille… ça ne me surprend pas.*

— Ah. Et tes parents ?

— Ils ne sont plus tout jeunes, mais ça va. Bon… Il faut que je te laisse. Si tu passes aux Garennes, tu viens boire un café ?

— D'accord… À bientôt, Delphine.

Elle s'éloigne avec une brusquerie qui tranche avec sa joie initiale. Le militaire reste pensif quelques instants. *Après tout ce temps, c'est tout ce que nous avons à nous dire ?*

Arrivé au pied des marches de l'église, il lance un regard derrière les deux derniers camions sans pouvoir repérer Tristan Lerouge.

Lorsqu'il se retourne pour rebrousser chemin en direction de sa voiture, son expression se fige avant que son visage ne se vide de son sang. Un coup vicieux a frappé sa poitrine et une boule grossit dans sa gorge.

Ce n'est pas possible…

Il essaie de refuser la vision que lui proposent ses yeux mais ce n'est ni mirage ni une hallucination. Une silhouette ténue et fragile par-delà les stands, les passants et la route, mais bien réelle. Elle tourne un instant la tête en direction du marché, et le cœur du major est sur le point d'enfler jusqu'à comprimer ses poumons, avant que le muscle ne se fende. De douleur ou de joie, Fabrice ne sait pas.

Ce n'est pas possible…

La femme s'est immobilisée à une centaine de mètres de lui, avec plusieurs dizaines de personnes dans son champ de vision, et elle a posé son regard sur lui. Il ne peut distinguer avec précision les traits de son visage, mais le regard ignore la distance qui les sépare pour le brûler de sa familiarité.

La tête lui tourne et il doit mobiliser toutes ses forces pour arriver à relancer ses jambes. Il s'arrache à la stupéfaction et à la vague d'émotions qui s'emparent de lui pour aller à sa rencontre. Après une dizaine de mètres, il n'a pas conscience qu'il s'est mis à courir avant de bousculer une vieille dame en gilet blanc qui traîne un cabas à roulettes. Remangeon se retourne dans sa course pour jeter une excuse avant de poursuivre jusqu'à la route où il s'arrête, désorienté et le cœur battant.

Elle a disparu.

C'était Élise, mais elle a disparu.

Il a beau scruter les alentours, se retourner, chercher sur chaque trottoir le long de la route, il n'y a plus aucun signe de sa femme.

Le major ne se souvient pas d'avoir jamais nourri de questionnements métaphysiques. Le « pourquoi » de sa présence sur terre ne l'a jamais intéressé, ni même troublé. Quant à la *Connaissance*, le mépris qu'il avait affiché durant toute son adolescence envers la pseudo-mystique guérisseuse de son père l'avait à jamais éloigné de tout ésotérisme dans l'acquisition des savoirs.

Lire, écrire et compter. La géographie et l'Histoire de France. Les départements et les préfectures. La formation militaire, technique et territoriale à l'école de gendarmerie. L'épine dorsale de sa vision du monde s'appuie sur des éléments de savoirs simples qui ne prêtent guère le flanc aux atermoiements intellectuels. Des professeurs lui avaient dit en terminale que ses capacités lui permettaient d'espérer faire « beaucoup mieux » que gendarme malgré son milieu d'origine très fruste. Fabrice Remangeon ne comprenait pas ce qu'il pouvait y avoir de mieux qu'une belle carrière dans la gendarmerie nationale. Dès son plus jeune âge, il avait compris qu'il n'existe que trois fonctions authentiques : le paysan, le prêtre et le soldat. Son père avait dévoyé la première avec son charlatanisme bouseux lorgnant sur la seconde, il avait opté lui pour une synthèse des deux dernières. Il était devenu le bras armé au service de la justice immanente et de la protection des innocents. Les diverses entorses à la justice que sa carrière lui avait fait subir ou contempler n'avaient jamais remis en cause ce choix de jeune homme.

Ce n'est pas parce que certaines filles se mettent du coton dans le soutien-gorge qu'on ne va plus au bal pour leur agacer les tétons.

C'était une expression fétiche de son oncle Roland. Elle n'a plus guère de signification maintenant que les « bals parquets » ont disparu des campagnes et que le silicone s'invite sous la peau des demoiselles plutôt que le coton sous leur lingerie, mais la phrase lui est restée.

Pourtant, ce soir-là, face au cliché d'Élise qu'il tient entre ses doigts fébriles, assis sur le bord de son lit, le major est en proie à une série de questions sans réponses sur la signification des événements de la journée et sur le fonctionnement de son esprit, sur son rapport à ce qu'on nomme « la réalité ».

Ce ne pouvait être Élise au marché. Pourtant, c'était elle. Ses traits autant que son maintien, sa façon de marcher. Était-ce à force de trop vouloir la revoir sur le sentier de la fontaine ? Ai-je fini par visualiser ce que mon cœur espère tant ?

Son épouse est portée disparue depuis dix ans. Si elle était revenue dans sa région, des gens l'auraient reconnue. Élise n'avait pas beaucoup fréquenté le village, mais les habitants la connaissaient bien, ils l'avaient vue régulièrement avec lui, trois ou quatre fois par an lors de visites à ses parents pendant les premières années de leur mariage.

Oui, et alors ?

Élise a disparu trois ans après le décès de sa mère. Trois ans au cours desquels ils ne sont plus venus au village. Peut-être les habitants ne savent-ils pas au sujet de sa disparition ?

Tout finit par se savoir. Et puis, ils ont bien vu que tu es revenu seul.

Le major envisage la possibilité que les commentaires à propos de son célibat se soient orientés vers un divorce. *Comme tout le monde.* Il se dit aussi que son retour est encore trop frais, et son éloignement trop prolongé dans le temps pour qu'on vienne spontanément lui rapporter que la femme de X ou la cousine de Y qui vit au village ressemble de façon troublante à sa femme.

Malgré la faible probabilité d'une ressemblance – et la quasi-impossibilité d'un retour d'Élise incognito –, un sentiment très profond et très confus s'est emparé de lui. Comme la brûlure d'une évidence interne.

Le major pense à son retour forcé, à sa violence incompréhensible dans ce champ de colza qui a tout précipité, au chiffre treize, à la chasse sauvage et à la blessure de sa collègue provoquant son passage à cet instant précis où traversait Tristan Lerouge, vision annonciatrice de celle de son épouse. Il connaît les mécanismes simples des pièges de la pensée magique, il a lu des travaux à ce sujet afin d'exorciser pour de bon son passé familial. Pourtant, pour la première fois de sa vie, le major est en proie à un doute immense sur la possibilité d'une absence de hasard dans le cours des événements récents de sa vie.

Cette pensée signifie sa défaite totale dans sa tentative de fuir loin de là. Elle le répugne et le terrorise. Le militaire se demande s'il n'est pas en train de perdre pied. La vision d'Élise au marché n'était peut-être qu'une méprise, la distance et la focalisation de son esprit sur son épouse à la suite du passage devant la fontaine l'avaient trompé au sujet d'une femme blonde, qui ne ressemblait sans doute qu'assez peu à sa femme.

Ou peut-être une hallucination. Peut-être n'y avait-il personne de l'autre côté de la route à cet instant précis ?

Toutes ces années de solitude et de lutte contre le manque terrible de sa présence, de son odeur, de la tiédeur de sa peau. Sans jamais se plaindre. Comment savoir s'il n'a pas fini par atteindre les limites de sa propre résistance mentale ?

Depuis le papier glacé, Élise le regarde par-dessus son épaule dénudée. Ils étaient en week-end en Ardèche et il l'avait photographiée dans l'ombre d'un châtaignier alors que se découpait au loin la silhouette pierreuse de la tour d'une forteresse dont il a oublié le nom, mais qu'elle avait tenu à lui faire connaître. Fabrice cligne des yeux. À plusieurs reprises. La photographie occupe l'intégralité de son champ de vision. Les couleurs du cliché se renforcent, s'approfondissent et prennent tous leurs contrastes. Le grain du papier finit par se confondre avec le grain de la peau d'Élise. Une brise légère agite une mèche sur l'oreille de sa femme et il sent avec plaisir un peu d'air frais s'infiltrer dans le col de sa chemise pour caresser son cou. Un rayon de soleil se fraie un passage entre les branches de l'arbre agitées par le vent et vient réchauffer l'épiderme de la blonde tandis qu'elle tourne la tête. Ses grands yeux le fixent et l'intensité du regard qu'elle lui adresse est en contradiction avec la moue boudeuse de ses lèvres étroites et sèches.

Le bruit mécanique du diaphragme de son vieux reflex japonais résonne à son oreille. Il laisse retomber l'appareil sur sa poitrine. La voix d'Élise le surprend :

— Tu n'en as pas marre ?

— De quoi ?

— De me prendre en photo.

— Non, pourquoi ?

Elle pivote et fait trois pas pour le rejoindre.

— Si j'étais une primitive, je pourrais croire que tu veux voler mon âme.

Fabrice fronce les sourcils. Élise se redresse sur la pointe des pieds, comme toujours lorsqu'elle attend de l'action.

— Bon, on y va ? On doit passer au marché de pays.

Il tire sur la sangle de son appareil pour le décaler sur sa hanche, une légère grimace déformant ses traits. Elle prend sa mimique pour un refus.

— Tu as promis !

— OK.

— J'ai envie de crème de marron ce soir.

Élise vient enlacer sa taille, pressant sa poitrine menue contre son torse puissant à travers le pull-over léger et détendu. Les pointes de leurs nez s'effleurent et les grands yeux féminins l'absorbent.

— Et, puis, j'aurai peut-être envie d'autre chose, aussi, ce soir…

Il hésite mais Élise s'est déjà détachée de lui pour virevolter sur les cailloux dans ses tennis plates sans lacets. Elle s'arrête sous le châtaignier et se retourne, insistante :

— Bon, tu viens ?

Élise disparaît dans l'ombre.

Remangeon cligne des yeux. À plusieurs reprises. Il reprend conscience de la réalité du lit où il est assis, de l'environnement familier de son nouvel appartement de fonction. L'homme est sonné par la puissance du souvenir et des sensations qui y sont liées et qu'il vient de revivre, comme s'il avait joint deux boucles du ressort spiralé du temps.

La photographie de son épouse se charge d'une chaleur irradiante qui fourmille dans l'extrémité de ses doigts, avant d'aller en grandissant et de le brûler. Ses phalanges blanchissent sous l'effet de la crispation et il laisse tomber le cliché à terre en poussant un grognement.

C'est comme ça qu'il faisait… Le Vieux.

Fabrice Remangeon avale sa salive et contemple d'un œil terne la photographie sur le linoléum usé. Le cliché avait emprisonné un éclair dans le regard de son épouse qui l'a toujours fasciné et inquiété depuis sa disparition. Une expression et une attitude qu'il ne lui connaissait pas plus que celles du cliché de surveillance du péage. Sur la photographie, sa femme paraît boudeuse et secrète, ce qui n'était pas inhabituel chez elle, mais surtout un peu garce. Le gendarme a du mal à l'admettre, mais c'est le genre de regard qu'elle aurait pu lancer à un amant plus qu'à son mari. Lorsqu'il avait réalisé cela, il avait aussitôt détesté ce cliché, pourtant très réussi d'un point de vue technique, mais sans jamais pouvoir se résoudre à le détruire ou à le jeter.

Une pensée affreuse traverse l'esprit du major. Sa gorge se contracte sous l'effet de la douleur affective et de la tristesse de la trahison. Elle connaissait son aversion pour son village natal. Élise l'avait entendu maintes fois jurer de ne plus jamais y revenir une fois ses parents décédés, quoi qu'il arrive.

Et si elle avait voulu s'enfuir ? Et si elle avait souhaité disparaître à cause de toi ? Quel meilleur endroit pour se cacher de toi qu'ici ?

Lorsqu'il se penche pour ramasser la photographie cornée, une larme, une seule, devance sa main pour venir s'anéantir sur le visage d'Élise, son humidité rehaussant un bref instant l'éclat mystérieux dans les yeux de l'épouse évaporée.

Assise sur son lit d'hôpital, la jeune femme observe son supérieur en silence, ses pansements désormais à peine visibles sous sa veste de pyjama boutonnée avec soin. Dans le flot de lumière estivale qui baigne la chambre, Fabrice lui trouve bonne mine. Elle ne surmontera pas si facilement le traumatisme d'avoir été prise pour cible d'une arme à feu, mais son corps encore jeune a déjà tourné la page des blessures superficielles. Il lui restera les cicatrices.

— Vous allez venir me voir tous les jours ?

Le major ignore la part de ressentiment contenue dans la question de Toussaint. Il ne lui en veut même pas. C'est vrai qu'il a fait preuve de naïveté dans leur approche des braconniers. Toutes ses années en ville ont nourri un sentiment de supériorité vis-à-vis de sa région natale qui aurait pu coûter cher à sa collègue. Mais la culpabilité n'est pas le motif de sa nouvelle visite ce matin-là, non. Un geste élémentaire de courtoisie et de solidarité entre militaires d'une même brigade.

Comme il ne répond pas à sa question, la jeune femme enchaîne :

— De toute façon, je vais sortir demain matin.

Remangeon acquiesce en se demandant si c'est une invitation à cesser ses visites.

— J'ai eu l'officier de la Brigade de recherches au téléphone.

— Ah.

— Ils sont sur les dents en ce moment, avec des cambriolages à répétition dans les résidences secondaires et des vols de métaux sur les chantiers. Et la fusillade dans la bijouterie de Blois qui a fait la une nationale. Même si ça ne leur plaît pas qu'on ait tiré sur un gendarme, ils n'ont pas grand monde à mettre sur une chasse aux braconniers.

Toussaint affiche une moue fuyante. Fabrice sait que le désintérêt affiché par la jeune femme est une conséquence temporaire de ses blessures. Dans quelque temps, il sera important pour elle aussi de ne pas laisser l'acte impuni. Le major poursuit :

— Nous aurons tout loisir de collecter des éléments, si nous le pouvons.

La jeune femme braque ses yeux en amande sur son supérieur d'un mouvement vif de la tête.

— Je n'attends rien de vous, major. Et surtout pas que vous rendiez justice à votre manière.

Les traits du Solognot se ferment. Il déplore qu'elle s'accroche à leur altercation, ou aux rumeurs que la hiérarchie a gonflées à son sujet. *Elle est si jeune.*

— La justice est une amante redoutable, Toussaint. Tu verras. Tu comprendras, en vieillissant.

Ils échangent un regard lourd de sous-entendus et d'incompréhension mutuelle. Le major ne veut pas laisser le silence s'éterniser, et encore moins détourner la conversation sur des platitudes. Il lui dit simplement de prendre soin d'elle et s'en va. Dans le couloir, une famille à la mine triste jette un regard curieux et craintif sur son uniforme. Une fois dehors, il lance un œil vers le ciel aux nuages nombreux mais inoffensifs, puis en direction de la ligne de crête sombre des arbres qui bordent la Sauldre par-delà la maison médicale. Si on longe le cours d'eau vers le sud-ouest par la route de Pruniers, ce sont déjà les premiers massifs forestiers, à quelques centaines de mètres de l'hôpital. En prenant place au volant de l'utilitaire de la gendarmerie, le major se rappelle qu'ici, où qu'on se trouve, la forêt n'est jamais loin.

Il prend la rue des Capucins et le boulevard Lyautey, direction le nord. À la sortie de la ville, une camionnette blanche déboule dans le rond-point des Portes de Sologne à vive allure et lui vole la priorité, le forçant à donner un violent coup de frein pour éviter l'accrochage. Par chance, aucun véhicule ne le suit de trop près et ne vient le percuter par l'arrière. Furieux, il fusille du regard le conducteur du fourgon en l'insultant à vive voix mais l'autre, un brun au teint mat et au regard méprisant, se contente de lui offrir une face impassible et un regard mauvais où couve le défi. Fabrice n'a pas le temps de déchiffrer l'inscription qui orne les flancs du camion, une casse automobile, ni la plaque d'immatriculation, le véhicule indélicat sortant déjà du rond-point sans aucun clignotant et à la même vitesse qu'il y est entré.

Le major roule ensuite en silence pendant quarante minutes jusqu'aux locaux de sa brigade, plongé dans ses pensées centrées sur la femme aperçue au marché et sur le problème soulevé par cette apparition : comment la retrouver sans éveiller les soupçons de tout le village ? *Le fils Remangeon court après un fantôme*, voilà ce qu'ils diront. Et si la femme vue hier existe bel et bien, mais qu'elle n'a qu'une ressemblance lointaine avec Élise ? Il se couvrirait de ridicule et pousserait les gens à se demander s'il n'est pas névrosé à cause de la disparition de sa femme.

N'auraient-ils pas tort ?

Si de telles rumeurs remontaient jusqu'au Groupement puis à la direction générale, la hiérarchie pourrait alors en profiter pour se débarrasser de lui. *Radiation pour cause de troubles psychiques.*

Il est assis à son bureau depuis moins d'un quart d'heure, rassemblant des informations sur Tristan Lerouge, lorsque le brigadier Geretz se présente dans l'encadrement de sa porte restée ouverte.

— Major, une dame à l'accueil souhaiterait vous voir.

Fabrice relève la tête sur la brune. En dépit de sa silhouette fluette et de la minceur des bras pâles qui sortent des manches du polo, il apprécie son maintien et son attitude résolue.

— Une dame ?

— Oui, Mme Alapetite. Elle voudrait vous voir. Elle dit qu'elle vous connaît.

Remangeon se demande ce que la picassée lui veut. Il espère qu'elle n'est pas venue à la gendarmerie juste pour discuter de leur jeunesse après une course au village.

— Très bien. Dis-lui de venir.

Le major note sur un coin de feuille le numéro d'immatriculation du véhicule de Tristan Lerouge avant de fermer son fichier de consultation.

— Bonjour, Fabrice.

Remangeon se lève, fait un signe de tête pour remercier Geretz qui les abandonne et contourne son bureau pour s'approcher de Delphine.

— On se fait la bise, cette fois ?

Elle sourit et ils s'embrassent. Le gendarme remarque que l'agricultrice s'est parfumée et qu'un léger voile de fard bleuté recouvre ses paupières, ce qui est en contradiction avec la simplicité de sa tenue. Un pantalon de jean et un sage chemisier blanc, boutonné jusqu'en haut. Il s'explique :

— Excuse-moi, pour hier, j'étais pressé.

Il lui fait signe de prendre place sur la chaise vide face à son bureau et s'appuie sur le rebord du meuble en restant debout, les mains sur la tranche garnie de plastique noir.

— Ce n'est pas grave, commente-t-elle. J'ai bien vu que tu avais à faire.

Un silence.

— J'avais l'intention de passer aux Garennes, tu sais.

Il regrette aussitôt sa tournure maladroite qui sonne comme un reproche. Delphine baisse la tête, ses mains jouant avec sa clef de voiture. Après un nouveau silence gêné, elle lâche avec réticence :

— Justement. Les Garennes. On a des ennuis.

Fabrice fronce les sourcils. Il connaît la pudeur de Delphine, autant que les réticences locales à admettre les difficultés. Étant donné le peu de mots échangés sur le marché, la rapidité de la confession en dit long sur la détresse de l'agricultrice.

— Qu'est-ce qui se passe ? Quel genre d'ennuis ?

— Eh bien... C'est mes faisans. Ils crèvent tous.

— Tes faisans ?

La femme lève la tête vers le gendarme et lui offre un sourire triste.

— Il y a huit ans, quand mon père m'a cédé l'exploitation, j'ai décidé de diversifier l'activité. Il n'y a plus d'avenir pour les petites exploitations. Surtout en Sologne. J'aurais pu simplement louer les terres et le droit de chasse, comme tout le monde, mais tu me connais : il faut que je fasse quelque chose de mes dix doigts. J'ai décidé de consacrer deux hectares à un élevage de faisans. Je me suis formée chez un éleveur dans l'Allier, un ami, qui m'a fourni mes premiers faisans à un bon prix. Après du bricolage la première année, la banque m'a suivie et j'ai investi dans des volières, des incubateurs et des éleveuses.

— Et ça ne marche pas ?

— Pour sûr, que ça a marché. Aujourd'hui j'ai cinq hectares de volières ouvertes semés aux deux tiers en maïs. J'ai des clients partout en France, des sociétés de chasse, des boucheries, des charcuteries. Même des chasses officielles : je me suis spécialisée dans le faisan américain, pour le tir.

Fabrice hoche la tête. *La chasse, toujours la chasse.*

— Et alors, qu'est-ce qu'il se passe avec tes faisans ?

Delphine Alapetite grimace avec amertume et lassitude.

— Je ne sais pas. Personne ne sait. Les poules ne pondent plus, les adultes deviennent chétifs, les poussins meurent presque tous. En huit ans, je n'ai jamais vu ça.

— Une épidémie ou des parasites ? C'est le risque des élevages à grande échelle, non ?

— J'ai fait venir deux vétérinaires différents. Leurs traitements au vermifuge ou aux antibiotiques me coûtent les yeux de la tête et sont sans effets. Ils ne veulent pas me l'avouer, mais je vois bien qu'ils ne savent pas ce qui se passe. La saison va être catastrophique.

— Et ton ami éleveur ? Tu l'as consulté ?

— Oui. Il a été très gentil et il est venu deux jours pour constater par lui-même…

La femme fixe le gendarme, les yeux noyés par la détresse.

— Il n'a jamais vu ça, Fabrice. Cela fait vingt ans qu'il élève des perdrix et des faisans, il a même écrit un livre sur le sujet, on peut le trouver sur Internet, et tout ce qu'il a pu me dire, c'est que d'après lui il y a une « intervention extérieure ».

— Une intervention extérieure ? Il soupçonne une malveillance ? Un empoisonnement ?

Delphine baisse à nouveau la tête.

— Oui, en quelque sorte… Je crois que… qu'il y a quelqu'un… qui m'veut du mal…

La voix de la visiteuse s'est éteinte sur la fin de sa dernière phrase. Quelque part au fond de Fabrice, un sentiment inconscient s'éveille.

— Tu as reçu des menaces ?

L'éleveuse tourne la tête de droite à gauche en signe de dénégation.

— Tu sais qui ça pourrait être ?

Elle ne répond pas tout de suite, gardant la tête baissée sur ses mains nerveuses.

— Je ne sais pas. C'est difficile de porter des accusations. Il faut faire attention à ce qu'on dit.

Le major se redresse.

— Très bien. Je passerai aux Garennes voir ton exploitation. Avant la fin de la semaine, c'est promis.

L'engagement du gendarme réveille un instant l'éclat joyeux du regard de l'agricultrice. Elle se lève, soulagée.

— Merci, Fabrice. Merci.

Elle reste quelques secondes sur place, comme embarrassée par ses bras ou son corps, les joues rosissant.

— À bientôt, Delphine.

L'éleveuse s'en va et laisse le gendarme songeur debout devant son bureau, les bras croisés. Quelque chose lui a échappé, il le sent, mais il n'arrive pas à mettre un nom dessus. C'est là, sous-jacent, sournois, latent. Un élément désagréable dans ce bref échange. Il se demande si cela pourrait avoir un rapport avec eux, avec cette nuit d'été il y a presque trente ans.

Les portières du véhicule de patrouille claquent dans la cour de Tristan Lerouge. Le soleil de ce début d'après-midi réchauffe les avant-bras dénudés des deux gendarmes qui s'avancent en direction de la porte d'entrée. Sous les visières des casquettes bleu marine, des lunettes de soleil renforcent l'effet martial de leur arrivée. Le maître de maison observe les hommes en uniforme depuis le seuil de sa demeure, une bâtisse du début du vingtième siècle, enduite d'un crépi récent et aux ouvertures ornées de briquettes et de pierres blanches. Il laisse les militaires s'approcher sans esquisser le moindre geste, amical ou hostile. Une fois devant lui, Remangeon range ses lunettes et demande, pour la forme, à l'homme en bermuda et T-shirt blanc sans manches :

— Bonjour, monsieur. Gendarmerie nationale. Vous êtes Tristan Lerouge ?

Le braconnier soutient le regard du gendarme et c'est comme s'il encaissait un léger coup. Il tourne la tête vers le second militaire, dont les larges verres miroirs style Police lui renvoient une image déformée de son visage aigu. Quand il revient sur Fabrice Remangeon, Lerouge hoche la tête en silence, l'air contrarié, un feu mauvais couvant au fond de ses prunelles sombres.

— J'te reconnais, Remangeon. T'es le fils du sorcier.

Il a ponctué sa phrase d'une intonation méprisante sur le dernier mot, craché plus qu'articulé. L'adjudant se crispe et se tourne vers son supérieur, dans l'attente d'une réaction violente. Il ne se passe rien pendant plusieurs secondes, si ce n'est une joute visuelle intense s'alimentant de vieux souvenirs que de Freitas ignore, et dont il ne peut mesurer les enjeux réels.

— Et toi, Lerouge, un braconnier, et fils de braconnier.

Face à la réponse du major, le sourire du maître des lieux se fige un bref instant, une lueur vive et colérique s'agite dans ses yeux réduits à deux grains de café brûlant, avant de s'épanouir au maximum en tirant sur le cuir brun de son visage d'apache.

— Venez donc boire un canon, messieurs les gendarmes.

Le suspect n'attend même pas leur réponse et s'enfonce dans sa maison. À la grande surprise de l'adjudant, et en dépit de la moquerie débordante du ton de Lerouge, Remangeon gravit les deux marches du seuil et pénètre à son tour dans les entrailles de l'antre du Bouc rouge, comme on le surnomme dans la région.

Drôle de façon de faire les présentations.

Manuel de Freitas ôte ses lunettes de soleil et monte les marches à la suite de son collègue. Il retrouve les deux hommes dans une cuisine carrée sur sa droite, après un bref couloir d'entrée encombré de chaussures, de bottes et de manteaux. Il s'attendait à trouver l'intérieur et la cuisine en désordre, mais ce n'est pas le cas. Il perçoit une odeur ténue de tabac blond, sans en identifier l'origine.

Tristan Lerouge pose trois verres courtauds et épais sur la table ronde au milieu de la pièce. Des verres de cantine scolaire. Il s'empare ensuite d'une bouteille de blanc entamée et leur verse un demi-verre.

— Je vous aurais bien proposé une p'tite goutte mais ça risque d'être pas autorisé pour des gars en service. Santé.

Il ne laisse pas ses deux visiteurs trinquer avec lui. Tout juste ont-ils le temps de lever en silence leurs verres qu'il a déjà avalé d'une traite ses quinze centilitres de blanc. Lerouge repose ensuite son verre sur la table d'un geste ferme.

— Bon, alors, qu'est-ce que vous voulez ?

Remangeon est surpris par la tonalité de la question. Derrière la fausse désinvolture, il n'est pas difficile de déceler une forme d'appréhension. Pourtant, il sait que le braconnier n'est pas homme à craindre les gendarmes. Le major vide son verre à son tour, et il rejoint celui de son hôte.

— Un cerf et deux biches ont été braconnés dans un parc appartenant à Patrick Vailly.

Lerouge croise les bras très haut sur sa poitrine étroite et bombée, les pouces larges enfoncés sous ses aisselles velues. Le marcel immaculé qu'il porte contraste avec son bronzage soutenu d'homme d'extérieur. Sur ses bras, on devine quelques vieux tatouages d'armée faits à l'aiguille, devenus illisibles. Ses traits se détendent de façon infime.

— Oui. Je sais.

— Le propriétaire vous a mentionné dans la liste des suspects potentiels, avance de Freitas avec prudence.

— Ah, ouais ? Et qu'est-ce qu'il a comme preuves contre moi, Vailly, hein ? Des cerfs, j'en tue autant que j'en veux. Vous croyez que j'irais m'emmerder à arracher ses clôtures à trois heures du matin pour un cerf et deux biches ?

— Qu'est-ce que ça veut dire « j'en tue autant que j'en veux » ? Vous admettez commettre des actes de braconnage ?

Lerouge adresse un rictus moqueur à l'adjudant.

— Non, ça veut juste dire que pendant la saison d'chasse, des invitations au cerf, j'en refuse tous les dimanches. C'est comme ça avec les gars qui savent tirer.

— Tu as travaillé pour lui, coupe le major. Pour moi, ce travail de sagouin, ça ressemblait surtout à un acte de vengeance. Il t'a licencié, non ?

— Ah… Nan. C'était du temporaire ce boulot, je comptais pas rester. J'ai pas besoin d'ça. Et ma vengeance, je l'ai déjà eue. C'est pour ça d'ailleurs qu'il cherche à m'faire accuser : parce que j'y ai arrangé sa bonne femme. Hé ! Sacrée fumelle.

Un silence épais tombe entre les trois hommes. La réserve des militaires tranche avec l'autosatisfaction de leur hôte. De Freitas repose à son tour son verre vide sur la table. Le major reprend :

— Bon, écoute, Lerouge : j'en ai rien à faire des cerfs de Vailly. Ce qui m'ennuie, c'est qu'on a ouvert le feu sur un de mes gendarmes dans son autre parc. Il se peut que ce soit la même équipe, mais rien n'est certain. Et ça, tu vois, j'ai pas l'intention de le laisser passer.

Lerouge ne répond rien et se contente de fixer Remangeon. Son visage affiche une neutralité de façade qui ne trompe pas le gendarme.

— Est-ce que tu as quelque chose à me dire à ce sujet, avant que ça n'aille trop loin ?

L'homme se redresse sur ses jambes arquées, tendu comme un arc.

— Tu m'accuses, Remangeon ? Tu m'accuses, moi, d'avoir tiré sur ta petite métisse ?

Les deux gendarmes froncent les sourcils de concert face à une réaction qui leur paraît à tous deux disproportionnée.

— Je ne t'accuse pas, Lerouge. Je te demande si tu as des informations à nous communiquer.

— Nan, j'ai pas d'informations… Mais j'ai un conseil pour l'aut' cornard : tu lui diras d'ma part que plutôt que d'accuser sans preuves, y ferait mieux de faire bosser ses gardes particuliers.

Le major enregistre l'information et hoche la tête. Lerouge n'a pas l'intention de proposer une nouvelle tournée, que les gendarmes devraient refuser. La discussion est close. Les trois hommes sortent en silence. De retour dans la cour baignée de soleil, le major s'arrête avant de monter dans la voiture de gendarmerie pour désigner la calandre haute et massive d'un tout-terrain gris métallisé, stationné à une vingtaine de mètres sous un hangar sur leur droite.

— C'est ton 4 × 4, ça, non ?

Lerouge sourit.

— Ouais. Concession Vailly, à Romorantin. Ils font des prix pour les amis de la patronne.

De Freitas ne peut réprimer un sourire.

— Ce n'est pas un modèle avec benne ? poursuit le major.

— Nan. C'est pas un pick-up. J'suis pas artisan, ni ferrailleur. J'suis chasseur.

Remangeon tente de décrypter la tonalité variable des paroles du braconnier derrière son ironie. *Il sait quelque chose. Ce n'est peut-être pas lui, mais il détient des informations.*

Les gendarmes rejoignent leur véhicule. Après que le major a mis le contact, la main de Lerouge se pose sur son avant-bras à travers la vitre ouverte. Un contact ferme, presque électrique, désagréable.

— Écoute, Remangeon. Toi et moi, on a jamais été du même bord. Déjà à l'école primaire. T'es v'nu chez moi en gendarme, alors je t'ai reçu, j't'ai payé un coup et j'suis resté poli. Maintenant, à moins de revenir pour m'arrêter avec les papiers du juge, t'avise pas de remettre les pieds chez moi, uniforme ou pas uniforme.

L'écran des lunettes du major coupe court à toute nouvelle tentative de joute visuelle. Lerouge relâche vite son emprise, reculant d'un pas. Il tourne sur lui-même pour observer le capot de la voiture, avant de donner un petit coup de pied dans le pneumatique avant gauche et d'effleurer l'aile d'une main, le regard dur. Le geste attire l'attention de Remangeon. *Les doigts du braconnier. Comme s'ils avaient esquissé un signe particulier.*

— C'est pratique ces modèles. Mais il paraît que ça tient pas trop la route…

Ils n'ont pas le temps de répondre. Lerouge est reparti à travers sa cour, la traversant de sa démarche de cow-boy fatigué.

— Cela fait deux ans que je suis ici et c'est la première fois que je le vois de si près, commente de Freitas. C'est pourtant pas faute d'avoir entendu parler de lui.

— C'est la marque de fabrique des vieux bracos. Ils créent un mythe autour d'eux, si bien que tout le monde finit par les voir, surtout là où ils n'ont jamais été.

— Vous croyez que c'est lui, pour Toussaint ?

Remangeon se renfrogne. Comment expliquer ? Il est presque certain que Lerouge n'est pas lié à la fusillade. *Il cache beaucoup de choses, mais pas ça. Pourtant, il redoute quelque chose. Il s'est focalisé sur toi. C'est toi qu'il a sommé de ne pas revenir. Pas de Freitas.*

— C'est possible, mais ça voudrait dire que les choses ont bien changé, alors.

L'adjudant émet un grognement que son supérieur n'est pas certain d'interpréter de façon correcte. Remangeon passe une vitesse, avant de reprendre :

— Il y avait quelqu'un d'autre dans la maison. Il y avait une odeur de tabac blond dans la cuisine et Lerouge n'avait pas de cigarettes. Quelqu'un qui se cachait.

— C'est sa femme.

— Lerouge est marié ?

— Oui. Il s'est acheté une Russe sur Internet. Une belle blonde. Elle sort très peu, il doit avoir peur qu'on la lui vole... Je l'ai croisée une fois au village.

Fabrice se fige. Le souvenir de Lerouge au marché lui saute au visage. C'est là qu'il l'a vue. *Élise. Dans le sillage du braconnier.*

Non... Non, quand même pas. Pas chez lui !

Maintenant que l'idée lui a effleuré l'esprit, il sait qu'il est trop tard. Il ne pourra pas ne pas demander à de Freitas. Sous l'œil circonspect de son subalterne, Remangeon extirpe son portefeuille et l'ouvre en deux pour montrer un portrait d'Élise à l'adjudant, les traits tirés par une angoisse subite. L'autre ouvre de grands yeux, avant de demander :

— Pourquoi vous avez une photo de sa femme ?

Le cœur du Solognot fait une embardée tandis qu'il pâlit.

Chez Lerouge ? Et mariée ? C'est pas possible.

Il jette un œil désespéré en direction de la bâtisse du braconnier.

Élise. Là. Cachée quelque part. Elle t'a sûrement vu !

Livide, désorienté, le major entame sa manœuvre pour sortir de la cour et ne pas prolonger le malaise de son coéquipier qui l'observe maintenant avec méfiance.

Derrière la porte d'entrée qui s'est refermée, Tristan Lerouge écoute le bruit du moteur dans son dos. Celui-ci finit par s'étioler puis s'évanouir et l'homme fixe alors d'un air soucieux la paume de sa main droite, celle qu'il a posée sur le bras du gendarme. Il fait jouer ses doigts, les ouvrant et les refermant à plusieurs reprises, surpris par ce brusque engourdissement, et ce que cela pourrait signifier. Le vieux braconnier ne peut contenir une grimace qui trahit son appréhension à la pensée du retour au pays de Fabrice Remangeon.

Pourquoi y a-t-il fallu qu'il revienne ?

Des mains grattent la terre. Il ne sait pas si ce sont ses mains ou celles d'un autre. C'est une terre sombre et humide à la texture grumeleuse et aérienne proche du terreau. On imagine avec aisance l'odeur familière qui doit s'en dégager.

Les mains dégagent d'abord l'arête d'un nez. L'organe est très pâle, presque translucide, et ses contours sont délicats. Lorsque les narines deviennent visibles à leur tour au gré du reflux de la marée terreuse, on en conclut qu'il s'agit là d'un nez féminin.

Les mains continuent de s'activer, mettant au jour des pommettes hautes et lisses. Il faut y chasser les derniers grains de terre avec délicatesse, puis découvrir la ligne proéminente des arcades sourcilières, un front tout aussi pâle que le nez.

Déjà se forme l'esquisse d'un visage familier et le cœur de Fabrice se contracte.

Les doigts redescendent vers la bouche sans cesser de danser sur la face et exhument le double sillon mince et tendre des lèvres, fines et d'un rose passé, presque dépigmentées. De la terre s'attarde à la commissure des lèvres et lorsque se dessine le profil familier, le doute n'est plus permis.

Le cœur du gendarme cogne dans sa poitrine, et cela lui fait mal, comme si ses côtes se fracturaient de l'intérieur, les unes après les autres.

Lorsque la terre est chassée de la double cavité des yeux clos, l'ovale de porcelaine du visage endormi d'Élise lui apparaît, comme si elle avait enfoncé la tête sous la surface d'une vague terreuse et qu'il la contemplait depuis l'autre côté de ce voile suspendu d'humus riche et sombre.

Elle ouvre alors les yeux, braquant ses prunelles bleues sur lui, et son regard enfle au point d'oblitérer tout le reste. Il est seul face à ce regard aussi froid qu'intense qui est prêt à l'engloutir. Remangeon hurle mais son cri se perd dans l'espace vide, et l'idée même d'une possibilité de cri s'est éteinte.

Bientôt, lui-même n'est plus, et seuls demeurent les yeux bleus d'Élise, grands ouverts.

Toussaint est assise sur un banc au fond du couloir, près d'une haute baie vitrée qui la baigne de lumière, vêtue d'un polo noir et d'un pantalon de pyjama. La jeune femme a croisé les jambes, suspendant l'une de ses mules à l'extrémité d'un pied long et fin. Les revues posées sur une table basse devant elle ne l'intéressent pas et elle se contente d'observer les frondaisons d'un vert profond à travers la vitre où se devinent quelques traces de doigts dans le contre-jour. Lorsque le pas lourd du major attire son attention, elle tourne la tête sans empressement. L'Antillaise ne quitte pas son supérieur des yeux tandis qu'il s'approche mais ses traits ne trahissent ni émotion ni sentiment particuliers.

Remangeon prend place à ses côtés en lui jetant un bonjour à peine audible. Le banc grince sous son poids et ses rangers couinent sur le linoléum usé et décoloré par les milliers de passages de serpillières imprégnées d'eau de Javel et de désinfectants. Toussaint décroise les jambes et se redresse tandis qu'il se passe une main lourde et fatiguée sur le visage. Le gendarme a passé une sale nuit, entrecoupée de réveils fiévreux, et un cauchemar à propos d'Élise l'a éveillé aux aurores, si troublé qu'il n'a pu se rendormir. Il a rêvé qu'elle était enterrée vivante et qu'elle rouvrait les yeux lorsqu'il mettait son visage au jour. Sa femme le fixait, mais son regard n'avait rien de tendre, ni de réconfortant. Plutôt un regard empli de haine.

Ce matin-là, ce rêve effrayant chassé de son esprit à grand-peine, il n'a pas cessé de penser à cette femme blonde chez Lerouge. Fabrice s'est convaincu qu'il ne peut s'agir que d'un cas de ressemblance fortuite. Lui-même ne l'a aperçue que de très loin sur le marché. Le fait que de Freitas ait confondu la nouvelle épouse du braconnier avec Élise d'après une vieille photographie écornée de son portefeuille ne signifie rien. L'adjudant ne connaissait pas son épouse et il n'a croisé cette « Russe » qu'une seule fois, de son propre aveu. *Comment une femme de la qualité d'Élise pourrait-elle partager le quotidien d'un homme aussi fruste que Lerouge ?*

Il reste malgré tout une part de doute résiduel que le Solognot n'arrive pas à oblitérer. *Une amnésie peut-être ?* Il doit trouver le moyen de se rendre à nouveau chez les Lerouge pour rencontrer cette femme.

Le brigadier-chef observe son supérieur, dans l'attente d'un mot ou d'une parole, mais il ne la regarde même pas, il ferme les yeux après avoir calé sa tête en arrière contre le mur, prêt à s'endormir.

— Je vais enfin sortir.

— Tant mieux. On s'ennuie vite à l'hôpital quand on peut marcher.

Elle regarde à nouveau du côté de la baie vitrée.

— Je ne vais pas avoir grand-chose à faire non plus à la caserne. On s'ennuie vite quand on a plusieurs jours d'indisponibilité à passer dans un F2 par ici.

Remangeon ouvre les yeux et se tourne dans sa direction, une moue suspicieuse sur le visage.

— Je ne te reprendrai pas avant. Tu dois te reposer. Tes plaies ne sont pas encore cicatrisées.

— Je sais.

Elle pose ses mains à plat sur le banc en se tournant vers le major. Leurs regards se verrouillent l'un dans l'autre. Le pouls de Fabrice enregistre une embardée. Les flots de lumière coulant de la baie vitrée rendent presque translucides les longs cheveux frisés de la jeune femme. Sa peau bombardée de rayons de lumière paraît cireuse et dépigmentée, d'une pâleur mortuaire. L'espace d'un bref instant, trois ou quatre secondes, il est confronté à une image de Toussaint radicalement différente, aux traits si tirés sur son visage pointu qu'on devine la silhouette osseuse du crâne derrière les tissus vivants devenus transparents. La fatigue accumulée au cours de la nuit revient alors le tancer et un léger vertige s'empare de lui. Il sursaute sur le banc et provoque un craquement aigu entre eux, suivi d'un bruit sourd lorsqu'un de ses pieds vient cogner contre la plinthe.

— Qu'est-ce qui se passe, major ?

— Nan, rien. J'ai très mal dormi.

— Oui, je vois ça.

Elle a retrouvé son visage normal, il se détend et s'appuie à nouveau contre le mur. Toussaint lui sourit, sans amertume ni provocation cette fois. Il remarque la parfaite harmonie de sa dentition. Un émail d'un blanc éclatant, une régularité peu courante dans la dimension et l'alignement des dents. Une bouche d'actrice d'avant les ravages de la chirurgie esthétique, avec une lèvre supérieure fine et symétrique aux bords de fuite presque inexistants aux commissures, tandis que la lèvre inférieure est pulpeuse et très ourlée en son centre.

De façon subite, le sourire s'efface.

— Pourquoi vous me regardez comme ça ?

Il réalise que sa fatigue excessive lui a fait oublier toute convention.

— Excuse-moi, je suis fatigué. Je regardais… ta bouche.

— Qu'est-ce qu'elle a, ma bouche ?

Toussaint s'est raidie, portant une main involontaire à ses lèvres.

— Mais rien… C'est juste que tu sais, des fois, quand on est crevé, on se focalise sur un truc. On reste dix minutes à fixer un radiateur, et puis d'un seul coup on s'en rend compte, et on regarde à droite et à gauche pour vérifier que personne ne nous a vu, un peu honteux.

La jeune femme n'est pas convaincue. Ses joues ont repris des couleurs. Il peut lire la colère naissante dans son attitude, à ses lèvres pincées, à cette façon qu'elle a de se braquer très vite.

— Vous n'avez pas l'air honteux.

— Non, c'est vrai.

Il émet un petit rire ironique pour désamorcer la situation.

— Je sais très bien à quoi vous pensez. Hein, major ?

Le visage du gendarme se ferme et s'assombrit. La tournure des accusations de la jeune femme devrait le pousser à sourire, mais la haine qui s'insinue dans les grands yeux sombres rivés sur lui anéantit tout espoir de plaisanterie. *Cette fille déborde de ressentiment.*

Il articule avec calme :

— Je ne comprends pas de quoi tu parles, Toussaint. Vraiment. Je t'assure qu'il s'agit d'un malentendu. J'ai vraiment passé une sale nuit et je m'excuse si je t'ai mise mal à l'aise en fixant ainsi ta bouche. C'était idiot, je pensais à des vieux films, je me disais que tu avais de jolies dents. Cela n'a rien de sexuel ou autre, je ne sais même pas pourquoi je parle de ça. Cette situation est absurde. Je ne comprends pas ton attitude.

Le major se lève, l'air préoccupé. Elle l'invective à nouveau :

— Pourquoi vous venez ? Pourquoi vous ne faites pas comme les autres ? Geretz est passée une fois me voir, cinq minutes avant d'aller faire ses courses, et de Freitas, il s'est contenté d'un seul coup de fil pour dire deux ou trois banalités. Pourquoi vous faites semblant, vous ?

La colère a cédé le pas à la détresse dans sa dernière question. Il laisse passer un lourd silence, avant de demander d'un ton neutre :

— Qu'est-ce qu'il y a, Toussaint ? Tu ne te sens pas bien à la brigade ? Tu crois que les autres ne t'apprécient pas ?

Elle baisse la tête, cherche un refuge dans ses mains qui se mêlent. Le major comprend alors le mal qui la torture. Une douleur que lui n'a jamais connue : le mal du pays. Il sait que c'est dur pour les jeunes gendarmes venus d'Outre-Mer, d'abord les longs mois d'école avec la fatigue nerveuse et physique et le peu de permissions, le manque d'argent pour les voyages aller-retour, puis la première affectation, loin des siens, parfois loin de tout, comme ici. Les promesses d'une métropole fantasmée consumées à la réalité d'une solitude qui vous cingle au visage.

Fabrice se rassoit près de la jeune femme, sans dire un mot. Il a le temps de lire trois fois tout le texte d'une affiche de prévention contre le tabagisme face à lui avant qu'elle ne lâche dans un souffle sans relever la tête :

— Je la déteste, cette forêt… Je la hais…

Comme pour mieux s'en convaincre, elle effleure du bout des doigts le pansement qui couvre l'extérieur de son avant-bras.

— Moi aussi, tu sais.

Il y a encore quinze jours, il aurait craché cette affirmation. Là, Fabrice réalise après coup que son ton manquait de conviction. Un petit bruit humide et inattendu interrompt sa réflexion. Le banc est agité de légers soubresauts. La jeune gendarme pleure.

Le major passe un bras autour des épaules voûtées de la jeune femme et l'attire à lui pour qu'elle repose sa tête contre sa poitrine, comme le ferait un père impuissant face au premier chagrin d'amour de sa fille qui a grandi trop vite. Elle se laisse aller et éclate en longs sanglots douloureux. Une infirmière surgit d'une ouverture à l'autre bout du couloir et les observe. Remangeon lève une main pour lui faire signe que ça va. Le visage de la femme se détend et elle les laisse seuls.

La crise de larmes finit par cesser. Sans lever la tête, les yeux rougis, la jeune femme murmure qu'elle voudrait rentrer chez elle.

— Oui, je sais, c'est dur d'être seul.

Fabrice Remangeon repense à toutes les années écoulées depuis la disparition d'Élise. Des années de solitude où il a prétendu ne pas souffrir, mais il réalise à cet instant l'ampleur du mensonge qu'il n'a cessé de se raconter, et entrevoit la possibilité que son geste inconsidéré constitue un acte manqué.

Un jour ou l'autre, tout le monde veut rentrer chez soi. Pourquoi pas toi ?

Ils ont fait le tour des bâtiments, puis des volières, avant de s'arrêter à l'extrémité de la propriété des Alapetite, en lisière d'une clairière d'herbes folles courant jusqu'à la forêt. Fabrice a émis peu de commentaires tout au long de la visite de la faisanderie, mais il a été impressionné par les infrastructures mises en place par Delphine, la propreté des éleveuses et de la couveuse, l'inox rutilant des parquets de reproduction surélevés, la fermeté des piquets et des grillages des volières. Son amie est passionnée par son projet et maîtrise le cycle d'élevage des volatiles de bout en bout.

À présent, Delphine se tient silencieuse, les mains dans les poches de son pantalon de jean, son menton baissé sur sa poitrine, le regard naviguant entre les deux bouts de ses bottes en caoutchouc. Elle lui a énuméré les maladies possibles, explications écartées par le diagnostic des vétérinaires dans le cas de son élevage, victime d'une carence généralisée en vitalité. Ses poussins se refusent à vivre, ses poules à pondre et ses mâles à assumer leur rôle de reproducteurs.

— As-tu constaté des marques de passage autour de ta propriété ? Du grain suspect qu'on aurait pu jeter dans les volières ? Un piquet ou un morceau de grillage endommagé ?

Elle secoue la tête.

— Il serait difficile de mettre du poison partout. T'as bien vu que mes américains sont à part et proches du bâtiment des éleveuses, en vue de la ferme d'habitation. J'y suis tous les jours. Pourtant, ils vont pas mieux que les autres…

Fabrice se retourne sur le grand triangle de l'exploitation, où des champs de blé cernent la faisanderie, puis pivote en direction de la départementale qui dessert la ferme des Garennes, avant de revenir au mur sombre et végétal de la forêt derrière l'agricultrice, à plus de quatre-vingts mètres du grillage où ils se tiennent. C'est l'angle de la faisanderie le plus éloigné des bâtiments. La configuration des lieux ne se prête pas à une approche dissimulée.

— Qu'est-ce que tu attends de moi ? Je n'ai pas assez d'effectifs pour organiser des patrouilles nocturnes régulières, mais je peux m'arranger pour en faire une ou deux, et le faire savoir.

L'agricultrice reste silencieuse un long moment, avant de se redresser pour chercher son regard.

— J't'l'ai dit l'autre jour, mais on dirait que tu m'as pas écoutée…

Remangeon marque un temps d'arrêt, essayant de se remémorer le contenu exact de leur précédente conversation. Elle rosit et son débit s'accélère :

— Je sais à présent qu'il y a quelqu'un qui m'veut du mal. C'est pour ça que j'ai besoin de toi… Du fils Remangeon, pas du gendarme…

Elle doit lutter contre elle-même pour achever sa phrase et ne pas baisser les yeux. Le gendarme en civil ne comprend pas tout de suite les propos de l'éleveuse et il s'apprête à lui répondre quand la première syllabe s'étouffe dans sa gorge. Il intègre enfin l'enjeu de la demande de Delphine Alapetite. Une vague de colère et de mépris s'empare de lui de façon confuse. Il sent à son tour le feu lui monter aux joues.

— C'est pour ça que tu es venue me voir ?

Il la fusille du regard malgré l'affection qu'il éprouve pour elle. Il est autant atterré que surpris. Delphine Alapetite sort les mains de ses poches pour les étendre en signe d'aveu d'impuissance.

— Oui, c'est pour ça. Je sais que ça te plaît pas, mais si tu m'aides pas, c'est fini. Mon élevage, la ferme des parents, tout. Quand la banque se sera servie, j'aurai plus rien. Et c'est ça qu'il veut, l'autre saloperie.

C'est pas vrai...

Il avale sa salive et tourne la tête avec nervosité, cherchant autour de lui un détail auquel se raccrocher, un moyen de gagner du temps, une ligne de fuite. Il ne veut pas la blesser, malgré son envie de se moquer d'elle, de la traiter de tous les noms. Delphine fait deux pas dans sa direction pour le forcer à concentrer à nouveau son regard sur elle.

Fabrice finit par lâcher d'une voix glaciale :

— Je suis désolé. Mon père ne m'a rien transmis.

Il se surprend lui-même par cette formulation définitive, et qui pourrait signifier bien plus que ce qu'il y a mis.

— Pas besoin. Tu as le sang fort. Je le sais. Tout le monde le sait, ici.

— C'est des foutaises, tout ça. Du folklore. C'est fini, Delphine, ça n'existe plus.

L'agricultrice s'approche encore de lui, ses yeux bleus dans les siens se chargeant d'une lueur qu'il n'avait plus connue depuis le lycée, depuis le temps de la maladresse partagée des premiers instants.

— Je ferai ce que tu veux, Fabrice. Si tu m'aides, je te promets que tu auras tout ce que tu veux.

Une image d'une lubricité violente s'impose à lui et provoque un brusque afflux de sang dans son bas-ventre. La situation lui échappe, il se demande quelle est la pièce du puzzle qu'il a négligée.

— Delphine...

— S'il te plaît, Fabrice. Je te jure que tu feras de moi ce que tu voudras.

Le regard de l'agricultrice s'est alourdi d'un voile de concupiscence à découper au couteau.

— Arrête, Delphine !

Elle va se réfugier près du grillage de la volière, le dos tourné. Il ne peut mesurer l'ampleur du désespoir qui étreint à cet instant l'éleveuse lorsqu'elle jette un œil morne sur les oiseaux qui y piètent avec mollesse. Après un long silence gêné, la voix de Delphine s'élève, fêlée et chargée d'amertume :

— Je ne le laisserai pas faire, Fabrice. J'ai trop travaillé pour ça. On a tout investi dans la faisanderie. Je ne vais pas laisser mes parents se faire mettre à la rue à leur âge sans rien faire. Si tu ne veux pas m'aider, je me débrouillerai toute seule. Quitte à y mettre un coup d'fusil !

— Ne dis pas ça.

Ne cède pas. Ne cède pas.

Remangeon finit par la rejoindre. Il l'attrape par le bras pour la forcer à le regarder.

— Dis-moi qui c'est. Qui est-ce que tu soupçonnes ?

Elle secoue la tête à nouveau, et son geste fait ressurgir de vieilles expressions du lycée : *la picassée, è's'coue le tétio comme une poule.* Une des phrases fétiches de son ami Teddy Jambart, du domaine des Roches. Mort à vingt-neuf ans. Sortie de boîte de nuit.

— Non. C'est à toi de savoir. Celui qu'est pris, y doit nommer personne.

Fabrice ferme les yeux. *Celui qu'est pris.* En l'espace d'un saut temporel mental, il est de retour dans la salle principale de la ferme familiale, le vieux assis sur l'une des chaises à l'osier fatigué, une manche du paletot sur la toile cirée aux motifs décolorés couvrant la longue table, la casquette vissée sur la tête cachant son crâne dégarni et blanc comme la coquille d'un œuf de supermarché, son visage bourrelé de paysan mystique faisant face à un énième visiteur inquiet, venu consulter *eul' Pé Remangeon* pour qu'il lève le sort qu'un envieux cruel lui aurait jeté. Souvent identifié par son père comme un voisin. Voire un proche.

La sorcellerie n'est ni une science ni un art occulte, juste un discours.

Un discours trop entendu pendant toute mon enfance, aux mots usés et vides de sens.

Quand ses paupières se lèvent, le gendarme aperçoit par-delà l'épaule droite de Delphine la silhouette lointaine d'un homme, debout dans les blés, à la démarche singulière et voûtée, presque simiesque, les jambes écartées, le soleil venant jouer avec les cheveux clairs et mi-longs sur sa nuque tandis qu'il s'éloigne à pas rapides. Fabrice grogne le nom « Lerouge », d'un ton incertain et surpris, et lève la main sur son front pour protéger ses yeux de la lumière. Il cligne plusieurs fois des yeux face au soleil. L'homme aperçu est hors de vue.

— C'est lui ! Je le savais !

Remangeon est frappé par le changement dans les traits de l'agricultrice. Il comprend alors qu'elle croit qu'il vient de désigner celui qui cherche à nuire à son exploitation.

— Non, c'est pas ça. Je l'ai vu, là-bas.

Il tend le bras en direction de la lisière des bois. Delphine Alapetite se décompose, sa colère la fuyant pour laisser place à une peur grandissante.

— Tu l'as vu, le Bouc rouge, ici ?

— Oui.

Enfin, je crois.

La femme se raidit en cherchant avec effroi un signe de présence dans le champ de blé qu'il lui indique. Comme elle ne voit rien, elle se retourne vers Remangeon, aussi craintive que fascinée.

— Viens, on rentre… S'il te plaît.

Fabrice observe les Alapetite en portant son verre d'anisette à ses lèvres. Il n'avait pas revu les parents de Delphine depuis de nombreuses années. Lui, toujours petit et sec, l'œil vif, de grosses mains carrées, elle plus distante, comme moins concernée, bien ronde sous son tablier à fleurs. Le père et la mère de son amie n'ont pas beaucoup changé, ils ont juste vieilli, franchi le seuil du troisième âge. Sauf que Delphine ne leur a pas donné le petits-fils ou la petite-fille qui sied à cet état. Même s'ils ont compris, cela ne doit pas les empêcher de temps en temps de lui demander *Quand est-ce que tu vas enfin te trouver un homme ?*, plus pour la forme que par réelle méchanceté. D'ailleurs, Delphine a toujours aimé et respecté ses parents, des agriculteurs simples et sans histoires.

Remangeon avait cru qu'elle ne reviendrait pas, une fois partie pour ses études. Il pensait que la ferme familiale et la terre n'auraient plus d'attrait pour elle dès lors qu'elle aurait découvert la grande ville, l'agitation, les soirées étudiantes, les vacances entre amies, la possibilité de vivre ailleurs sa sexualité de façon plus épanouie, mais non. Delphine était revenue aux Garennes, avec ses yeux rieurs, ses taches de rousseur et son franc-parler. Et de nouveaux projets de développement du domaine familial.

Ils attendent.

Il n'y a rien de discourtois ou de déplacé dans cette attente, cette demande muette que leurs visages anxieux formulent à la place de leurs lèvres closes, pourtant elle ne fait qu'attiser le ressentiment de Remangeon à l'égard de Delphine. *C'était la meilleure élève de l'école primaire. Sérieuse et travailleuse, d'une maturité précoce au collège. Pas le genre à tomber dans les premiers pièges grossiers que la vie vous tend à l'adolescence. Au lycée agricole, elle a décroché son bac puis un brevet de technicien supérieur. Une petite révolution aux Garennes. Comment peut-elle me demander un truc pareil ? L'enjeu financier n'excuse pas tout.*

Delphine ne le regarde plus. Elle a compris la stérilité de sa démarche et son visage peine à masquer sa déception et son désarroi. Face au silence qui dure et au verre d'apéritif du visiteur qui descend de façon inexorable, le père Alapetite décide d'intervenir en interpellant sa fille avant qu'il ne soit trop tard :

— Alors, y va-t-y pouvoir nous aider, le gendarme ?

Delphine lève ses yeux tristes sur Fabrice et esquisse une grimace. Il répond à son invite silencieuse en prenant la parole après une nouvelle gorgée d'anisette :

— Nous sommes une petite brigade. Un de mes subalternes est en arrêt de travail. Mais je vous promets que nous allons faire des patrouilles et enquêter. Je vais montrer que la gendarmerie est impliquée.

Le père Alapetite ne cache pas son dépit. À la grande surprise du major, c'est la mère de Delphine qui reprend en rougissant :

— Et pour le reste ? Vous allez faire què'qu'chose pour nous autres ?

Fabrice Remangeon termine son apéritif et repose le verre sur la table en formica avec sécheresse. Il se lève, tenté l'espace d'un bref instant de les laisser là à leurs superstitions épaisses sans même ajouter un mot. Il aperçoit le visage de Delphine, sa détresse grandissante, et se décide à mettre les choses au clair, une fois pour toutes. *Au nom de leur amitié.*

— Écoutez. Je sais ce que vous attendez de moi mais c'est un malentendu. Je ne fais pas ça et je ne le ferai jamais. Je ne suis pas mon père, et ça ne m'intéresse pas d'être comme lui… Et bon sang, c'est fini tout ça ! On est à l'heure des ordinateurs et d'Internet, des satellites dans l'espace et de la guerre électronique. Il n'y a plus de sorciers au vingt et unième siècle !

Ils baissent la tête, tous les trois, tels de mauvais élèves pris en flagrant délit. Fabrice est partagé entre un sentiment de honte et d'empathie pour les Alapetite. Il ne peut s'empêcher de s'en vouloir d'être aussi méprisant, et de leur en vouloir d'être encore aussi naïfs, et aussi parce que la gêne occasionnée par la situation et par son refus risque de mettre en danger son amitié avec Delphine. Il s'apprête à tourner les talons mais le père Alapetite se rebiffe :

— Faut point parler comme ça. Tu manques de respect à ton père et tu nous manques de respect à nous autres. Je trouve que t'as la mémoire courte, gamin. On dirait qu't'as oublié qui t'es, et qui était ton p'pa.

— Je n'ai rien oublié. Justement.

— Eh bien, moi j'dis qu't'as oublié. T'as oublié tous ceux que ton père a aidés. Les drôles qui s'brûlaient les mains sur les cuisinières et qui prenions leurs jouets à pleines mains une fois que ton p'pa leur avait barré l'feu. Les fumelles qu'avions leurs douleurs et qui couraient deux minutes après en bavassant. Les gars qui se démanchaient les épaules au bois et qui retournaient débarder le jour même. Et les zonas, que les toubibs des villes y-z-ont jamais su guérir avec toutes leurs médecines et leurs appareils. En trois jours, ton père y les f'sait disparaître. Voilà ce que t'as oublié. Et je parle pas de c'qu'y faut pas parler. Des choses ben plus graves que ton père y s'occupait. Qu'est-ce tu crois donc ? Que ton père c'tait un charlatan, et nous autres des niauds et des baziots de croire à ses tours ? T'as oublié les belles autos dans la cour de tes parents. Des autos allemandes ou anglaises des riches de la ville. Y a point qu'les p'tits paysans comme nous autres qui voyaient ton père. Il en v'nait de partout. Même des femmes de médecins. Des députés-maires. Des chefs d'entreprise. Tu peux dire que tu veux point le faire, et que tu veux point nous aider. C'est ton droit. Nous autres, chez les Alapetite, on mendie point. Mais dis pas des âneries sur ton vingt et unième siècle, ou tes saloperies d'ordinateurs qui sont bons qu'à fout' les jeunes au chômage. J'veux point croire que tu sois dev'nu si bête que ça à la gendarmerie.

Remangeon hésite. Des images furtives de voitures exotiques ont traversé son esprit. C'est vrai qu'à une époque beaucoup de visiteurs huppés se pressaient chez ses parents, parfois plusieurs le même jour. Un souvenir surnage et persiste, parfaitement distinct. Vers douze ou treize ans, il avait tourné plusieurs fois en silence autour d'une longue berline, à la peinture métallisée oscillant entre la teinte de la moutarde et celle du vieil or. Il avait déchiffré la marque avec respect. *Jaguar*. Qu'on puisse donner un nom de fauve véloce à une voiture lui avait alors semblé la chose la plus excitante du monde. Il avait senti l'appel du cuir de la sellerie, comme autant de promesses capiteuses pour le très jeune homme qu'il était. Le garçon avait fermé les yeux, et, l'espace d'un instant délicieux, il avait entrevu la dentelle délicate d'un porte-jarretelles sur une cuisse féminine galbée pesant sur le siège passager. Le jeune homme avait alors compris le lien étroit qui unit ce type de voiture aux femmes les plus belles et les plus inaccessibles en même temps qu'il avait eu l'impression, ou plutôt la certitude, que son esprit avait enregistré là un souvenir réel appartenant à cette voiture. Une femme jeune et belle avait été assise là un jour, elle avait vraiment retroussé sa jupe sur ses cuisses gainées de bas.

Mis en danger par ce souvenir chargé d'émotions complexes et aiguillé par son orgueil, le gendarme réplique :

— Vous ne comprenez pas. Mon père n'est plus, ma mère non plus, tout ça ce sont de vieux souvenirs. Ce monde n'existe plus que dans votre esprit. Il y a un nouveau monde, là, dehors, qui attend. Les gens de votre propre pays n'y parlent plus la même langue que vous, et leur seule culture est celle des ordinateurs que vous rejetez.

Les ordinateurs, des saloperies ? Mais leur vie entière est dans les ordinateurs, désormais : leurs amis, leur travail, leurs amants, leurs maîtresses, leurs enfants, leurs secrets. Tout ! Ils sont des millions, des milliards, et vous n'êtes plus que quelques milliers en sursis. Ce monde n'attend qu'une chose : c'est de vous engloutir, vous, votre ferme, votre patois et vos jeteurs de sorts. Ce n'est plus une question de croyance ou d'ignorance, mais une question d'offre et de demande. Dans ce nouveau monde on ne jette plus de sorts à ses ennemis, il suffit de ruiner leur réputation sur les réseaux sociaux. C'est le chômage qui attend les sorciers !

Ignorant les implications et la portée des prédictions de Remangeon, Delphine s'accroche aux deux derniers mots du visiteur pour alerter ses parents :

— Il l'a vu. Il a vu le Bouc rouge dans le blé du Pré de la Caille tout à l'heure.

Le père se contente de hocher la tête en silence face à cette nouvelle information, cette nouvelle preuve à charge, tandis que la mère lève la tête, un petit sourire étirant ses lèvres étroites.

— Et comment qu'ça s'fait qu'il ait vu Lerouge au Pré de la Caille, si y veut point le faire ?

La mère Alapetite ménage son suspense et profite quelques longues secondes du silence qui est tombé dans la cuisine de la ferme des Garennes. Elle conclut, une lueur de victoire ironique dans ses yeux gris :

— Parce que Lerouge il est à Blois aujourd'hui. C'est la mère Debarre qui m'l'a dit, pasque c'est son gendre qu'emmenait Lerouge au tribunal. Pour son procès attrapé en voiture.

Le père, la mère et la fille braquent leur attention sur le gendarme, leurs visages fermés et résolus.

Que leur répondre ?

Fabrice n'est même plus sûr de ce qu'il a vu. C'était une silhouette humaine, une démarche qui ressemblait à celle du braconnier mais ça aurait très bien pu être quelqu'un d'autre.

Peut-être même une illusion d'optique. Un effet du soleil dans les yeux.

Il n'y a rien à ajouter, alors le gendarme prend congé. Les Alapetite répondent à son bonsoir par des grognements et Delphine lui jette un regard implorant, sans qu'il comprenne trop ce qu'elle cherche désormais. *D'être pardonnée de l'avoir entraîné dans un tel traquenard ?*

Une fois seuls, les Alapetite réfléchissent chacun dans leur coin, évaluant la situation et les perspectives qui s'offrent à eux.

— C'est malheureux quand même, dit la mère. D'être dev'nu comme ça si prétentieux. C'tait un bon gamin, l'fils Remangeon. J'aurais bien aimé qu'y vienne nous d'mander la main de la Delphine.

— Il n'est pas prétentieux, objecte la fille.

Le vieux réagit :

— Ah bon ? Et comment que t'appelles ça, toi, un fils qui renie son père et ses origines ? Y faut pas qu'il oublie qu'il est né dans une ferme au fond des bois. Une terre de rien, juste bonne à filer des coliques et des fièvres. S'il a pas connu la misère de tant d'autres, c'est grâce aux talents de son père. Le Pé Remangeon, si ça l'a emmené si jeune, c'est pas à cause de la boisson ou du tabac, c'est à cause de tout ce travail qu'il a fait sur des milliers de gens. Ça a fini par le tuer. Il pourrait respecter ça, au moins, ton gendarme !

Delphine baisse les yeux sur ses mains posées sur la table de la cuisine. Elle aussi, parfois, a eu honte de ses origines rurales. Pendant ses études, elle faisait des efforts pour atténuer son accent. Quand la discussion s'orientait sur les familles respectives, elle ne répondait pas ou essayait de détourner la conversation.

Comment dire à ses parents que leur monde, leur langue et leur mode de vie dans son intégralité sont désormais un sujet de moqueries pour tant d'autres ? *Ah, la pédezouille. Oh, la cul-terreuse. T'es venue avec tes vaches ?*

Elle ne sait pas si, à la place de Fabrice, elle aurait eu le courage d'avouer à ses amis que son père avait été un rebouteux. *Un sorcier.*

— Il ne faut pas lui en vouloir. C'est très difficile pour Fabrice. Je crois qu'il se sent déchiré au fond de lui. Je suis sûre qu'il aime ses parents et qu'il les respecte mais qu'il n'arrive pas encore à l'admettre.

Delphine lance un regard triste en direction de la porte. *Il t'a laissée tomber. Pour la deuxième fois.* Sa voix s'élève, froide et teintée de déception, pour conclure :

— Peut-être qu'il a peur, aussi.

Le brigadier Geretz replie le gilet de signalisation avant de le déposer dans un panier en plastique blanc, puis referme les portes arrière du véhicule de patrouille pour rejoindre le major, déjà installé au volant. Il démarre et consulte l'horloge du tableau de bord de façon machinale, bien qu'il ait regardé sa montre quelques minutes plus tôt au moment de mettre un terme à l'opération de contrôle routier.

Le Solognot manœuvre en trois temps pour quitter le carrefour au goudron grumeleux et reprendre la route de la brigade. Les deux gendarmes ont épuisé leurs sujets de conversation lors des nombreux moments où la circulation se tarissait et les laissait seuls dans la douceur de cette nuit d'été.

Un kilomètre avant le village, le conducteur prend à gauche une route plus étroite.

— On ne rentre pas à la brigade ? demande Geretz.

— Non. On m'a signalé des actes malveillants possibles du côté de l'élevage de faisans des Garennes. On va y faire un tour. On passera ensuite aux Tailles avant de rentrer.

La brune hoche la tête, même si elle trouve surprenante la façon de procéder de son supérieur, plutôt impulsive. Seul sur la petite route, le major se permet de rouler au milieu de la chaussée, son attention concentrée sur les bas-côtés. Les heures qui précèdent et suivent l'aube et le crépuscule sont propices aux déplacements des animaux sauvages et les risques de collision ne sont pas négligeables.

La masse du corps de ferme des Garennes se dessine bientôt dans la nuit, amas plus sombre que l'obscurité. Fabrice ralentit pour passer au pas devant le chemin qui y mène. Il n'y a pas de lumières dans la cour mais il remarque les halos de petits projecteurs, au-dessus des grillages des volières. Delphine doit laisser ainsi allumé toute la nuit. *Espérant repousser les mauvais esprits.*

La voiture des gendarmes ralentit encore et bifurque à nouveau dans un chemin de terre. Celui-ci permet de rejoindre une autre départementale en passant à quelques dizaines de mètres d'une partie de l'élevage des Alapetite.

— Dis-moi si tu aperçois quelque chose.

Le brigadier Geretz hoche la tête et oriente son regard vers la nuit extérieure, scrutant la campagne tiédie par cette longue journée de soleil et que la fraîcheur nocturne aura à peine refroidie au petit matin. Remangeon freine lorsque deux lapins apparaissent dans son faisceau de phares. L'un d'eux disparaît vite dans le haut talus qui borde le chemin mais l'autre hésite, veut traverser la voie de terre battue avant de se raviser et de s'enfuir en sautillant.

Les garennes sont de retour sur leurs terres.

Du temps de sa jeunesse, il en restait peu à avoir survécu à la myxomatose et à pouvoir éviter les chiens et les coups de douze bien ajustés du père Alapetite. À présent, le vieux a remisé son fusil et les garennes reviennent par à-coups, entre deux nouvelles épidémies. La vision des animaux le projette subitement trente ans en arrière.

Teddy vient d'avoir son permis de conduire. Ils roulent de nuit sur les petites routes pour chasser les lapins à coups de calandre de 4L, avant d'aller retrouver des filles et de mettre le cap sur une boîte de nuit à vingt ou trente kilomètres. Ce soir-là, ils doivent passer prendre Delphine aux Garennes, direction le *New Ibiza* du côté de Theillay. Ils empruntent le chemin du père Alapetite où Jambart a repéré des « oreilles ». Son ami conduit les coudes bien écartés, le regard déjà embrumé par les ricards et les bières qu'ils ont bus chez Gastalet, le patron du bistrot où ils ont l'habitude de martyriser le baby-foot. Fabrice met parfois une pièce de dix balles dans un jeu d'arcade où il faut empêcher un petit chevalier de se retrouver en calbute dans un cimetière envahi de morts-vivants, mais Teddy n'aime pas les jeux vidéo. Il l'a déjà abandonné sans autre forme de procès parce que sa partie s'éternisait trop à son goût.

La 4L de Jambart encaisse les à-coups et les cahots du chemin sec sans broncher. Le conducteur tourne son visage de James Dean agricole vers Fabrice.

— Tu veux t'la maquer, la Delphine ?

— Hein ?

Teddy tire sur sa Camel jusqu'à ce que la cigarette lui pique les yeux, avant de lancer, en apnée :

— Ben, ouais. En tout cas, elle, à mon avis, elle attend qu'ça.

— N'importe quoi.

Jambart exhale sa fumée du côté de sa vitre ouverte et manœuvre pour éviter une ornière trop large. Il se retourne ensuite sur son passager.

— Fabrice. T'y piges que dalle aux fumelles. Crois-moi. Elle attend qu'ça.

Les yeux très clairs de Teddy sont fixés sur lui.

Des pupilles d'un gris bleuté qui, vissées dans son visage de voyou et de bagarreur jovial, faisaient craquer à peu près toutes les femmes, et pas uniquement celles de leur âge. Jambart savait tout sur tout le monde, tout le temps. Le surendettement de telle famille de cultivateurs, le nombre de sangliers tués à telle ou telle chasse, la voiture d'untel qui avait fini dans le fossé, les nouveaux arrivants à telle adresse. Si, par hasard, il n'était pas au courant d'un événement avant Fabrice, Jambart mettait alors un point d'honneur à connaître tous les détails, jusqu'aux plus infimes, pour lui en faire le rapport.

Le futur militaire avait compris que ce comportement ne relevait pas du simple commérage et de la mesquinerie inhérente à ce penchant, car Teddy en était dépourvu. Il se demandait ce qu'il voulait prouver, si cela était en rapport avec son faible niveau scolaire et sa mémoire hermétique à tout savoir dogmatique, compensés par un savoir naturel pratique et instinctif du quotidien. Cancre en tout au collège, son ami connaissait toutes les rivières à gardons, toutes les filles peu farouches, tous les trucs pour gonfler un moteur de mobylette et tous les bistrots où on servait des bières aux mineurs sans broncher. Son premier *Penthouse* et son premier film X venaient de Teddy. Sa première petite copine en troisième était une ex de Jambart. Remangeon avait compris que Teddy l'admirait pour son intelligence, sa carrure, ses dons en sport, son sérieux, mais pourtant c'est lui, Fabrice, qui avait plusieurs fois formulé le vœu d'être à la place de Jambart, ce phénomène.

Au-delà de l'amitié d'enfance indéfectible, de l'admiration réciproque et des personnalités complémentaires, ce qui cimentait leur relation, c'était le rapport de chacun à son père. Ils avaient grandi dans cette même difficulté, cette même dureté et ce même ressentiment. Les deux garçons n'en parlaient jamais, ils n'en avaient même pas conscience alors, mais le militaire sait aujourd'hui quel rôle ce déficit d'affection partagé a pu jouer dans leur relation.

Le père de Teddy le haïssait et le traitait en permanence de « bon à rien ». Teddy était ce qu'on n'appelait pas encore un enfant victime de « violences paternelles ». Pas un enfant battu avec régularité, mais assez souvent, et avec suffisamment de mépris pour que la fêlure soit irrémédiable. Il avait fallu attendre l'âge adulte et leur éloignement provoqué par la venue d'Élise pour que Teddy lui avoue être le fruit d'une relation adultère connue de son père. Terrible dans sa vengeance, l'homme avait pardonné à la mère, pour maltraiter ensuite son fils illégitime devant elle presque chaque jour, comptant sur la culpabilité de l'épouse infidèle pour la museler et laisser son fils endurer ce désamour permanent. En toute logique, la haine du fils avait fini par se retourner contre la mère complice et lorsque, à dix-sept ans, Teddy était parti vivre chez son oncle Étienne, un brave gars influençable et un peu alcoolique qui n'avait jamais pu donner d'enfant à sa femme, la vengeance du père était parachevée et les parents de Teddy condamnés à se côtoyer, seuls et abandonnés, dans une haine mutuelle jamais démentie jusqu'au cimetière.

N'est-ce pas cela que redoutait tant son ami ? Ce jour où sa bâtardise serait connue de tous et ferait le tour du village ? N'était-ce pas pour cela qu'il collectionnait toutes ces informations sur tout le monde en guise de talisman ? « Vous aussi, vous avez des choses à cacher », aurait-il pu leur dire alors.

Derrière son volant, le major est envahi d'un sentiment abyssal de tristesse.

À sa connaissance, personne n'a jamais rien su. Les parents de Teddy ont emporté dans leur tombe leur noir secret et le père biologique de Teddy ne s'est jamais manifesté. Son ami s'est lentement autodétruit, année après année, dans l'anticipation d'un événement qui n'a jamais eu lieu.

Fabrice ne se souvient plus s'ils avaient vu des lapins ce soir-là. Par contre, il n'a pas oublié la vision de la picassée dans la cour de ses parents lorsqu'elle est sortie avec sa cousine pour les rejoindre dans la Renault. Teddy n'en avait que pour la cousine, une blonde avec des seins qui débordaient de son chemisier blanc, mais lui, c'est Delphine qui faisait battre son cœur. Elle avait dix-huit ou dix-neuf ans et son sourire illuminait ses taches de son sur sa peau de blé mûr tandis que les perles d'eau de son regard criaient la joie d'être jeune, belle et libre par une nuit estivale.

Arrivés à l'extrémité du chemin, ils rejoignent une route étroite bordée d'herbes hautes entre deux champs de blé. Remangeon n'a rien repéré de suspect et Geretz laisse errer son regard sur le paysage qui défile. Il s'engage sur le goudron, offrant un répit temporaire aux amortisseurs avant de la voiture de patrouille, mais bientôt l'un d'eux talonne avec un claquement sourd au passage d'un nid-de-poule. Remangeon sait à présent qu'il n'apercevra rien d'autre qu'un hérisson ou une musaraigne fusant au ras de la chaussée, petite roquette champêtre prise dans la flaque lumineuse de ses phares. Peut-être un rapace nocturne. Ses ailes s'étendront au-dessus de son pare-brise en leur faisant baisser tous les deux la tête dans un réflexe inutile.

Arrivé au croisement des Tailles, le major hésite. Après un regard interrogateur à la jeune femme qui ne fait aucun commentaire, il décide de reprendre en direction du domaine des Alapetite pour un second tour. *Au cas où.*

Sept minutes plus tard, la voiture de gendarmerie est de retour au carrefour. Ils n'ont rien vu. Cette fois, Remangeon prend la direction des Tailles. Trois fermes constituaient ce hameau auparavant mais l'une d'elles, à l'abandon, est envahie d'herbes folles et sa toiture s'abîme chaque hiver un peu plus. Les deux autres sont le fief reculé du couple Lerouge et de la mère Petit, une Parisienne, retraitée de l'Éducation nationale, revenue sur des terres familiales héritées par cousinage. La vieille dame doit aller sur ses soixante-dix printemps mais n'est guère décidée à rompre son isolement. Le voisinage des seuls Lerouge lui convient, en dépit de la réputation ou des agissements supposés du braconnier. Aucun conflit de voisinage n'a été signalé entre ces voisins si dissemblables. Certains en ont donc tiré des conclusions égrillardes quant à la nature du commerce entre les deux une quinzaine d'années auparavant, quand Mme Petit était venue s'installer et que Lerouge était en voie de devenir un vieux gars solitaire.

Une parmi les dizaines de conquêtes supposées du Bouc.

Malgré son physique banal et sa silhouette râblée de Solognot pur jus, Lerouge jouit d'une double aura favorable auprès de la gente féminine. Celle du braconnier d'abord, le mauvais garçon, le rebelle, et celle plus animale, moins avouable, de l'homme des bois et du sorcier. Une réputation connue jusqu'à Blois ou Orléans. Des dames de la ville très sophistiquées ont été vues en sa compagnie. On murmure au marché sur son passage. On tient les adolescentes à l'écart.

Certaines s'échangent en gloussant des souvenirs de l'équipe de football local d'il y a trente ans, des rumeurs de vestiaires et d'hommes nus sous les douches.

Fabrice n'a pas demandé à Delphine pourquoi celle-ci soupçonne Lerouge, mais il est sûr que cela fait suite à des avances repoussées par la picassée. Ce n'est pas une femme trouvée sur Internet qui va changer la nature du Bouc rouge en l'espace de quelques mois. *Aussi jolie et blonde soit-elle.*

L'association de pensée entre l'animalité du braconnier et cette nouvelle femme mystérieuse qui pourrait être Élise lui vrille les tripes. Il réduit l'allure à l'approche du hameau et dépasse la première ferme en ruine, avant de passer le long du grillage fatigué de la mère Petit. Les piliers de son portail sont décorés de fleurs luxuriantes au travers desquelles se faufilent les lueurs bleutées d'un poste de télévision. La voiture de patrouille s'immobilise cinquante mètres plus loin, à l'entrée du chemin des Lerouge. Les gendarmes distinguent les masses sombres des bâtiments et du hangar qui ceignent la cour centrale.

Peut-être nous observe-t-il par une fenêtre étroite ? À moins qu'il ne soit quelque part dans la nuit, à fureter ou à poser des collets, à arpenter des sentes seules connues de lui et des bêtes sauvages.

Le major se tourne vers sa subalterne avec un sourire d'excuse pour ce rabe de patrouille.

— Allez, Geretz, on rentre.

La brune hoche la tête. Le faisceau des phares découpe un cône de goudron noir et inégal devant la voiture. Remangeon baisse les yeux sur son horloge de bord et, lorsqu'il les lève, un chevreuil occupe tout l'espace de son pare-brise. Un gros mâle surgi des herbes hautes du fossé, en pleine extension lorsqu'il traverse la route d'un bond, son œil rivé sur la lumière intense qui fond sur lui. Fixant, l'espace d'un étrange instant, le conducteur du véhicule.

Le major enfonce la pédale de frein par réflexe et cherche à donner un léger coup de volant pour couper juste derrière l'animal aux flancs rougeâtres. Un CLANG sonore retentit et Remangeon ressent une impression inhabituelle de mou entre ses mains, comme si la colonne de direction venait de lâcher et que plusieurs tours de volant resteraient sans effet, à l'instar des petites autos factices des manèges pour enfants. La voiture bascule dans le fossé et heurte le talus à gauche de la route. Terre et herbe s'écrasent contre la vitre, Geretz pousse un bref cri aigu et le major perd connaissance lorsque sa tempe heurte avec violence le montant de la portière.

Parvenu sain et sauf dans un champ de blé, le gros bouc poursuit sa course à bonds rapides, le cœur battant dans la poitrine, les muscles dopés par l'adrénaline. Il émet un jappement sinistre dans la nuit et disparaît dans l'onde mouvante des céréales.

Les deux gendarmes se sont arrêtés quelques instants dans la cour ensoleillée pour observer leur véhicule de patrouille accidenté. Après avoir tourné autour en silence, le duo traverse l'esplanade caillouteuse et s'approche de la porte vitrée du garage. Les militaires pénètrent dans le bureau avec des visages fermés, les yeux masqués par des lunettes de soleil. Après un bref instant d'observation réciproque, de Freitas ôte ses Police en s'approchant du comptoir et salue un homme massif et rougeaud engoncé dans une vieille cotte huileuse, qui a dû être grise un jour. Il n'y a pas de climatisation dans la pièce encombrée et la large baie vitrée exposée plein sud ne doit pas améliorer le confort du garagiste lors de telles journées de chaleur.

Geretz ignore le regard concupiscent du propriétaire. La brune conserve ses lunettes de soleil pour essayer de maintenir une barrière entre elle et cet homme qu'elle a toujours trouvé répugnant les rares fois où elle a eu l'occasion de le croiser. De Freitas prend le temps de détailler en silence le devis de réparation proposé par le garagiste. Il demande ensuite :

— Une aile, une optique complète et c'est tout ?

Les mains dans les poches de sa cotte, l'homme renifle bruyamment.

— Ben, oui. C'est déjà pas mal. Y en a qu'ont encore plus de chance. Des fois, y s'mettent au fossé et y-z-ont juste à laver l'auto, et hop, c'est reparti.

— Le major a dit qu'il y avait un problème dans la direction. Qu'une pièce avait dû casser.

— Elle a rin du tout, la direction. On a tout vérifié et Ludo a même fait un essai sur route. Je vous l'ai pas facturé, hein ?

Face au visage sceptique et contrit de l'adjudant, peu sensible à son geste commercial, l'homme s'extrait de son comptoir pour aller ouvrir la porte de l'atelier. Il appelle son mécanicien en braillant son prénom. Celui-ci les rejoint en s'essuyant les mains de façon machinale, un air hypocrite accroché à sa face juvénile à la vue des uniformes. Il baisse le regard, un léger rictus ironique déforme cependant le coin de sa bouche. Il porte un diamant à l'oreille gauche, mais Geretz est certaine qu'il s'agit d'un faux. Son patron l'apostrophe :

— La fourgonnette des gendarmes, t'as vérifié la direction ?

— Ouais.

Un silence s'installe et le jeune homme finit par comprendre qu'on attend qu'il développe un peu plus le résultat de ses investigations.

— Ben, y a rien… J'ai vérifié la pompe et l'niveau de liquide, le boîtier, les biellettes et les rotules.

— T'as vérifié la colonne ?

— Ben, ouais. Y a un peu d'jeu mais c'est normal. Vu le kilométrage…

— T'as été jusqu'où avec ?

— Heu. À Romo.

Même s'il comprend que son employé a profité de l'occasion pour faire une course personnelle pendant son temps de travail, le garagiste ne relève pas et se tourne vers les gendarmes.

— Ça fait plus de cinquante bornes aller-retour. On peut pas rouler cette distance avec une direction cassée.

— Bon. Si vous le dites.

De Freitas jette un œil machinal sur le devis.

— Vous aurez les pièces quand ?

Le garagiste réfléchit en plissant ses paupières grasses et humides de sueur.

— Pour l'optique, je dois avoir ça en stock. Pour l'aile, vu la couleur, je dirais pas avant deux semaines. Commande spéciale. Mais bon, vous pouvez rouler. On a redressé vite fait, c'est pas joli mais ça craint rien.

— Merci, mais on va peut-être éviter de patrouiller dans un véhicule accidenté.

Ignorant la sécheresse de la réplique de l'adjudant, le jeune mécanicien enchaîne :

— J'ai des amortisseurs. On peut déjà vous les changer avec le phare.

Son patron lui jette un œil noir qui douche son enthousiasme commercial inopiné. Mais il est trop tard car le gendarme accepte la proposition. L'adjudant sait qu'il devient de plus en plus difficile de faire réaliser un entretien correct des véhicules, alors autant profiter de l'aubaine d'un accident mineur pour faire passer la paire d'amortisseurs dans une facture de réparations. Après des salutations sans chaleur, les gendarmes quittent le bureau et s'éloignent dans la cour. Le garagiste se tourne en grognant vers son employé :

— Bon sang, pourquoi qu'tu leur as proposé des amortisseurs ? Le commercial, c'est moi, toi tu fais la mécanique.

— Je croyais bien faire. On en a une paire en trop après l'erreur de commande.

— Bien faire. Ouais. Tu sais combien d'temps ils ont mis à régler leur dernière facture, les gendarmes ? Huit mois. Des amortisseurs Renault, dans la semaine ils seraient partis. Au pire dans les quinze jours.

Le garagiste ne laisse pas le temps à son mécanicien de formuler une quelconque réponse et le renvoie à l'atelier d'un geste sec du menton appuyé d'un regard noir. L'autre obtempère et le laisse seul dans le bureau trop chaud, le regard fixé sur le postérieur lointain du brigadier Geretz, moulé dans son pantalon bleu marine.

Un joli petit cul juvénile, étroit et lisse…

Direction, mon œil! Il devait être en train de se faire tailler une plume, oui, le Remangeon. Entre la petite brune et la négresse, ils ont des sacrés lots à la gendarmerie à présent. Les fumiers.

Un violent reflux aigre brûle son estomac et le garagiste porte une main sur son abdomen tendu. *Début d'ulcère, a dit le toubib.* L'espace d'un instant, il oublie ses douleurs, la stupidité insolente de son employé, le soleil qui tape sans relâche sur la baie vitrée de son bureau en désordre, la répétition déprimante des factures de vidanges, de courroies de distribution et de plaquettes de freins. Il se plaît à s'imaginer lui aussi une collègue jeune et gironde, avec un joli petit cul et des seins lourds sous un T-shirt blanc. Des mèches de cheveux bouclés collées sur ses tempes dans la moiteur de l'atelier, une auréole humide sous les bras et dans son décolleté où perleraient de fines gouttelettes de sueur au creux du sillon charnel de sa poitrine à la peau élastique et au grain parfait, aux tétons roses et durcis. Elle serait vicelarde, bien sûr, et elle lui pomperait le dard dans l'atelier quand ils seraient seuls le soir, il l'enculerait jusqu'à la garde sur une pile de pneumatiques neufs à l'odeur entêtante, les genoux remontés sur sa poitrine, ses baskets encore aux pieds, la peau laiteuse de ses fesses nues contrastant avec la gomme noire et brillante qui imprimerait le dessin des crampons sur sa chute de reins.

Le garagiste porte une main distraite à son entrejambe tandis que ses fantasmes vulgaires s'envolent dans la chaleur blanche de la cour écrasée par le soleil d'une journée sans air en même temps que le camion des gendarmes disparaît de sa vue. L'homme jette un œil las autour de lui. Il pourrait faire du rangement ou mettre à jour sa comptabilité mais il n'a plus le courage pour cela, ni le goût de faire quoi que ce soit, après le passage de la petite gendarme.

C'est toujours les mêmes qui ont de la chance!

Le garagiste s'affale dans son fauteuil au skaï déchiré et terni et ouvre un tiroir pour s'emparer d'une bouteille de whisky de supermarché, un œil morne lancé en direction de sa pendule murale. Il est encore tôt, mais parfois il lui est impossible d'attendre d'être rentré chez lui le soir pour commencer à pouvoir oublier la médiocrité effarante de sa solitude.

Assis dans son canapé deux places au cuir râpé, Fabrice Remangeon ne comprend pas pourquoi le médecin de l'hôpital lui a prescrit un arrêt de travail. Sa perte de connaissance a été brève, et il aurait pu reprendre son activité après la nuit passée en observation à l'hôpital de Romorantin. Sa plaie à la tempe n'a nécessité que trois points de suture. *Pas de quoi fouetter un chat.*

Heureusement que Toussaint doit reprendre demain, faute de quoi la brigade aurait été bien en peine de maintenir ses missions.

La sonnerie du téléphone l'extirpe de ses pensées et il se lève avec vivacité, ravi d'avoir quelque chose à faire. La voix de Delphine s'insinue au creux de son oreille, douce mais tendue :

— Bonjour, Fabrice. C'est la picassée.

— Bonjour, Delphine.

— On m'a dit que tu as eu un accident.

— Oui... enfin, c'était pas vraiment un accident. Une sortie de route à cause d'un gibier. Un peu de tôle froissée.

— Sur la route des Tailles ?

Je sais où tu veux en venir. Comme il ne répond pas, l'éleveuse enchaîne :

— Tu vas bien ?

Fabrice est surpris par le ton de la question, par la pointe d'inquiétude sincère qui la rehausse. Il lève une main machinale sur le pansement couvrant sa tempe gauche.

— Oui, ça va. Je te remercie... J'en ai vu d'autres.

— On m'a dit que tu as perdu connaissance, c'est vrai ?

— Juste une légère commotion. J'ai passé un scanner, il n'y avait aucun hématome sous-crânien. Ils m'ont relâché dès le lendemain.

Le major s'attend que la sollicitude de sa vieille amie se fasse insistante, mais c'est un silence gêné qui occupe ensuite la liaison téléphonique.

— Tu patrouillais autour des Garennes ?

— Oui.

Nouveau silence.

— Il sait, Fabrice. Il sait que je t'ai demandé de venir et que tu l'as vu. Il faut que tu te protèges désormais. Il va s'en prendre à toi. Je suis sûre que tu lui fais peur. Ils ont toujours craint les Remangeon chez eux. Tu le sais bien.

Le gendarme fronce les sourcils.

— Delphine... C'était juste une sortie de route. Ça arrive, des fois.

— Ah oui ? T'es sûr ? (Un silence.) Tu ne l'aurais pas vu s'approcher de ta voiture, par hasard ? Il ne t'aurait rien dit non plus sur le fait que tu pourrais avoir un accident ?

Fabrice sourit avec ironie lorsqu'il s'imagine Tristan Lerouge rôdant autour de la gendarmerie pour essayer d'envoûter leur véhicule de patrouille. Son sourire s'estompe à cause d'un brusque élancement douloureux dans sa tempe gauche, un éclair vicieux de lumière aveuglante et glacée. Il cligne des yeux en grimaçant et se remémore sa visite chez le Bouc en compagnie de l'adjudant de Freitas. Le braconnier s'était approché et avait effleuré l'aile de leur voiture. *L'aile qui a été abîmée lors de l'accident.* Et Lerouge avait murmuré quelque chose pour accompagner son geste, une phrase sur la tenue de route, supposée défaillante, de ce modèle.

Foutaises. Pure coïncidence. C'est la seule force de la pensée magique, tu le sais bien.

Delphine n'insiste pas. L'homme lui en sait gré, même s'il comprend à sa voix qu'elle est persuadée d'avoir marqué un point. L'agricultrice enchaîne d'une voix d'automate :

— Tous mes poussins de la semaine sont morts ce matin. Je vais incinérer les cadavres et désinfecter mon éleveuse. Ce sera la troisième fois cette année.

Fabrice sait qu'elle est au bord des larmes, bien qu'il ne l'ait vue pleurer qu'à deux reprises dans sa vie.

— Je suis désolé, Delphine. Je passerai plus tard, d'accord ?

— Oui. Merci.

Elle a raccroché, le laissant désemparé face à la détresse perçue chez son amie. Il voudrait tant être en mesure de l'aider. *Mais pas à n'importe quel prix.*

Lorsqu'il se rassoit dans son canapé, Remangeon ne peut empêcher les insinuations de la picassée de faire le tour de sa boîte crânienne, assombrissant ses traits, réduisant son regard à une fente méfiante et rageuse. L'image du gros chevreuil apparu devant leur véhicule lui revient à son tour en mémoire. L'animal le fixait à travers le pare-brise, immobilisé en plein bond dans un duel visuel, une mise au défi alors que le temps était suspendu. Un gros mâle dans sa robe d'été.

Un bouc rouge.

En colère contre lui-même et contre Delphine, le gendarme se lève pour aller prendre l'air et le soleil. Après avoir descendu la courte volée de marches menant de son appartement de fonction vers la cour intérieure de la caserne, une petite esplanade goudronnée d'une cinquantaine de mètres carrés, il repère de Freitas et Geretz qui sortent du camion de patrouille. Remangeon fait un détour pour aller à la rencontre de ses collègues. Face à leurs questions sur sa santé, il répond à peine et les interroge sur l'état du véhicule laissé au garage. Il sait qu'ils devaient y passer le matin.

— On s'en sort pas trop mal, commente l'adjudant. Une aile et une optique. On va en profiter pour remplacer ses fichus amortisseurs.

— Et la direction ?

— Non, elle n'a rien.

— Comment ça, elle n'a rien ? Une pièce de la colonne a dû casser, ou le boîtier…

De Freitas jette un œil gêné et rapide en direction de la brune.

— Non, c'est bon. Ils ont tout vérifié. Ils ont même fait un essai sur route.

L'adjudant baisse la tête avec l'intention de mettre un terme à la conversation. Lorsqu'il tourne le dos pour regagner les bureaux de la gendarmerie par la porte de service, Remangeon explose :

— Comment ça, ils ont tout vérifié ? Qu'est-ce que c'est que ces conneries ? Il y a eu un bruit dans la direction, un bruit métallique, et l'instant d'après il n'y avait plus rien dans le volant. Il tournait tout seul sans aucune résistance. Ce fichu volant n'entraînait plus les roues, putain. Qu'est-ce que c'est que ce garagiste à deux balles ? Il a pas envie de bosser, c'est ça ? Il préfère surfacturer des vidanges ou des courroies de distribution plutôt que de faire un peu de vraie mécanique ? C'est quoi, ce guignol ?

Les deux gendarmes se sont raidis et de Freitas jette un regard circulaire à la caserne, comme s'il craignait que d'autres personnes ne puissent entendre leur conversation. Geretz tente d'intervenir :

— Le mécanicien a dit qu'il a essayé la voiture jusqu'à Romorantin, major. Aller-retour.

Remangeon calcule mentalement la distance. Face à son désarroi, l'adjudant ajoute :

— Tant mieux. Si le devis avait été trop élevé, nous n'aurions peut-être pas pu obtenir un budget de réparation tout de suite et il aurait fallu attendre que le garage de la Légion la prenne en charge. Déjà que nous sommes en sous-effectif, si en plus nous n'avons plus de véhicules…

— Tant mieux, quoi, adjudant ?

— Pardon ?

— Tant mieux que je ne sache pas conduire, c'est ça ?

Le brun se fige, perplexe. Avant de lâcher, froid et méfiant :

— Je n'ai jamais dit ça, major.

— Ah bon ? C'est pourtant ce que je comprends. Puisque j'invente un problème avec la direction, alors que la direction n'a rien, c'est sans doute parce que je ne sais pas conduire si je vais au fossé.

Les deux hommes se fixent un long instant sous le regard attentif de la brune. Elle a cru un bref instant qu'il s'agissait d'une forme d'humour à froid de la part de leur supérieur avant de réaliser que Remangeon est sérieux, et que de Freitas est en train de se braquer. Le brigadier intervient à nouveau avec un sourire à l'intention de leur supérieur :

— C'est votre cadeau de bienvenue au pays, major. Vous savez, ici, on fait une sortie toutes les quinzaines en moyenne pour ce type de collision avec du gibier et…

— Je ne suis pas entré en collision avec du gibier ! Je l'ai évité, ce foutu chevreuil, il court encore. C'est la direction qui a lâché, et si vous voulez pas que l'un d'entre nous se tue, vous feriez bien de consulter un autre garagiste que celui-là !

Fabrice fusille ses deux collègues du regard avant de tourner les talons en direction de son véhicule personnel. Il ne leur adresse plus un seul regard tandis qu'il manœuvre avec des gestes nerveux pour quitter la cour de la caserne. La brune demande à son collègue :

— Tu crois que c'est à cause du choc à la tête ?

L'adjudant peine à s'extirper de sa rêverie amère.

— De quoi ?

— Qu'il s'énerve comme ça. Pour rien.

De Freitas fixe l'espace ensoleillé de la cour de leur caserne, ses bordures disjointes et sa pelouse sèche et clairsemée.

— Je crois qu'il est comme ça tout le temps. C'est un enragé.

Le gendarme lance un regard pensif sur les lignes sombres des frondaisons qui constituent l'unique ligne d'horizon du village et de ses toits bas, quelle que soit la direction choisie.

— Remangeon a beau renier ses origines, il est bien d'ici. C'est un sauvage mélancolique. Il faut te méfier de lui.

La jeune femme indique par une moue dubitative qu'elle n'est pas prête à rallier si vite les conclusions de l'adjudant. Celui-ci cherche alors le contact des yeux gris sous la frange brune pour appuyer sa phrase suivante :

— Je te rappelle que s'il est ici, c'est parce qu'il a passé à tabac un prévenu complètement saoul, incapable de se défendre. Sans l'intervention de ses collègues, il l'aurait tué. À mains nues.

Après un dernier regard plein de rancœur dans la direction prise par le major, l'adjudant regagne la porte de service de leurs bureaux étroits et s'enfonce dans le petit bâtiment cubique de plain-pied construit à la fin des années soixante-dix. Le brigadier Geretz reste seul quelques instants dans la cour.

Cette première affectation se passait plutôt bien jusqu'ici. C'est difficile de nouer des relations autres que professionnelles avec Toussaint, mais ça va. Si maintenant les hommes commencent à se lancer dans une guerre des chefs, la situation va vite devenir exécrable. Tôt ou tard, ils te demanderont de choisir ton camp. Et là, il s'agira de ne pas te tromper, ma vieille.

Fabrice Remangeon marche le long du haut grillage entourant la propriété de Patrick Vailly. Il a chaud et il n'est pas habillé pour une marche en forêt, mais ce n'est pas suffisant pour le ralentir ou le faire changer d'avis. Lorsque le poids lourd lui a forcé la priorité à la sortie du village, il aurait pu passer outre à l'impolitesse et à la plaque d'immatriculation étrangère. C'est quand le gendarme a réalisé que la remorque était une bétaillère que l'incident s'était mis à stimuler son intuition. Le camion ne prenait pas l'axe emprunté par les routiers qui traversaient le village mais une départementale secondaire, ce qui pouvait laisser penser à une destination locale. *Tout cela valait bien un coup d'œil.*

Le gendarme a suivi le poids lourd sur quatre kilomètres jusqu'à l'un des parcs à gibier du concessionnaire. Là, le conducteur s'est immobilisé sur la chaussée en mettant ses feux de détresse, avant de descendre, un téléphone portable à l'oreille. Remangeon l'a dépassé en observant l'homme du coin de l'œil, pour faire demi-tour un kilomètre plus loin. Une fois stationné dans un chemin, il s'est emparé de la paire de jumelles qui traîne dans sa boîte à gants au milieu de cartes d'état-major de ses affectations passées, d'un poignard militaire et d'une lampe torche. Posté derrière un sapin, il a pu observer le routier qui fumait devant sa cabine : un blond rougeaud et épais, au crâne rasé, moulé dans un T-shirt noir sans manches arborant le logo d'un piston surmonté d'une inscription en anglais. L'homme attendait quelqu'un, ou quelque chose.

Deux ou trois minutes plus tard, un pick-up noir japonais avec des vitres fumées a fait son apparition. Les gardes particuliers de Vailly. Après une brève discussion étayée de mouvements du bras des gardes, le chauffeur anglais est remonté dans sa cabine et les gardes se sont postés à une cinquantaine de mètres en amont et en aval du poids lourd pour bloquer la circulation pendant qu'il manœuvrait pour faire avaler son véhicule à la forêt. Une fois la bétaillère disparue dans un chemin creux, les deux gardes ont libéré la seule voiture qui attendait sur la chaussée, une petite Citroën conduite par un ancien plein de patience, et à la vue trop basse pour tenter quelque manœuvre audacieuse que ce soit.

Qu'est-ce qu'ils manigancent ?

Le gendarme en repos forcé a suivi le chemin à son tour, longeant le parc du concessionnaire en pressant le pas, les yeux sur les ornières fraîches laissées par les deux véhicules. Malgré les quelques jours de franc soleil, les sous-bois sont encore humides, et le resteront tout l'été, sauf sécheresse exceptionnelle. Les autres ont franchi une barrière en bois et le major s'est posé la question de savoir s'il devait les suivre ou non. Une pancarte de sens interdit était clouée sur le rondin de la barrière et une autre, clouée sur un arbre en retrait de l'obstacle, mentionnait « Propriété privée, accès interdit ». Il a décidé d'abandonner le chemin interdit pour continuer à longer la clôture, jusqu'à trouver un éventuel point d'observation.

Après quelques minutes de progression plus difficile dans les hautes herbes chauffées par le soleil là où il troue les frondaisons, Remangeon lève la tête sur un chêne massif à proximité de la clôture. Après un tronc courtaud d'au moins deux mètres de diamètre, de nombreuses branches partent dans toutes les directions. L'une des branches horizontales vient tutoyer le grillage pour pointer son extrémité à l'intérieur du parc. Remangeon fait le tour du chêne et estime que la branche la plus basse est à sa portée, à deux mètres vingt ou trente.

Cela fait combien d'années que tu n'as pas grimpé à un arbre ?

Quelques souvenirs d'enfance lui reviennent, sans référence à un événement précis. Il a laissé son téléphone portable dans sa voiture et, en cas de mauvaise chute, personne ne sera au courant qu'il est là. Le gendarme est prêt à renoncer quand il perçoit un bruit venu du parc, un avertisseur de voiture, suivi de quelques éclats de voix. La curiosité l'emporte et, lorsqu'il s'élance, il tente de se convaincre que ce que l'enfant accomplissait avec naturel doit être à la portée de l'adulte plus grand et plus fort, à défaut d'être moins instinctif et handicapé par un dressage social subi depuis trois décennies.

Quand il s'installe sur la fourche rugueuse de deux branches huit ou neuf mètres plus haut, le major sourit. Sur ses joues rougies par l'effort se sont agglutinés des petits débris d'écorce ou de mousse, il s'est écorché le pouce gauche, mais il est parvenu à grimper à nouveau dans un arbre. Assurant sa prise, il porte les jumelles à ses yeux de sa main libre.

Entre les formes verdâtres et floues des feuilles du chêne et les branchages situés dans sa ligne de vue, le gendarme parvient à identifier une partie du camion et plusieurs silhouettes humaines qui vont et viennent. La bétaillère est ouverte par l'arrière, une passerelle d'accès déployée au sol. Fabrice ne parvient pas à distinguer l'intérieur, l'angle n'est pas bon et la luminosité trop faible. Les silhouettes disparaissent plusieurs minutes puis le routier et l'un des gardes viennent manœuvrer la passerelle et refermer la bétaillère. Ils se serrent la main. Un autre personnage apparaît et tend quelque chose au conducteur. Les hommes s'écartent à nouveau. Le camion redémarre et entreprend une manœuvre. Le gendarme émet un juron de frustration. Le temps de trouver son poste d'observation et de s'y installer, il a raté le principal.

Chargement ou déchargement ?

Soit Vailly vend du gibier vivant à des clients britanniques, et

Remangeon n'a pas souvenir d'avoir lu des autorisations de ce type d'élevage le concernant, soit il en importe du Royaume-Uni, ce qui serait assez inattendu de la part d'un propriétaire solognot. Comme la passerelle est restée ouverte plusieurs minutes sans qu'il n'aperçoive le moindre animal, le major en déduit que le camion est vide et qu'il a déjà été déchargé avant son arrivée.

Pourquoi Vailly paierait-il des frais de transport non négligeables pour importer du gibier d'Angleterre, alors qu'il y a des élevages de gibier partout dans la région ? Qu'est-ce qu'il peut trouver en Angleterre qu'on ne lui propose pas ici ?

Tu sais que tu n'aurais pas dû venir.

Sa volonté était déjà en faute dès qu'il est sorti pour « faire une course ». Sa véritable destination était celle-ci et la diversion du poids lourd britannique n'a calmé en rien sa faim de découvrir la femme de Lerouge qui le tenaille depuis plusieurs jours.

Je dois savoir.

Ses jumelles balaient la partie visible du jardin de Tristan Lerouge, à l'arrière de la maison. Aucun véhicule n'est visible dans la cour du braconnier, sans doute absent. Son rythme cardiaque a augmenté de quelques battements par minute dans le flux froid d'une poussée d'adrénaline. *Sa femme est-elle là ? Cette soi-disant Russe qui ressemble tant à Élise ?*

Après l'observation statique depuis l'ombre d'une sapinière au sol sablonneux, Remangeon quitte l'abri d'un tronc de résineux pour s'avancer, laissant derrière lui les coulées de sève collantes à l'odeur entêtante. Il progresse par à-coups dans la pente descendante d'une coupe de bois récente. Les souches y ont encore le cœur clair, de la sciure et des reliquats de branches sont répandus un peu partout.

Après sa séance de surveillance au parc de Patrick Vailly, le major a fait un crochet par la caserne pour se changer et enfiler des chaussures de montagne, un vieux treillis réformé du service et un T-shirt gris vantant les mérites d'une ancienne édition du salon *Eurosatory*. Il laisse des empreintes très nettes dans l'ornière humide d'un tracteur de débardage et, après un dernier coup de reins, s'agenouille près d'un jeune sapin, d'où il lance un regard circulaire pour s'assurer que personne ne peut l'apercevoir. Il attend encore, retrouve une respiration calme et se laisse imprégner par les exhalaisons de la terre humide, de l'herbe et du sapin chauffés par le soleil haut et puissant.

Remangeon élève sa paire de jumelles. La traversée de la coupe de bois permet d'améliorer son point de vue de façon notable. D'ici, il pourrait distinguer un visage qui viendrait se placer derrière une fenêtre de la maison.

Un visage de femme ?

Lors de sa première visite, il avait cru la maison de Lerouge rénovée depuis peu, mais, sous l'effet grossissant de ses jumelles, il remarque la peinture écaillée des volets de la façade et une gouttière disjointe. À l'arrière, l'herbe n'est pas tondue de près, le terrain n'est pas clôturé et son gazon cède la place après une cinquantaine de mètres à des bouchons d'épines, des massifs de fougères et les premiers troncs de la forêt, sans transition franche.

Comme un sas d'accès entre le jardin du braconnier et les bois environnants.

Une tache claire et mouvante se dessine dans son champ de vision. Du linge de maison étendu sur un fil de fer, en partie masqué par le pignon de la bâtisse. Il corrige la mise au point. Le morceau de tissu ondule et dévoile un bras mince et pâle, une main rapide. Le cœur du gendarme cogne avec lourdeur dans sa poitrine tandis que sa prise se raffermit sans le vouloir sur les jumelles. Ses yeux s'ouvrent encore, ses pupilles se font plus nerveuses, mais la silhouette féminine disparaît du champ de vision amplifié et instable. La maîtresse des lieux se dérobe à son regard de voyeur, patient et fébrile à la fois.

Remangeon étudie la configuration du terrain jusqu'au fil à linge des Lerouge. Une pente légère à travers une plantation de sapins, un talus à sauter, une prairie sauvage de vingt ou trente mètres donnant sur un pignon borgne de la longère où s'entassent quelques sacs oubliés de matériaux et une pile de tuiles cassées. Il lui serait impossible de faire demi-tour désormais.

Le major se coule d'un jeune sapin à l'autre, ombre furtive dans les hautes herbes. Il saute le talus d'un bond rapide, se réceptionnant des deux pieds joints à la façon des parachutistes, avant de couvrir les quelques mètres de la prairie naturelle en trottinant. L'intrus se glisse ensuite le long du pignon jusqu'au fil à linge, évitant les tuiles et les sacs de ciment. Il s'immobilise au coin du mur, le souffle court, l'esprit confus et excité, avant de se pencher pour voir par-delà l'arête en pierre de taille.

La femme ignore à cet instant qu'on l'observe de si près, là, chez elle, alors qu'elle est en train de ramasser son linge dans une panière au plastique d'un bleu délavé qu'on imagine cassant, vieilli par le soleil. La maîtresse de maison lui présente sans le vouloir son profil, et la vision de ce front haut, de cette arête nasale parcourue tant de fois du bout de son doigt, de ce menton court, enlève toute volonté au gendarme, envahi par un début de malaise. L'homme se tasse sur lui-même, en proie à une nausée fugace et une légère perte d'équilibre.

Lorsqu'il rouvre les yeux, il ne sait si une ou dix secondes se sont écoulées.

Elle est revenue. Comme ressuscitée.

Fabrice se redresse pour faire face à la femme et au fil à linge. Il l'appelle par son prénom. La blonde tourne aussitôt la tête. Elle sursaute, son visage trahit une surprise mâtinée de frayeur. Ils se fixent un long instant et Fabrice est certain de ne plus lire aucune crainte dans le visage familier dès qu'elle l'a reconnu.

— Élise. C'est moi.

Elle plisse les yeux en raffermissant sa prise sur la panière posée sur sa hanche, un geste qu'il ne sait interpréter sur l'instant, avant de tourner la tête sur sa gauche, en direction d'une zone que le mur soustrait à la vue du gendarme. Elle regarde quelque chose, ou quelqu'un. Tout proche. *Elle n'est pas seule !*

Fabrice fait un pas en arrière tandis que les yeux clairs de la femme effectuent un va-et-vient entre le gendarme et l'autre personne derrière la maison.

Imbécile.

Remangeon adresse un regard impuissant en direction de la sapinière et de la coupe de bois par où il est arrivé. Lorsqu'il veut voir une dernière fois sa femme avant de disparaître, enregistrer pour lui, pour ses nuits solitaires et froides, le souvenir de ce visage aimé et en vie, il fait face à Tristan Lerouge. Le braconnier est torse nu et porte un bermuda de plage aux couleurs délavées, des sandales américaines se fermant avec des velcros. Son bermuda et ses pieds sont mouillés, les poils gris de ses jambes collés à ses mollets maigres et à ses tibias saillants et cabossés. Une lueur de meurtre couve dans ses yeux sombres sous la frange grise. Fabrice se demande s'ils ont une piscine, mais il n'a pas le temps de réfléchir plus avant à cette possibilité car Lerouge se jette déjà sur lui.

— Tu es blessé ?

Delphine lève une main en direction de son visage, effleurant sa lèvre coupée puis le coin contusionné de son œil gauche. Fabrice ferme les yeux, s'abandonnant à ce geste de tendresse inhabituel. *Combien de temps depuis qu'une femme ne t'a pas caressé le visage ?* Il résiste à l'envie de bloquer cette main contre sa joue, contre sa bouche. Prolonger l'instant, déposer ses lèvres sur les doigts féminins rendus rugueux par le travail manuel.

— Tu t'es battu ?

C'est plus une affirmation qu'une question. Les yeux bleus de l'éleveuse l'observent avec une gravité et un calme qui tranchent avec leur côté enjoué habituel. La douce tiédeur de la main fuit son menton et cette fois il attrape son poignet au vol, pour déposer un rapide baiser au creux de ces doigts qui sentent l'ammoniac. Elle est surprise par son geste et détourne le regard, sans doute un peu gênée, ou intriguée.

— Une petite explication avec notre ami commun.

L'agricultrice relève la tête, un voile d'affolement sur le visage. Le gendarme lui raconte alors sa découverte de livraisons ou d'exportations louches chez Vailly, puis sa visite impromptue et non sollicitée chez Lerouge, et la courte rixe qui a suivi.

Fabrice a pu parer le premier coup du maître des lieux, mais pas le second, enchaîné avec beaucoup plus de rapidité qu'il n'aurait pu l'imaginer. Lorsque sa lèvre s'est fendue et que le sang chaud s'est insinué entre ses dents, il s'est jeté à son tour sur Lerouge. Dans l'empoignade qui a suivi, le crâne du braconnier a heurté sa tempe, les laissant tous les deux désorientés un bref instant. Son poing a alors trouvé la faille entre les avant-bras de Lerouge, faisant craquer son nez de façon sinistre, le forçant à reculer de deux ou trois pas, les mains sur le visage, ses petits yeux noirs emplis de douleur et de haine. Après un dernier regard à la blonde restée figée près de son fil à linge, le gendarme a fait demi-tour, haletant et confus.

Il n'évoque pourtant pas la femme de Lerouge, ni les dernières paroles de celui-ci : il l'a appelé sur un ton impérieux et rageur, le forçant à s'arrêter et à se retourner après quelques mètres. *Remangeon. Tu ne me prendras pas ma femme*, a grondé le braconnier, avant de conclure par un *Occupe-toi plutôt de ta blonde!* vicieux et énigmatique.

— Tu es fou, Fabrice, d'aller ainsi l'affronter chez lui. Maintenant il va t'en vouloir à mort.

Remangeon ignore la mine bouleversée de son amie pour se concentrer sur la couleur de ses cheveux. Assez indistincte, et variable d'une mèche à l'autre, aucun gène n'ayant su s'imposer lors de l'alchimie génitrice préalable à sa naissance. Suivant la lumière et le moment de la journée, voire l'époque de l'année, on pourrait les qualifier de châtain clair ou de brun léger, voire tirant parfois sur le roux. *Mais pas blonds, c'est certain. Si on interrogeait cent personnes au hasard, aucune ne dirait que Delphine Alapetite est blonde. Était-ce une expression, une façon pour Lerouge de dire « ta femme » comme le font les Québécois?*

— Je n'ai pas peur de lui.

Ce n'est pas une forme de vantardise ou un étalage de virilité machiste. Le gendarme se méfie du braconnier, il connaît son potentiel de nuisance, mais il n'éprouve aucune crainte. Il pourrait le côtoyer à longueur de journée sans que cela le dérange le moins du monde.

— Tu devrais.

Delphine a dit ça avec une pointe de colère ou de provocation.

— Tu oublies qui je suis. Qui était mon père. Ma famille a toujours été plus forte que la sienne.

Cette fois, c'est lui qui la provoque mais l'impassibilité de son visage trouble l'éleveuse. Nul rire moqueur ni rictus ironique pour signifier la mise en boîte. Elle se raidit, indécise. Remangeon s'approche d'elle et lui prend la main.

— Allez, viens me faire voir ton élevage de poussins.

Delphine hoche la tête et le guide jusqu'à l'ancienne grange qu'elle a réaménagée pour son élevage. Il doit baisser la tête pour pénétrer le lieu sans se cogner au linteau, une pierre rectangulaire granitique gravée d'une date en partie érodée et désormais illisible. 1 800 quelque chose. Delphine allume la lumière et il constate qu'une dalle en ciment a été coulée il y a quelques années et que des cloisons ont été aménagées. Trois grands abreuvoirs à vaches en inox sont disposés dans cette partie du bâtiment sous de grosses ampoules qui pendent du plafond. Il est frappé par l'odeur du lieu, à la fois animale et chimique. Effluves gras et doucereux des poussins, celui plus amer de leur fiente et ceux, piquants, de produits désinfectants. Le long d'un mur sont alignés des sacs de granulés, de blé et des conteneurs en plastique vert. Lorsqu'il s'approche d'un des abreuvoirs, il constate que ceux-ci sont vides.

— Ce sont mes éleveuses. C'est là que je mets mes poussins jusqu'à ce qu'ils aient une vingtaine de jours. Ensuite ils vont dehors, dans les prévolières.

Remangeon pose une main sur le rebord de l'un des abreuvoirs, l'air pensif.

— C'est de l'inox. D'habitude je les lave et les désinfecte une fois l'an mais là, c'est déjà la troisième fois.

— Qu'est-ce qu'il leur arrive à tes poussins ?

— Je ne sais pas. Personne ne sait. Il y en a un ou deux qui meurent, puis une dizaine, puis tous. Le vétérinaire en a déjà examiné quelques-uns. Il en a même ouvert un ou deux. Ils n'ont rien en apparence. Ils meurent comme ça, en quelques heures.

Le gendarme passe sa main à l'intérieur de l'un des abreuvoirs en observant le fond.

— Tu leur mets une litière, ou quelque chose ?

— Oui. Des copeaux de bois et de la paille. On m'a dit que le bois pouvait être traité avant la découpe, alors je n'ai mis que de la paille, mais ça n'a rien changé. De toute façon, j'utilisais déjà de la sciure les autres années et je n'avais pas ce problème, et je n'ai pas changé de fournisseur.

Fabrice observe le sol en ciment. Même s'il est constellé de débris de paille et de copeaux de bois, il est sec et sain. Il est sûr que Delphine doit le balayer et le passer au jet de temps à autre. Il se baisse pour observer les palettes qui servent d'embase aux éleveuses en inox. Là encore, ni moisissures ni accumulation de crasse qui pourraient être à l'origine d'une quelconque contamination. Une plume d'oisillon attire son regard et il la pince entre deux doigts. Une plume courte et duveteuse, brune et noire, qu'il ne peut s'empêcher de détailler avec minutie.

— Tu as trouvé quelque chose ?

— Non. Juste une plume.

Remangeon se relève et fait le tour des éleveuses, observant au passage les murs mais il n'y a rien ici, il le sait. Lorsqu'ils ressortent en silence, le soleil a plongé derrière les arbres de la forêt à l'horizon. Ce pourrait être une belle soirée d'été en compagnie de sa meilleure amie, mais le désarroi de l'agricultrice est trop palpable, trop vibrant, pour qu'il profite de l'instant avec elle.

— Tu as fait le tour de ce bâtiment ?

— Pourquoi ?

— Pour chercher des traces, des indices de présence. Des pas dans la terre qui ne seraient pas les tiens. Un sac plastique qui ne serait pas à toi. Des choses comme ça.

— Non.

Fabrice se tourne vers Delphine et constate qu'en plus du dépit et de l'impuissance son visage est aussi marqué en profondeur par la fatigue. Elle a dû travailler toute la journée à nettoyer ses éleveuses jusqu'à ce qu'il arrive. Sisyphe silencieux et dur au mal luttant contre la malédiction de son élevage jusqu'à l'épuisement.

— Viens.

L'éleveuse est prête à renoncer. Il lui tend la main, que Delphine met plusieurs secondes à accepter. Elle le suit à contrecœur audehors, l'autre main dans une poche de sa cotte verte repliée et nouée sur le nombril, ses bottes raclant la terre battue qui entoure le bâtiment. Elle ne lui en veut pas, elle souhaiterait juste être n'importe où plutôt que là, et ne comprend pas pourquoi il s'acharne à chercher des preuves rationnelles là où il ne peut y en avoir. Après quelques pas, leurs doigts se séparent et l'agricultrice reste en arrière.

C'est l'aut' saloperie, je le sais bien. Tout ça, ça a commencé après la Sainte-Barbe, quand il a essayé de me tripoter. Comme je m'suis pas laissé faire, il m'a dit que « j'avais un bel élevage, mais que ça s'rait dommage de le perdre ». Faut pas chercher plus loin.

Arrivé derrière le bâtiment, Fabrice s'est arrêté pour observer le sol. Il finit par s'accroupir dans l'herbe à quelques pas du mur de la grange. Il a trouvé quelque chose et ses doigts grattent la terre sèche entre les brindilles cassantes.

La picassée marque un temps d'arrêt, en proie à une sourde angoisse teintée d'un peu d'espoir.

— Delphine. Viens voir.

Ils échangent un regard et, pour l'agricultrice, le temps s'est arrêté.

Il y a des choses qui ne changent guère. Envieux et mesquins, sournois et retors, comme intoxiqués par les brumes humides et persistantes de leurs terres marécageuses et traîtresses.

Pauvre Delphine.

— Qu'est-ce que c'est ?

Il y a de la crainte, du dégoût mais aussi de la colère dans la voix de la femme au-dessus de lui. Delphine s'est approchée pour voir ce qu'il a trouvé, mais elle n'ose pas se pencher trop en avant, craignant que le maléfice ne lui saute au visage.

Fabrice observe en silence la chose qu'il a déterrée. C'est aussi dérisoire qu'inquiétant. Un œuf, de la ficelle, des plumes de poussins, le tout dégageant une odeur de corruption et de vieille pisse. *Magie de l'œuf.* S'il se souvient bien, c'était la plus redoutable, d'après son père.

Le visage de Delphine se tord sous l'effet de l'angoisse.

— Alors, tu vois ? Tu vois, à présent ?

Son amie se laisse envahir par la peur et sa voix force dans des aigus inhabituels. Elle recule, livide et désemparée. Remangeon se relève, les mains sur les hanches, les yeux toujours baissés sur cette coquille d'œuf malodorante. Il est ébranlé car il réalise qu'on en veut vraiment à Delphine, ce dont il doutait jusque-là. Quelqu'un s'est introduit dans la faisanderie pour venir enterrer cette chose à proximité immédiate de la grange à poussins, à quelques encablures des habitations. Probablement de nuit. Qu'importe si le moyen paraît dérisoire, il est révélateur de la haine nourrie envers Delphine. *Un ressentiment tel qu'un passage à l'acte n'est pas impossible.*

Fabrice pourrait se contenter d'écrabouiller l'objet inquiétant du bout de sa chaussure, l'enfoncer dans la terre en riant, biffant de son mépris insouciant des générations d'héritage crédule et superstitieux. Pour tout autre que Delphine, c'est ce qu'il aurait fait.

De son côté, elle le scrute avec attention, détaillant chaque parcelle de son visage. Leur relation se joue là, à cet instant, il en prend alors conscience avec une acuité terrible. Peu importe les coucheries de jeunesse, leur rendez-vous manqué avec un destin commun, les trajectoires divergentes. C'est ici que peut se briser à jamais la céramique claire, fragile et délicate d'une amitié précieuse nouée dans l'enfance. Elle sait ce qu'il pense de tout cela, et faire semblant ou se jouer d'elle, de son malheur et de sa frayeur en cet instant, serait rédhibitoire.

— Il ne faut pas y toucher et le brûler.

Delphine hésite.

— Tu crois que ça suffira ?

— Non. Tu sais bien que non. Il faudrait renvoyer le mal.

Il a dit ça avec une pointe de regret et de défaite. Après une brève réflexion, l'agricultrice hoche la tête en silence, le regard fuyant.

— Il n'y a que toi qui puisses le faire.

— Tu sais ce que ça implique, Delphine ? En droit pénal, on pourrait qualifier cela de préméditation.

L'éleveuse hausse les épaules pour montrer son mépris face à sa provocation. Elle pointe un index plein de fureur contenue en direction du trou dans la terre et de l'œuf pourri.

— Ton droit, il ne peut rien contre ça, Fabrice. Celui qui a mis ça là, il s'en moque bien, du droit. Grâce à la complicité des juges et des médecins, les sorciers se pavanent en plein jour, du sang plein les mains, en sachant bien que jamais personne ne leur demandera des comptes. Ils sourient et se moquent même ouvertement de leurs victimes. Tu trouves ça juste ?

Remangeon jette un œil boudeur en direction du sortilège. Il y a eu intrusion sur une propriété privée, mais aucun autre délit caractérisé. Ni vol ni vandalisme. Même le plus complaisant des juges ne saurait assimiler un œuf pourri à une menace de mort. Tout au plus une mauvaise blague, faite au détriment d'une victime « décidément bien crédule et fragile ».

Face au visage ravagé de Delphine, Remangeon réalise que la sorcellerie ne se limite pas à un seul discours, à un héritage que lui rejette, à une tradition aussi désuète qu'obscure, à une survivance folklorique, mais qu'elle constitue aussi pour ses cibles une forme impunie de harcèlement moral, de cruauté mentale.

Il ne leur faut que quelques minutes pour jeter des brindilles et du bois sec sur le tas de fumier. Fabrice hésite face à l'œuf malodorant dans son trou, et va chercher une pelle pour s'en emparer, répugnant à le toucher avec les doigts. Il jette l'œuf, et un peu de terre avec, sur le petit brasier allumé par Delphine. L'espace d'un instant, il redoute que la terre et l'humidité suspecte de l'œuf ne viennent à bout des flammes crépitantes qui disparaissent tandis qu'une épaisse fumée se dégage. Après de longues secondes pendant lesquelles le gendarme réfléchit déjà à l'endroit où il va pouvoir trouver de l'essence, le feu finit par gagner la partie, consumant les plumes, la ficelle, et noircissant la coquille.

Les deux amis n'échangent pas un seul mot pendant la durée de l'opération, chacun étant reclus en lui-même, plongé dans des pensées contradictoires. La nuit est en train de gagner et la fumée noirâtre monte dans l'obscurité fraîche qui tombe déjà sur leurs épaules. Fabrice n'aime pas la consistance de la fumée dégagée, ni son odeur. Elle lui rappelle celle des choses en plastique qu'on s'amuse parfois à faire brûler étant enfant, où l'on comprend de façon implicite la nocivité du matériau sacrifié aux émanations âcres que les flammes lui arrachent.

Lorsque le feu a fini de rougeoyer pour n'être plus qu'un monticule de braises grises et de cendres blanches sur le tas de fumier, Fabrice prend la main de Delphine.

— Viens, rentrons.

Elle tourne son visage vers celui du gendarme et il constate qu'une partie de la tension qui l'habitait a disparu. Ses yeux se sont réveillés, leur éclat habituel a repris possession des pupilles où le bleu a foncé avec l'obscurité grandissante. L'éleveuse hoche la tête et ils prennent la direction de la ferme, ne se lâchant la main qu'à l'approche de la porte du bâtiment d'habitation principal, comme s'ils redoutaient que les parents de Delphine ne les surprennent.

Lorsqu'il referme la porte derrière eux, il est frappé par le calme qui règne dans la cuisine déjà aux prises avec l'obscurité. Delphine se déchausse dans un froissement de vêtements puis le frôle en allant actionner le bouton mural commandant la grosse ampoule au centre de la pièce. La fille de la maison laisse derrière elle une odeur de terre et d'herbe sèche où flotte le souvenir d'un parfum féminin. L'interrupteur est un modèle ancien et son claquement sec résonne en même temps que la lumière se propage dans la cuisine.

Sans rien dire, elle s'affaire autour de la cafetière, ouvre un placard pour s'emparer de deux mazagrans décorés d'un motif folklorique d'une région étrangère. Fabrice est alors envahi par un sentiment inattendu de bien-être paisible et de familiarité face à une scène courante, un de ces moments à la banalité feutrée qui nourrissent plus tard la nostalgie des jours heureux.

Cela aurait pu être un présent possible.

Il comprend alors dans la routine de cet instant que, sans sa rencontre avec Élise, il aurait sans doute demandé la main de Delphine. Et il est presque sûr qu'elle aurait accepté. Elle lui avait dit une fois à la dérobée, entre deux portes, *qu'il n'était pas comme les autres, qu'il était le seul homme à lui faire quelque chose*. Il n'avait pu approfondir car Delphine s'était enfuie aussitôt cet aveu murmuré, et Élise se trouvait dans la pièce d'à côté. Ils n'étaient pas encore mariés, mais il aimait déjà sa fiancée d'un amour presque excessif. Fabrice réalise que si à l'époque il avait vite oublié cette confession surprenante, il n'en avait peut-être pas été de même pour l'agricultrice.

Ils s'assoient l'un en face de l'autre, leur café fumant dans le silence sans tension qui s'est installé. Les parents de Delphine sont déjà dans leur chambre, serrés dans leur grand lit face au poste de télévision comme deux inséparables maigres et déplumés mais toujours unis, et le couple ne les entend pas depuis la cuisine.

— Est-ce que vous avez du gros sel ?

Delphine boit une gorgée de café en le fixant avant de reposer son mazagran avec lenteur.

— Oui.

— Du gris ? C'est mieux. C'est l'plus fort.

— Oui.

Fabrice hoche la tête, satisfait. Son regard s'oriente ensuite vers la gazinière.

— Bien. Il me faut une poêle aussi.

L'éleveuse boit une nouvelle gorgée avant de se lever pour sortir d'un placard bas l'ustensile de cuisine demandé par le gendarme, qu'elle pose sur un des feux de la cuisinière. Elle s'éclipse ensuite par la porte donnant sur le cellier et revient peu après pour déposer un sac plastique contenant du sel gris marin sur le plan de travail carrelé de la cuisine aménagée.

Remangeon termine son café sans bouger de sa place et sans se presser. Face à lui, Delphine se montre plus nerveuse et reste debout, appuyée contre le rebord du plan de travail, son mazagran à la main, le regard hésitant. Le tintement de la petite cuillère dans la tasse vide de Fabrice attire son attention et elle sent son cœur battre un peu plus vite lorsqu'il se lève en direction de la gazinière. Après une observation neutre et silencieuse du sel et de la poêle, le gendarme se tourne vers elle, ses yeux réduits à des fentes studieuses et concentrées animées d'une lueur noire et brillante.

— Il faut que tu fermes la porte d'entrée à clef, et tous les volets.

Elle acquiesce en silence, soumise et craintive.

— Si quelqu'un frappe, il ne faudra surtout pas ouvrir. Même si on t'appelle ou qu'on appelle tes parents.

— D'accord.

Delphine glisse sur le carrelage de la cuisine sans un bruit. Le loquet de la porte d'entrée claque dans le dos du gendarme, puis le bruit des vêtements de l'agricultrice se déplace dans les autres pièces. Des huisseries récalcitrantes sont manœuvrées, des volets grincent dans le soir. Lorsqu'elle revient dans la cuisine, elle constate que son ami, ayant éteint la lumière, se réduit à une haute silhouette sombre devant la cuisinière de ses parents.

Fabrice ne sait pas pourquoi il a éteint. Il ne se souvient pas que cela fît partie d'un quelconque rituel de son père.

Peut-être juste pour m'éviter la honte ou le ridicule.

Ses yeux cherchent la femme dans la pénombre.

— Tu as bien conscience de ce que tu me demandes, Delphine ? Si tu crois à ce que je vais faire, tu es d'accord pour renvoyer tout le mal là d'où il vient ? Quelles qu'en soient les conséquences ?

Elle n'hésite pas longtemps :

— J'ai ni homme ni enfants dans ma vie, Fabrice. Et mes parents sont âgés à présent. Cet élevage, c'est tout ce que j'ai. Cet élevage, c'est moi. C'est ma vie qu'on me vole.

— OK… Alors, allons-y.

Le souffle chaud du gaz qui s'enflamme ronfle bientôt dans la cuisine et une lueur bleutée s'accroche à leurs visages tendus et concentrés. Alors qu'il place la poêle au centre du brûleur, Fabrice ne se sent ni ridicule ni honteux. Au contraire, il perçoit une force nouvelle et une chaleur inconnue qui l'investissent et le galvanisent, un peu à la façon des amphétamines qu'il avait consommées étant jeune gendarme mobile. Ce n'est pas désagréable, d'autant plus que son esprit est piqué d'une curiosité intense face à ce rituel qu'il a observé adolescent mais qu'il n'a encore jamais pratiqué. Il a l'impression d'avoir à nouveau seize ans et de s'apprêter à toucher et à sentir pour la première fois l'intimité d'une femme, à découvrir l'un des grands mystères de la vie.

Si Delphine pouvait voir à cet instant l'éclat féroce et enjoué dans le regard sombre de son ami, elle aussi serait surprise face à cette expression inconnue.

— C'est inadmissible ! enrage Patrick Vailly.

Le concessionnaire a le visage rougi par la colère et la frustration et les trois gendarmes peuvent deviner des éclairs venimeux dans les yeux clairs derrière ses verres fumés passés de mode. L'adjudant adresse un regard morne aux cadavres d'animaux couchés dans le bois avec un sentiment de déjà-vu. Trois carcasses démembrées, mais que les braconniers ont pris soin de décapiter cette fois. Des mâles. Il n'en reste plus que des masses rectangulaires et épaisses de poils souillés de sang, des kilogrammes et des kilogrammes de cages thoraciques, de colonnes vertébrales, de viscères et de viande rouge et musculeuse laissés à l'abandon sur le sol couvert d'aiguilles de pin, noircies par le sang versé.

— Vous pouvez peut-être faire du pâté ?

Vailly lève la tête sur le brigadier-chef Toussaint. En dépit de ses tresses blondes dépassant du képi, de son visage de Miss et de sa poitrine à l'étroit dans le polo bleu ciel réglementaire, une lueur meurtrière couve derrière l'écran des lunettes du sexagénaire, pourtant porté sur les jeunettes.

— Du pâté ? Cela vous fait rire ? C'est la deuxième fois qu'on viole ma propriété, qu'on m'abat des bêtes et, non contente de vous tourner les pouces, vous osez en plus vous moquer de moi ?

De Freitas fait deux enjambées d'un pas ferme pour venir s'interposer.

— Personne ne se moque de vous ici, monsieur Vailly.

L'adjudant jauge l'Antillaise du regard pour essayer de se convaincre du bien-fondé de son affirmation, et la rappeler à l'ordre dans le cas contraire. La jeune femme baisse les yeux, gênée. De Freitas comprend qu'elle ne pensait pas à mal et a eu le tort de dire tout haut la première chose qui lui est venue à l'esprit.

Le concessionnaire les contemple avec mépris et cherche quelqu'un du regard. Celui-ci s'attarde ensuite sur le brigadier Geretz, resté en retrait et peu intéressé par la situation.

— Et Remangeon, où qu'il est çui-là ? Il a pas voulu v'nir ? Monsieur ne se déplace pas pour si peu ?

— Le major est en convalescence. Il a été blessé dans un accident de la route.

Le ton de De Freitas dissimule avec difficulté sa frustration d'être considéré comme un sous-fifre en l'absence du commandant de brigade. Vailly l'ignore et détaille Geretz des pieds à la tête.

— Un accident. Ouais. J'en ai entendu parler. P'têt' qu'il avait les mains occupées ailleurs qu'à son volant, l'Remangeon…

Geretz pâlit et serre les dents face à l'insinuation. Son regard va de l'homme à son gibier abattu. *Vieux porc, bien fait pour ta gueule.* La voix de De Freitas s'élève, coupante :

— Attention à ce que vous dites, monsieur. Nous sommes en service et ça m'embêterait de vous poursuivre pour outrage et…

— L'outrage, c'est moi qui le subis pour l'instant ! Qu'est-ce que vous attendez pour coffrer Lerouge et lui demander où que c'est qu'il était la nuit dernière, hein ? Je vous ai déjà dit que c'était lui. Il m'en veut depuis que j'l'ai licencié. Pourquoi qu'vous allez donc pas contrôler son congélateur ? Vous le protégez ou quoi ?

— Ce n'est pas à vous de nous dire comment faire notre travail. Nous avons rencontré Lerouge et nous avons fait suivre votre plainte à l'Office national de la chasse. Ils peuvent intervenir chez Lerouge s'ils le souhaitent.

— Les fédéraux ? Mais vous plaisantez ou quoi ? S'ils arrêtaient les braconniers, ça se saurait. Cela fait quarante ans que Lerouge chasse où il a envie, et tout le monde le sait. Il a jamais vu les fédéraux de sa vie… Je vous préviens, là ça suffit. Je ne vais pas me laisser spolier et voler mes plus belles bêtes juste avant la saison de chasse sans rien dire. Je connais des gradés chez vous. Je vais les appeler. Même le préfet, il est déjà venu chasser à la journée chez moi. Je vais l'appeler aussi.

De Freitas se renfrogne. Gérer des revanchards qui prétendent avoir des relations, cela fait partie de leur lot quotidien, mais dans le cas présent, il sait que Vailly ne se vante pas. *L'entêtement du major à ne rien faire de sérieux dans cette affaire va finir par se retourner contre nous. Enfoiré de Remangeon. Il est peut-être grillé auprès de la hiérarchie, mais pas moi !*

— Écoutez, monsieur Vailly : passez à la brigade. Vous déposerez une plainte et je m'engage à ce qu'elle soit traitée. Nous ferons les investigations nécessaires, et s'il faut requérir l'aide de la Brigade de recherches, je le ferai.

Le concessionnaire étudie l'adjudant et renifle son approbation.

— Il faut aller chez Lerouge. Ouvrez son congélo, vérifiez son tas de fumier et son chenil, et c'est tout. Pas besoin d'aller plus loin.

De Freitas hoche la tête. Il se tourne ensuite vers Toussaint et Geretz.

— Allons-y.

Les trois gendarmes se regroupent et prennent la direction du chemin forestier où ils ont laissé leur camion. Ils passent le long du pick-up noir des gardes de Vailly. L'un d'eux a posé ses grosses mains carrées sur le volant et les regarde en coin tandis que le passager se roule une cigarette dans l'ombre de l'habitacle. Lui aussi lance en direction des gendarmes un coup d'œil furtif, l'air de rien, et les deux affichent une attitude désinvolte face au trio de gendarmes.

Vailly reste seul dans l'ombre des pins parasols, les dépouilles misérables de ses trois cerfs à ses pieds.

Des bêtes qu'on vient de me livrer et qui m'ont coûté les yeux de la tête. Des trophées exceptionnels qui auraient permis de toucher le pactole en prime de tir à chaque fois. Ce fumier de Lerouge va me le payer. Et très cher.

Plus haut dans le bois, le camion de gendarmerie cahote dans le chemin envahi d'herbes hautes tandis que l'adjudant essaie d'analyser la situation.

L'absence temporaire de Remangeon doit être mise à profit. Leur supérieur est engagé dans une spirale suicidaire mais lui n'a aucunement l'intention de se laisser entraîner vers le bas avec le major. Tant pis pour lui. L'adjudant observe la brune dans le rétroviseur principal, puis l'Antillaise à ses côtés. *Les filles me suivront.* Il a constaté, non sans une certaine amertume, que le Solognot les impressionne toutes les deux.

Comme quoi, hein, les femmes et les mauvais garçons… mais elles ne sont pas idiotes, ni l'une ni l'autre. Elles comprendront où se trouve leur intérêt.

Fabrice Remangeon cligne des yeux face au soleil qui se reflète sur la carrosserie du véhicule qu'il est en train de nettoyer. Il s'est levé tard ce matin-là, huit heures trente passées, et a profité de l'absence de ses collègues pour aller récupérer la voiture au garage, équipée d'une optique et d'amortisseurs avant neufs. Pour l'aile, il faudra attendre.

Il est tombé comme une masse la veille au soir en rentrant des Garennes et n'a même pas pris la peine de se déshabiller avant de se coucher, ce qui est aussi inhabituel que sa grasse matinée. Il ne sait pas si c'est à cause des événements chez Lerouge, de la rencontre avec Élise, ou celle qui y ressemble tant, puis de la rixe avec le braconnier, ou à cause de la soirée chez Delphine et de la tension de son amie. Même s'il a beaucoup dormi, il ne s'est pas levé frais et dispos, mais plutôt irritable et enclin à broyer du noir.

Son seul remède efficace dans des situations comme celle-là, c'est l'action, aussi il s'est décidé à aller chercher la voiture, puis à passer l'aile froissée et rayée à la pâte à polir. Après une heure d'efforts concentrés, il estime avoir atténué jusqu'à cinquante pour cent des dégâts. Il a ensuite entrepris de ranger l'habitacle, d'y passer l'aspirateur, avant de laver le véhicule. Shampooing pour carrosserie, rinçage, et il finira par un coup de peau de chamois.

Il lève à peine les yeux quand ses collègues sont de retour. De Freitas descend du camion et gagne les bureaux après un bref regard chargé de désapprobation à son encontre, suivi par Geretz, promise à mettre à jour des procès-verbaux une bonne partie de la journée. Après un coup d'œil en direction des bureaux pour s'assurer que ni de Freitas ni Geretz ne vont en ressortir, Toussaint traverse la cour intérieure à pas rapides pour rejoindre le commandant de brigade, qui plonge à cet instant un poing serré autour d'une éponge dans un seau à demi empli d'eau mousseuse.

— Ça va, ton bras ? Pas trop dur la reprise ?

La jeune femme oriente son avant-bras pour jeter un œil machinal sur sa peau criblée sur une dizaine de centimètres.

— Je vais garder une belle cicatrice.

— Dis-toi qu'on ne la verra que par beau temps, avec les polos à manches courtes.

Il lui sourit, mais constate qu'elle pense aussi sans doute à son autre zone atteinte. *Sa poitrine*. Elle enchaîne :

— Et vous, votre tête ?

Il frotte avec énergie la portière côté conducteur, insistant ensuite sur le bas de caisse.

— Tant qu'elle reste sur mes épaules.

Après avoir plongé à nouveau l'éponge dans le seau, il se relève en grimaçant, des perles de sueur aux tempes. La jeune femme hésite, puis lâche d'une traite :

— Des braconniers ont encore tué des cerfs chez Patrick Vailly.

Remangeon s'arrête et observe sa subalterne. Il se demande pourquoi elle vient aussitôt l'en informer.

— J'imagine qu'il ne devait pas être content.

— Non, ça c'est sûr… L'adjudant s'est engagé à faire quelque chose.

Fabrice regarde la porte arrière des bureaux de la brigade.

Ainsi, de Freitas conteste ton autorité pendant ton absence.

Il avait donné des ordres clairs sur le peu de considération à apporter à Vailly, ce genre de parvenu qui se croit tout autorisé parce qu'il a établi un petit carnet d'adresses de notables du cru et engrangé quelques dizaines de milliers d'euros. Face à l'expression contrariée et cryptique de Toussaint, le major réalise que sa volonté de ne pas céder à Vailly est entrée en contradiction avec son engagement personnel qui veut qu'une attaque contre un de ses subalternes ne doit pas rester impunie.

Elle pense que tu l'as laissée tomber.

— Très bien… Tu sais, je n'ai pas renoncé. On aura ceux qui t'ont fait ça. Dans des histoires comme celle-ci, le temps est un allié. Les langues finiront par se délier. Ne crois pas que ce soit une forme de désintérêt pour toi de ma part.

Il est décontenancé quand elle sourit.

— C'est une litote, ça, major ?

Il fronce les sourcils, en quête de souvenirs lointains de son année de première.

— Laissez tomber.

Toussaint ôte son képi et ferme les yeux pour apprécier les rayons du soleil sur son front.

— Elle est sympa ta nouvelle coiffure. C'est une couleur qui te va bien.

La jeune femme rouvre les yeux, surprise.

— Il faut bien s'occuper quand on ne travaille pas, par ici.

Remangeon hoche la tête et se tourne vers la voiture pour frotter le toit avec de grands gestes vigoureux. Lorsqu'il se retourne, il est surpris de constater que la jeune femme est toujours là, l'observant avec une acuité qui le met mal à l'aise tandis qu'il rince son éponge.

— Je tiens à m'excuser, major.

— T'excuser de quoi ?

— Je vous ai mal jugé.

L'homme et la jeune femme échangent un long regard silencieux.

— Je te remercie, Toussaint.

— C'est pas exactement ce qu'on dit quand quelqu'un s'excuse, si ?

Remangeon sourit.

— Je ne suis pas « exactement » comme tout le monde.

L'Antillaise acquiesce et laisse s'écouler plusieurs secondes.

— Vous connaissez *Le Cheval blanc*, major ?

— À Romorantin ? Oui, bien sûr.

— Vous y avez déjà mangé ?

C'était il y a combien ? Presque douze ans ? C'était avec Élise.

— Oui.

— Vous voudriez bien m'y emmener ? Tout le monde m'en parle. On dit que c'est LE restaurant à faire dans le coin.

Le visage de l'homme s'assombrit, ses yeux se réduisant sous l'effet de la méfiance.

— C'est que… C'est plutôt pour des occasions spéciales… euh, en couple, je veux dire. En dehors des notables, c'est surtout pour les amoureux. La dernière fois, j'y ai fêté un anniversaire de mariage.

Cinq ans, pour être précis.

Le visage de la jeune femme marque sa contrariété. En l'espace d'un instant, elle passe de la connivence rieuse au froid cassant du mépris.

— Ah bon, il n'y a jamais de collègues qui vont manger au *Cheval blanc* ? Ils n'ont jamais vu ça dans l'histoire du restaurant ? À moins que ce ne soit carrément interdit ?

— Non. Non, bien sûr…

— Pourquoi vous ne dites pas que vous n'avez pas envie, plutôt ?

— Euh… Oui, c'est délicat. Je ne préfère pas. Mais on pourrait aller ailleurs et…

— Non, c'est bon, laissez tomber.

Vexée, elle tourne les talons. Arrivée au milieu de la cour, elle se retourne pour lui lancer :

— En fait, je vais reprendre mes excuses, major. La vérité, c'est que vous n'avez pas envie de vous afficher avec moi dans un restaurant chic. Je ne suis pas assez bien pour vous, hein ? Trop foncée peut-être ?

Toussaint ne lui laisse pas le temps de répondre, et Remangeon est si décontenancé par le revirement de la jeune femme qu'il ne trouve rien à rétorquer. Elle disparaît dans les entrailles de la caserne et il reste un long moment à contempler l'éponge mousseuse dans sa main, plongé dans un abîme de perplexité.

Comment lui expliquer ?

Lui expliquer quoi ? Que tu es tellement obnubilé par ta femme que tu refuses de retourner dans un restaurant qu'elle aurait sanctifié de sa présence ? Que cela reviendrait pour toi à la trahir d'y dîner douze ans après avec une simple collègue qui souffre d'une solitude totale ?

Le gendarme pousse un portillon métallique orné d'une plaque émaillée portant le numéro huit. La peinture s'écaille et sa poignée torsadée ainsi que ses gonds auraient besoin d'être huilés. Dans la courte allée qui mène à l'entrée, c'est le même déclin qui règne : bordures disjointes, herbes folles dans les plates-bandes, gravillons tassés et rares. Il frappe à une porte au linteau de béton très bas que vient frôler le sommet de son crâne. L'une de ces centaines de maisons de bourg traditionnelles qui se meurent à petit feu à travers les villages ruraux, désormais trop petites, trop basses, trop obscures pour les familles en quête de « volumes », et trop dénuées de cachet pour devenir des résidence secondaire de citadins.

La porte s'entrouvre. Un œil gris et luisant, un nez bleui surgissent de l'obscurité. Jambart fait signe au visiteur d'entrer d'un geste de la tête et s'écarte pour le laisser passer. Fabrice suit ensuite le vieil homme dans un salon étroit et encombré où la lumière se fait avare. L'oncle de Teddy prend place derrière une table ronde encombrée par une pile de vieux journaux, un panier empli de noix, des cartouches de calibre douze, une bouteille de vin et deux verres à moutarde ornés de dessins publicitaires. Remangeon prend place à son tour. Étienne lui sert un verre qu'il pousse devant lui d'une main tremblante. Le major remarque les bouteilles de vin de table en plastique vides entassées au pied du meuble de télévision, et auxquelles il a échappé.

— Et la ferme des Giloins ? Tu l'as vendue ?

Jambart hoche la tête.

— Quatre-vingt-dix millions.

Quelques secondes de concentration sont nécessaires au gendarme pour effectuer la conversion des anciens francs aux euros.

— C'est pas beaucoup, si ?

— Juste les bâtiments. Sans le fermage. C'est tout c'que ça vaut à présent. Plus personne veut habiter dans une ferme.

Fabrice boit une gorgée de vin et constate que le verre de la bouteille n'est en rien une garantie de qualité. Il soupçonne même le vieil homme de l'avoir remplie avec sa vinasse de supermarché.

— Alors, qu'est-ce que tu m'veux, Étienne ? Qu'est-ce que c'est que cette histoire à propos de mon épouse ?

Un silence pesant s'installe. Jambart vide son verre d'un seul trait, avant de s'en servir un autre en faisant tinter le goulot de la bouteille contre le rebord.

Est-ce le manque ou déjà le début de l'ivresse ?

Après le coup de fil énigmatique et confus reçu la veille en début de soirée, Remangeon réalise qu'il n'aurait pas dû venir. Étienne n'est plus qu'une coquille vide suintant le méchant vin. L'oncle de Teddy n'aura rien à lui apprendre, si ce n'est répéter des rumeurs infondées ou des bobards, censés attirer l'attention et lui donner un peu d'importance dans sa fin de vie misérable.

D'une voix étrangement claire et assurée, le vieil homme brise alors le silence.

— Tu cherches ta femme, Remangeon, mais tu la trouveras point. En tout cas, pas là où tu la cherches.

Fabrice fronce les sourcils. Jambart poursuit :

— Elle est morte, mon gars.

Étienne lève les yeux de son verre et Fabrice sent son pouls s'accélérer en même temps qu'un fluide lent et glacé se répand dans sa poitrine. Il a beau ne pas porter de crédit à la mise en scène du vieux, la brutalité de l'annonce le secoue, d'autant que la lueur de lucidité dans le regard du retraité n'augure rien de bon.

C'est la première fois depuis dix ans que quelqu'un m'affirme savoir quelque chose sur le destin d'Élise.

— Si c'était le cas, je le saurais.

Le ton du militaire n'est pas aussi ferme qu'il aurait souhaité. Jambart émet un grognement de dénégation.

— Dis-moi, gendarme : y a combien de disparitions en France chaque année ?

Nouveau silence. Remangeon n'a pas envie de suivre le raisonnement de son hôte. Celui-ci insiste pourtant :

— Hein, combien ?

— … une fois les fugues et les petits escrocs écartés… environ dix mille.

— Et tu crois p'têt' qu'ils sont tous vivants ? Moi j'te dis qu'y en a un paquet qui pourrissent au fond d'un trou ou d'une rivière, ou d'un tas d'cendres quelque part, et pourtant les familles en savent rien. Et la justice non plus.

Lorsque l'on est dans l'entourage d'une personne disparue de façon inquiétante, comme ce fut le cas pour Élise, la question de l'homicide dissimulé se pose en effet, et Fabrice n'a eu de cesse de la retourner depuis dix ans : *Où ? Par qui ? Pourquoi ?*

Face au mutisme prolongé du visiteur, l'oncle de Teddy reprend son argumentaire :

— Pourtant, y a des gens qui savent. Y savent parce que ce sont eux qui les ont mis au fond d'un trou. Et des fois, ces gens, bien, y finissent par causer. À force, ça doit peser un truc comme ça…

Le gendarme se penche sur sa chaise.

— Tu es en train de me dire que ma femme a été assassinée, et que tu connais son meurtrier, c'est bien ça ?

Étienne évite le regard brûlant de Fabrice pour avaler un nouveau verre de vin. Il s'essuie ensuite la bouche du revers de la manche.

— Non, j'le connais pas vraiment. Disons que je connais l'histoire.

— Quelle histoire ?

Le vieil homme donne l'impression de s'être perdu dans ses propres divagations, avant de se redresser d'un geste brusque et de lancer un regard lugubre à l'adresse de Remangeon.

— L'histoire de deux braconniers. Qui chassent là où y faut pas, et quand y faut pas. L'histoire d'une femme, au mauvais endroit au mauvais moment. Un accident terrible. Alors, comme c'est la femme d'un gendarme et que les terres sont celles d'un notab' du coin, les deux braconniers prennent peur. Y veulent pas aller en prison. Y jettent l'auto dans une mare. Et enterrent eul' corps dans la forêt sous un vieil arbre. Et voilà comment qu'on peut disparaître pour de bon, gendarme. Voilà comment qu'ta femme, elle a disparu.

Le pouls de Fabrice accélère de nouveau. Face à lui, la mine de Jambart s'est allongée. La fatigue, la vieillesse, la maladie et l'alcool se combinent sur ses traits d'une façon hideuse et repoussante.

La démence le guette. Peut-être est-ce déjà fait, d'un point de vue clinique ?

Remangeon se redresse sur sa chaise et ose un sourire cruel.

— C'est une histoire que t'as entendue au bistrot, c'est ça ?

La mine surprise et déconfite du vieux confirme son intuition. Fabrice secoue la tête de droite à gauche.

— Que des rumeurs sur la disparition d'Élise traînent dans les bars du coin, c'est logique. Mais qu'un ancien comme toi soit assez naïf pour les croire et me les répéter, en étant persuadé de détenir un scoop, c'est un peu triste, Étienne. Non ?

L'ancien pique du nez. Après un long silence pénible, la voix rauque de Fabrice provoque le vieil homme.

— Assez naïf... ou manipulateur.

Le maître des lieux lève la tête, inquiet.

— Qu'est-ce tu racontes ?

Remangeon fixe Jambart avec dureté.

— Tu connais bien Lerouge, non ?

Un brusque reflux de sang dans les traits usés et bouffis du vieux trahit son émotion à l'évocation du braconnier, mais Étienne se contente de soutenir le regard autoritaire du gendarme de deux yeux globuleux et vides. Fabrice reprend :

— On m'a dit que vous étiez souvent fourrés ensemble à une époque. De bons copains.

Jambart pâlit à vue d'œil. Fabrice est décontenancé car il attendait plutôt de la gêne et de la confusion. *Comme beaucoup, Étienne a une frousse terrible de Lerouge.*

— Je vais te dire ce que je crois, moi, Étienne. Je crois que tu te sens coupable de pas avoir pu empêcher Teddy de se tuer. Et entre nous, t'as raison de te sentir coupable, parce que s'il avait eu un oncle moins incapable et moins alcoolique, mon meilleur ami serait peut-être encore en vie. Cette culpabilité qui te ronge, tout ça mélangé à cette amitié avec Lerouge, c'est la vraie raison de toutes ces salades. Tu voudrais te racheter auprès de moi, te sentir utile, et en même temps m'éloigner de chez Lerouge, et surtout m'éloigner de cette mystérieuse Russe qui ressemble furieusement à Élise…

Jambart s'est figé dans une expression stupide de crainte muette. Le vieil homme voudrait articuler quelque chose, peut-être une protestation, mais sa gorge nouée l'en empêche. L'oncle de Teddy reste silencieux et prostré sur sa chaise, à court d'arguments. Fabrice se lève avec agacement face à cette perte de temps prévisible. Une fois debout, il pointe un doigt accusateur et menaçant en direction d'Étienne.

— Je te préviens, Jambart. Si cette femme est Élise et que tu es complice de cette mascarade, que tu couvres Lerouge d'une façon ou d'une autre, tu me le paieras cher… Quand je serai après toi, tu regretteras que ton foie malade ne t'ait pas déjà tué !

Furieux, Remangeon abandonne l'oncle de son ami et claque la porte derrière lui. Secoué par une crise de tremblements, Étienne se sert un nouveau verre de vin pour le porter à sa bouche. Du liquide grenat s'échappe du contenant avant d'avoir franchi ses lèvres sèches et coule sur son menton et sur sa gorge pour venir tacher le col de sa chemise déjà noirci par la crasse. Il repose le verre et se lève avec brusquerie pour se ruer dans sa cuisine. Il en revient le poing fermé et se rend jusqu'à l'entrée. Il ouvre sa porte et jette une poignée de sel gris dans l'allée, sur les traces du gendarme, en marmonnant des paroles de protection mal assurées.

Victime d'un accès de tachycardie, Jambart doit aller se rasseoir, le souffle court, une main hésitante sur la poitrine. Le vieil homme réalise l'ampleur et la gravité de son échec. Il croyait s'attirer les bonnes grâces de l'ami de son neveu, mais il n'a fait que s'attirer des menaces.

Comme avec Lerouge.

Le regard du vieil homme tombe sur les trois cartouches de calibre douze qui traînent sur sa table.

J'suis pas de taille à affronter deux sorciers de front. Y f'ront qu'une bouchée de moi, ces deux saloperies !

Fabrice ouvre les yeux sur l'obscurité régnant dans sa chambre, oppressé par un sentiment d'urgence qu'il n'arrive pas à s'expliquer.

Est-ce que je viens de rêver ? Un nouveau cauchemar ? Élise ?

Remangeon scrute la pénombre, ses yeux en quête d'un détail rassurant et familier. Son crâne résonne au gré des pulsations rapides de son cœur et il réalise qu'il a très soif. Il grogne sa frustration dans son lit comme un ours dérangé par un printemps trop précoce.

Un halo bleuté surgit de sa table de nuit encombrée. Un cône de lumière pâle monte en direction du plafond, vite suivi par la sonnerie aux tonalités électroniques de son téléphone. Le gendarme reste immobile quelques instants, en proie à une intuition viscérale et immédiate. Sa main s'abat avec lourdeur sur l'appareil.

03 h 28… Bordel.

— Oui ?

Un crachotement. Des bruits indistincts.

— Allô ?

— Major… C'est… Freitas…

La voix de son subalterne est lointaine et saccadée.

— Excusez-moi… vous déranger. Il faut que… veniez.

— Où ça ? Qu'est-ce qui se passe ?

De Freitas parle à quelqu'un d'autre, avant de souffler d'une voix rauque, plus proche :

— Au croisement de la route de la déchetterie. On a eu un accident.

— D'accord. J'arrive.

— Major !

— Oui ?

— C'est… c'est Toussaint.

— Quoi, Toussaint ? Qu'est-ce qu'elle a fait ?

Un blanc. Un silence trop pur qui pousse Remangeon à penser que la communication a été coupée. Il jette un œil agacé à son écran. *Trois barres.*

— Je crois qu'elle est morte, major.

Remangeon sursaute dans la pénombre. Pas seulement à cause de l'affirmation de son collègue, mais aussi en raison du brusque changement de qualité de la liaison, comme si de Freitas venait de parler juste à ses côtés, d'une voix claire et sans parasites.

— Vous avez appelé les secours ?

Pas de réponse. Plusieurs secondes s'égrènent. Remangeon aboie dans son portable :

— Adjudant ! Vous avez appelé les secours ?

— Oui. Oui, major. Le SAMU est en route.

Remangeon coupe la communication. Il ne lui faut que quelques secondes pour sauter dans ses habits froissés et défraîchis de la journée posés sur une chaise. Il court jusqu'à sa cuisine, fait couler un peu d'eau froide pour s'en asperger le visage avant d'en avaler quelques gorgées, les mains en coupe. L'eau n'a pas bon goût mais calme sa gorge desséchée. Il s'empare de ses clefs et enfile ses baskets encore humides de sa séance de lavage automobile du matin précédent. Il a oublié de les faire sécher sur le rebord de sa fenêtre.

Le bourg est endormi et désert. Il accélère sans ménagement dès que le panneau de sortie du village émerge de l'obscurité. Le major cligne plusieurs fois des yeux pour chasser les résidus de fatigue nocturne qui collent à la peau de son visage, avant de scruter avec fébrilité les bas-côtés de la route.

Pas le moment de se prendre un cochon.

Il roule trop vite, malgré tout. Le faisceau des phares de sa voiture capte enfin des silhouettes humaines et des uniformes au milieu de la route. Des visages blancs et anxieux dans la lumière crue et artificielle. Le véhicule de ses collègues s'est renversé dans un large fossé envahi de hautes fougères. Remangeon repère l'adjudant de Freitas, entouré d'anonymes. Une ferme est située juste de l'autre côté de la route et la lumière de sa cour est allumée.

Sa voiture s'immobilise. Il court de toutes ses forces dans la nuit, espérant se préparer dans la douleur de l'effort à la vision que va lui offrir le lieu de l'accident. Un sentiment nauséeux de déjà-vu lui vrille les tripes. Remangeon ignore les mots que lui jette de Freitas à son passage, ainsi que les silhouettes humaines en travers de son chemin. Les portières du véhicule renversé sur le côté sont ouvertes. Geretz est agenouillée dans l'herbe au-dessus de Toussaint, les mains posées sur le cou de l'Antillaise, appliquant un linge rouge de sang sur une plaie qu'on imagine béante. Le sang s'est répandu en grande quantité : sur le visage de la jeune femme, dans ses nattes décolorées qui ont pris une teinte rose, sur son polo qui n'a plus grand-chose de bleu ciel, dans l'herbe, sur les avant-bras de Geretz. Son point de compression n'est pas le plus efficace, mais le major n'a pas le cœur de le lui dire.

Les yeux mi-ouverts de Toussaint ne sont plus que des fenêtres sur la Mort. Il le sait.

— Qu'est-ce qui s'est passé ?

La brune lève un regard éteint et désemparé vers son supérieur.

— On… a été au fossé… On roulait pas vite pourtant… La vitre arrière a explosé quand la voiture s'est couchée contre le talus…

Geretz baisse la tête sur sa collègue, avant de revenir sur Remangeon et de poursuivre :

— Un éclat de verre lui a sectionné la gorge. Le temps que l'adjudant et moi on récupère, on sorte de la voiture et on réalise ce qui s'était passé, Toussaint avait déjà perdu beaucoup de sang. Elle n'a pas poussé un seul cri…

— Toi, tu es blessée ?

Geretz cligne des yeux, surprise par la question.

— Non… Non, je ne crois pas.

Fabrice va se pencher dans l'habitacle de la voiture de patrouille et il est aussitôt assailli par l'odeur du sang. Il touche du bout du doigt la banquette arrière et le tapis de sol dans le fond du véhicule. Les deux sont humides. Il essuie son index du pouce et tapote l'épaule de Geretz dans un geste dérisoire mais sincère, avant de retourner vers l'adjudant. Lui aussi a plusieurs taches sombres assez larges sur son polo et ses avant-bras. L'homme est absent.

— À quelle heure cela est-il arrivé ?

De Freitas ne l'a pas entendu ou compris et le fixe de façon brusque, incohérente. L'homme réfléchit, essaie de recoller les morceaux épars de sa mémoire à court terme.

— Je ne sais pas, major. Je ne sais plus…

— OK.

Remangeon n'insiste pas et consulte sa montre. Dix-sept minutes écoulées depuis qu'il a reçu l'appel. *Et Toussaint était sans doute déjà en arrêt cardiaque lorsqu'ils m'ont téléphoné.*

Tous les visages se tournent alors en direction des phares et de la rampe clignotante du véhicule d'urgence médicale en approche. Remangeon est pris d'un léger malaise.

Gyrophares dans la nuit. Accident.

Les images aperçues le soir du passage de la chasse sauvage au-dessus du parc à gibier en compagnie de Toussaint lui reviennent en mémoire, avec le goût de cendre des prémonitions funestes. C'est alors que Fabrice le remarque, parmi les badauds de la ferme voisine réveillés par l'accident et rendus insomniaques par la présence du sang, l'intrusion poisseuse et glaciale de la mort parmi eux.

L'autre ne regarde ni le véhicule du SAMU qui arrive en jetant ses éclairs bleu orangé dans la nuit, ni la voiture accidentée, ni la silhouette de Geretz penchée sur la jeune femme décédée, non. Il fixe le major Remangeon avec une intensité terrible malgré le masque impassible de son visage en lame de couteau barré d'un pansement sur le nez. Le cœur du militaire fait une embardée.

Qu'est-ce qu'il fout là ?

Les paroles crachées par le braconnier après leur courte bagarre résonnent à nouveau dans son crâne tandis que l'autre le défie du regard.

Occupe-toi plutôt de ta blonde !

Fabrice avait craint pour Delphine, mais quand il se retourne en direction de Geretz et de Toussaint, il réalise son erreur à la vue des nattes blondes imbibées de sang qui gisent comme des serpents morts dans l'herbe haute et humide, lovés autour du visage de cire de sa collègue décédée.

Tu l'as même félicitée pour sa nouvelle coiffure.

Des mors glaciaux enserrent le cœur du gendarme tandis qu'il soutient le regard de Tristan Lerouge. Derrière lui, les urgentistes descendent de leur véhicule dans un claquement de portières. Fabrice n'arrive pas à détourner les yeux de ceux du braconnier qui continue de le fixer. Une peur sournoise, indicible et marécageuse, hérisse les avant-bras du militaire de chair de poule.

Que viens-tu faire ici ?

Fabrice observe la pierre tombale de ses parents où se reflètent les rayons lunaires, sans avoir de réponse à sa question. Il n'a jamais apprécié l'esthétique des caveaux contemporains. Trop lisses, trop brillants, trop glacés. Il n'aime pas l'image de la mort véhiculée par ces blocs froids et impersonnels. Les cimetières des villages français sentent trop le dix-neuvième siècle à ses yeux.

Il chasse du bout du pied quelques gravillons qui se sont aventurés sur la semelle de marbre, avant de s'asseoir devant le caveau familial. La nuit arrive à son terme et la fatigue pèse avec force sur son corps de quasi-quinquagénaire, mais son esprit perturbé par le décès de sa subalterne ne veut pas rendre les armes. La peur ressentie face à Lerouge, à sa face hermétique et à son regard de sorcier, a fini par s'estomper, mais des questions ou des pensées néfastes tournent en boucle dans sa tête. Le gendarme a nourri l'espoir qu'une petite marche lui ferait du bien avant de se coucher et lui permettrait d'oublier la tension négative et la tristesse de l'événement en parachevant sa fatigue, mais ses pas l'ont mené jusqu'au cimetière sans que son agitation connaisse de répit.

Quatre axes monopolisent son activité cérébrale et il ne sait plus comment sortir de cette quadrature mentale. La nouvelle sortie de route du même véhicule de patrouille, d'abord. De Freitas a murmuré qu'il ne savait pas ce qui s'était passé. Ils ne roulaient pas vite, selon l'adjudant, qui était au volant. Aucun gibier n'a surgi. La voiture s'est déportée et a fini au fossé. Comme aimantée. *Juste au moment où les collègues passaient devant une ferme où se trouvait Lerouge pour une soirée de cartes.*

Ensuite, les paroles prononcées par le braconnier, chez lui : *Occupe-toi plutôt de ta blonde.*

Ne cède pas à ce discours, Fabrice. Pas toi.

Remangeon ferme les yeux et il repense à l'une de ses visites à Toussaint à l'hôpital. Il avait été pris d'une sorte de malaise et avait vu l'Antillaise sous un jour étrange, les traits tirés, presque osseux, *comme si je me trouvais déjà face à son masque mortuaire.*

Non, Fabrice. Non.

Et cette satanée chasse sauvage. Il y a repensé quelques jours plus tard, et noté la coïncidence entre son passage et le coup de feu contre Toussaint. Cela l'avait presque fait sourire sur le coup, ces vieilles superstitions désormais inoffensives ne pouvant produire, au pire, que quelques petits plombs dans l'avant-bras. Le Solognot n'a plus envie de sourire à présent que Toussaint est morte. Par réflexe, habitude ou ironie, il avait formulé en son for intérieur des paroles de barrage et esquissé un cercle du bout de sa ranger, mais il avait laissé la jeune femme sans protection.

Tu n'aurais pas dû céder à Delphine. Voilà le résultat à présent. Tu commences à t'intoxiquer aux vieilles fièvres du folklore.

Au fond de lui, il sait que ce qui le met le plus en colère, et l'angoisse aussi le plus, c'est le souvenir cuisant de cette peur irrationnelle qu'il a ressentie plus tôt dans la nuit. Plusieurs fois il a risqué sa vie par le passé, parfois de très près, mais jamais il n'avait ressenti cette boue glacée et fétide qui a infiltré sa poitrine et son cœur, là sur le goudron encore tiède de la chaude journée précédente. Quelque chose de bien plus grave que la mort était en jeu.

Fabrice ouvre les yeux et cherche les noms gravés sur la stèle.

Faîtage du mur

Le père. La mère. S'il vous plaît. Aidez-moi.

Face à l'absence de réponse, il ferme les yeux. Sa respi
lourde et lente et de légers acouphènes dus à la fatigue bourd entre ses oreilles. Il essaie de ne plus penser à rien.

Il rouvre les yeux après un temps indéterminé, en proie au même sentiment d'urgence que celui qui a précédé le coup de téléphone funeste de l'adjudant. *Tu t'es endormi.*

Remangeon se relève en s'interrogeant sur l'heure qu'il peut être. La lune a enflé dans le ciel et ses reflets sont si violents qu'ils le forcent à détourner les yeux de la pierre tombale de ses parents. Il se fige lorsqu'il aperçoit une silhouette humaine près du mur du fond du cimetière, là où celui-ci s'adosse à la forêt, à ces arbres qui étendent leurs branches lourdes et sombres au-dessus de l'enceinte, comme s'ils cherchaient à saisir les stèles pour s'accaparer les morts. L'autre ne l'a pas vu et escalade l'obstacle pour sauter par-dessus. Fabrice se lance à sa poursuite. Il sait que c'est important. Il ne ralentit pas à l'approche du mur et prend appel dessus, la semelle de sa basket s'accrochant à la surface enduite. Lorsque ses mains saisissent le faîtage du mur, il ne peine pas à se hisser jusqu'à celui-ci avant de basculer dans l'obscurité de la forêt.

Il faut quelques secondes à ses yeux pour s'accoutumer au manque de lumière, mais la clarté lunaire qui filtre entre les branches et les troncs noueux pour venir mourir sur les rocs moussus et l'épais tapis de feuilles mortes qui couvre le sol humide lui permet de distinguer un sentier étroit et luminescent, encombré d'herbes hautes, de bouquets de fougères ou de digitales pourpres.

Cela doit faire des années qu'il n'a pas vu un employé communal, ce chemin-là.

L'ombre fugitive apparaît à la faveur d'une trouée dans les frondaisons. Elle est baignée par une cascade de lumière sélène avant de se fondre à nouveau dans les ombres profondes de la vieille forêt. Le major se lance dans le chemin inégal, parsemé de galets moussus et de rochers glissants. De nombreuses branches basses fouettent ses il doit prendre garde à plusieurs reprises à ne pas trébucher e grosses racines tortueuses. Il arrive bientôt en bordure clairière circulaire parsemée de rayons argentés obliques et s'immobilise. Le fugitif est là. La silhouette s'est accroupie sur un monticule ou un affleurement de rochers lui tournant le dos. Désormais immobile, l'ombre attend quelqu'un ou quelque chose, venu d'une autre direction.

Le gendarme sort de l'ombre en dégainant son arme de service, la levant à deux mains devant lui, le canon pointant pour l'instant vers le sol.

Peut-être est-ce Lerouge ? Il est venu surveiller un de ses collets posés dans une coulée de chevreuils. Il ne manque pas d'air, si près du bourg…

Une idée folle traverse l'esprit de Fabrice.

Et si je m'en débarrassais là, maintenant ?

La vision de la femme blonde près de son fil à linge revient le hanter. Cette façon de tenir sa panière, de remettre en place une mèche de cheveux sur son oreille, de se balancer d'un pied sur l'autre.

Et s'il te l'avait volée en parfaite connaissance de cause, en sachant très bien qui elle est ?

Remangeon lève son arme sur la silhouette en serrant les dents, le visage souriant d'Élise d'un de ses souvenirs se superposant dans sa tête à celui de la femme de Lerouge. Son doigt se fait plus ferme sur la queue de détente.

Fumier.

— Salut, Fab.

Le jeune homme s'est tourné dans sa direction sans montrer aucune surprise. Le reconnaissant, Remangeon rengaine son arme. Soulagé et déçu à la fois. Il s'avance pour serrer la main de Teddy.

— Salut, Ted.

— Dis donc, t'es tout mignon dans ton uniforme.

Remangeon esquisse un sourire. Teddy porte sa chemise blanche fétiche, celle qu'il met toujours pour sortir en boîte, avec les deux boutons du haut déboutonnés pour laisser apparaître sa chaîne en or et un début de toison velue. Il dit que les filles n'y résistent pas.

— Il faut que tu ailles chercher Élise, Fab. Tu peux pas la laisser comme ça.

— Où ça ? Chez Lerouge ?

— Elle est sous l'arbre, Fabrice. L'arbre aux ours.

Teddy sourit et s'en va. Avant de disparaître dans la forêt, il se retourne pour lui lancer un sourire et lui faire un signe amical de la main. Fabrice entend alors des pleurs en bordure de la clairière, sur sa droite. Les sanglots feutrés et étouffés d'une femme. Le gendarme écarte quelques branches basses et avance dans une nouvelle étendue à découvert. Il doit cligner des yeux face à la vivacité de la lumière du soleil qui baigne l'endroit. Il s'avance dans l'herbe au vert éclatant et ses pieds nus se réjouissent du contact frais et souple de ce gazon printanier parfait.

Toussaint est assise sur un rocher au pied d'un arbre, le visage enfoui dans ses mains, les coudes sur les genoux. *Elle est vraiment belle*, se dit le major face à la nudité de la jeune femme. Il n'y a ni lubricité ni convoitise dans ce constat, il est juste heureux de l'harmonie exceptionnelle de ce corps exaltant la beauté féminine.

— Pourquoi pleures-tu ?

Toussaint lève ses yeux embués et rougis sur lui. Elle hésite entre la colère et la surprise.

— Je crois que suis perdue. Je la déteste vraiment, cette forêt. Tous ces arbres… tous ces animaux… tous ces chasseurs. Je les déteste tous !

Fabrice tourne la tête pour évaluer les environs. Le passage est juste de l'autre côté de la clairière, mais la jeune femme ne l'a pas vu. Il lui tend la main.

— Viens.

Elle consent à se lever et à le suivre, main dans la main, jusqu'à l'ouverture au pied de deux jeunes chênes. Leurs racines mêlées forment un « O » qui plonge dans la terre.

— Vous ne voulez quand même pas que j'aille là-dedans, major ? C'est tout noir.

Le Solognot s'accroupit devant l'ouverture, et lui indique en silence de faire pareil. Après quelques secondes, l'écho d'un ressac leur parvient, accompagné d'une odeur de silice chaude.

— Tu entends ? C'est la mer. Et tu sens l'odeur du sable ?

Elle acquiesce, ravie, son visage s'éclairant d'un grand sourire. Ils se relèvent et elle s'approche de lui.

— Merci, major.

Elle se lève sur la pointe des pieds pour poser un baiser sur sa joue. C'est comme une caresse d'oiseau fragile.

— Nous nous sommes ratés, hein ?

Remangeon sourit.

— C'est pas grave, Toussaint. Il y aura d'autres occasions. Un nouveau cycle plus favorable.

La jeune femme hoche la tête, pensive, avant de se retourner pour s'enfoncer dans le passage qui se referme sur elle. Fabrice s'assoit ensuite sur l'une des racines et sa forme se modifie pour épouser celle de son bassin et de son dos.

Il est très las maintenant.

Il ferme les yeux.

Une main se pose sur son épaule.

— Hé mon gars, t'en as pris une bonne hier, on dirait.

Fabrice Remangeon grogne quelque chose d'indistinct avant de se retourner sur l'homme qui le secoue par l'épaule. Lorsque l'employé municipal reconnaît le gendarme, il émet un juron et recule d'un pas. L'homme déchiffre ensuite les noms gravés sur la tombe devant laquelle Remangeon s'est endormi, et les traits du cantonnier s'allongent encore un peu plus.

— Euh… Excusez-moi. J'voulais pas vous déranger.

Le gendarme regarde l'employé communal sans comprendre immédiatement qui il est, ni ce que cet homme fait là, ni où ils se trouvent. Le jour s'est levé et sa nuque endolorie le fait grimacer. Il se redresse en se massant le cou d'une main lourde et reconnaît alors le cimetière, tandis que l'autre s'éloigne à pas rapides en jetant des coups d'œil craintifs sur ses arrières. Fabrice s'apprête à l'appeler mais les sons meurent dans sa gorge lorsqu'il réalise qu'il n'a rien de cohérent à lui dire.

Bon sang… Toussaint…

Les souvenirs tragiques de la nuit précédente l'assaillent dans un mélange de frustration et de gravité. Le major époussette son pantalon de façon machinale et s'éloigne du caveau de famille en direction de la haute porte de fer forgé peinte en gris terne à l'entrée du cimetière. Juste avant de quitter les lieux, il cherche des yeux l'homme qui l'a réveillé. Celui-ci s'est posté à l'autre extrémité, près d'un robinet sous lequel est enroulé un tuyau d'arrosage. Le cantonnier l'observe en silence, immobile. Le major a l'impression qu'il a tenté de mettre la plus grande distance entre eux, comme s'il redoutait une quelconque contamination. Fabrice réalise qu'il n'y a pas de branches de ce côté-là du cimetière, et que le mur du fond n'est pas bordé par une forêt, non plus. La porte se referme dans un bruit de ferraille derrière lui.

Alors qu'il reprend la direction de la gendarmerie, le major se demande pourquoi il a rêvé de Jambart.

Toussaint, d'accord, mais mon meilleur ami, pourquoi ?

Peut-être juste parce que j'étais dans un cimetière. Un endroit propice pour rêver aux êtres engloutis par le temps, à ceux qui se raccrochent à ce monde via de vieilles photographies, ou par le biais de souvenirs trompeurs ou enjolivés chez ceux qui restent.

Remangeon se demande pourquoi il n'a pas rêvé de ses parents. Il franchit la porte de la gendarmerie, celle utilisée par le public. L'endroit est calme et il finit par trouver de Freitas et Geretz derrière des écrans d'ordinateur, les mines défaites par la garde trop longue et le contrecoup de l'accident. La luminosité artificielle des moniteurs ne fait qu'accentuer leur pâleur lorsqu'ils lèvent la tête sur lui en silence, surpris ou gênés, ou les deux.

— Vous avez eu le Groupement ? Ils vont s'occuper de prévenir la famille ?

De Freitas acquiesce avant de retourner à son rapport, abattu autant par la nuit que par la corvée en cours.

— Elle est où ?

C'est Geretz qui lui répond :

— À la morgue du centre hospitalier de Romo. On attend les instructions du Groupement et de la Légion. Son corps va être rapatrié. Elle avait peu de famille en métropole, en fait.

Les urgentistes n'avaient passé que peu de temps auprès de Toussaint avant de se prononcer sur le décès de façon officieuse. Le médecin lui avait confirmé en aparté que la jeune femme était déjà en état de mort cérébrale depuis plusieurs minutes à leur arrivée, et qu'il ne restait plus qu'à transporter le corps jusqu'au service de réanimation des urgences pour prononcer la mort administrative.

Fabrice hoche la tête, autant pour lui-même que pour ses collègues. Il quitte le bureau sans que l'adjudant lève la tête de son PC mais il remarque que Geretz l'observe avec attention. Lorsque le Solognot se retrouve dans la cour intérieure de la caserne face au petit bloc des logements de fonction, il se demande s'il va se recoucher ou plutôt prendre une douche et un café serré.

À l'entrée de la personne convoquée dans le bureau, le jeune gendarme frais émoulu de l'école de Chaumont n'a aucune idée des enjeux et antagonismes en présence dans la pièce. En dépit de son inexpérience, ses sens perçoivent de façon nette les flux d'énergie statique qui s'établissent aussitôt entre son supérieur et l'arrivant. Le nouveau brigadier est un jeune homme frêle au crâne quasi rasé. Sa couleur de cheveux est surtout trahie par la blondeur platine de ses sourcils au-dessus de ses yeux clairs. Il tire une chaise et invite l'homme à s'asseoir, avant de contourner le bureau pour s'installer derrière l'ordinateur.

Tristan Lerouge ignore ce jeune homme pour fixer le commandant de brigade qui se tient debout dans un coin du bureau, adossé contre une armoire métallique, le menton haut, le regard sombre et dur. S'il y a des sentiments que Lerouge et Remangeon partagent à cet instant, ce sont la frustration et la haine. Ni le gendarme ni le braconnier ne prononcent la moindre parole pendant que les doigts maigres du brigadier s'activent sur le clavier en plastique noir. Une fois prêt, le jeune gendarme jette un regard vers son supérieur, mais, comme le major reste plongé dans son mutisme, il s'adresse alors au braconnier :

— Bien ! Monsieur Lerouge, merci d'avoir répondu à cette convocation de la gendarmerie nationale. Nous souhaitons vous entendre dans le cadre d'une affaire de braconnage en la propriété de M. Patrick Vailly. Il s'agit d'une récidive puisque la propriété de M. Vailly a été victime d'effraction à deux reprises, une première fois dans la nuit du 28 au 29 juin, puis une seconde fois dans celle du 22 au 23 juillet. Une autre tentative a été interrompue par la gendarmerie nationale lors d'une patrouille nocturne le 30 juin. Lors de cette intervention, un coup de feu a été tiré contre un militaire en service, le blessant au bras et au thorax. Outre le préjudice subi à deux reprises par M. Vailly, animaux abattus et vandalisme sur ses clôtures, nous sommes ici confrontés à une tentative d'assassinat contre un représentant des forces de l'ordre. Les faits sont extrêmement graves, monsieur Lerouge.

Campé sur sa chaise, Lerouge n'a pas réagi lors du résumé proposé par le brigadier. Dès que la voix du jeune homme s'éteint, il se tourne vers Remangeon :

— De quoi on parle, là ? C'est quoi ces manigances ? Je reçois une convocation pour être entendu comme témoin potentiel dans une affaire de braconnage, et maintenant on m'accuse de tirer sur des gendarmes ? C'est quoi, ça ? Un traquenard ? J'ai jamais… tiré sur personne, moi. Vous voulez me faire payer la mort de la p'tite métisse, hein ? C'est pas ma faute si elle est morte, votre collègue. Faut entretenir vos véhicules, ou alors apprendre à conduire, c'est tout.

Le brigadier Freysse se tourne vers son commandant de brigade. Celui-ci se contente de fixer Lerouge en crispant les mâchoires. Quelque chose le chiffonne dans l'attitude du braconnier. Un sentiment ténu et indéfinissable, déjà ressenti lors de sa première visite aux Tailles. Une lueur malsaine s'installe au fond des prunelles de Remangeon. Plus décontenancé par l'attitude du major que par la réaction du prévenu, le jeune homme reprend, bien décidé à ne pas rater sa première audition de témoin.

— Pourriez-vous nous expliquer votre emploi du temps du 22 au 23 juillet derniers, monsieur Lerouge ?

Tristan Lerouge le fusille du regard.

— C'était quand ça ?

— Jeudi dernier, monsieur.

Lerouge réfléchit.

— Jeudi, j'étais chez moi. Chuis pas sorti. Nous avons regardé un film avec ma femme. Puis on s'est couchés. Faut aussi que j'vous dise dans quelle position qu'on l'a fait, ou pas ?

Le brigadier ignore la provocation égrillarde du braconnier, ainsi que son coup d'œil appuyé en direction de Remangeon à cet instant. Freysse demande d'une voix neutre quel est le film que le couple a visionné, et l'heure approximative à laquelle ils se sont couchés. Lorsque Lerouge revient sur le blond au polo réglementaire trop large pour ses bras maigres, il grimace son mépris.

— C'té un film de femmes. J'me rappelle plus le titre.

— Un film de femmes ?

Lerouge s'agite sur sa chaise, un très léger feu aux joues.

— Oui, un film avec le gars qui meurt à la fin… pour faire chialer les gonzesses.

— Ah.

— J'l'ai regardé pour faire plaisir à mon épouse !

— Très bien. Donc vous déclarez avoir visionné un drame romantique avec votre épouse avant de vous coucher. Quelle heure était-il ?

— Onze heures, onze heures et quart.

Les doigts du brigadier s'activent sur le clavier. Lerouge lance un regard furieux au major. Celui-ci s'était dit qu'un interrogatoire en bonne et due forme ne ferait pas de mal au vieux braconnier, mais la plaisanterie ne l'amuse plus. Ils n'ont aucun élément qui permette d'incriminer Lerouge dans les braconnages, ou même dans la fusillade. La Brigade de recherches n'a pas avancé de son côté. Les moulages des pneumatiques correspondent à des dimensions compatibles avec au moins deux cent trente propriétaires de 4×4 sur le seul département, tandis que la cartouche retrouvée sur place est un modèle de grande distribution disponible partout. Sans modèle précis de véhicule, sans description physique sommaire, l'enquête ne peut aboutir, à moins d'une information ou d'une dénonciation par un tiers, ce qui n'a pas été le cas pour l'instant. La BR lui a confirmé avoir mis le dossier au frigo.

Comme le cadavre de Toussaint.

Remangeon se décolle de son armoire métallique et s'avance devant Lerouge.

— Pourquoi Patrick Vailly vous accuse-t-il nommément d'avoir commis ces actes de braconnage sur sa propriété ?

Les prunelles noires de Lerouge s'écarquillent sous sa frange grise. L'homme s'apprête à dire quelque chose ou à protester, avant de se raviser. Face à lui, les deux gendarmes attendent sa réponse avec une curiosité non feinte. L'habitant des Tailles réalise alors que l'évident ne l'est pas pour tout le monde. Les deux pandores face à lui ne sont que depuis peu dans la région, après tout.

— Tout ça, c'est des mentes. De la médisance. Y veut m'nuire, le Vailly. Parce qu'y m'en veut d'avoir arrangé sa femme, la Vanessa Vailly, c'te sorcière qui fait la compta dans son garage. J'te l'ai déjà dit.

Le brigadier hésite face aux tournures berrichonnes employées. De son côté, Remangeon plisse des yeux, intéressé par l'une des informations cédées par le braconnier. Freysse demande :

— Vous voulez dire que vous avez commis un adultère avec Mme Vailly ?

Le vieux braconnier se renfonce contre le dossier de sa chaise.

— Oh. J'suis pas l'seul. L'est cornard pire qu'un seize cors, le Vailly.

— Donc, d'après vous, les accusations de braconnage lancées à votre encontre par M. Vailly sont fausses, et uniquement motivées par la rancœur à la suite de cette liaison avec Mme Vailly, c'est bien ça ?

— Une liaison, faut pas exagérer, non plus. J'l'ai juste arrangée deux, trois fois, la mère Vailly.

Le jeune gendarme demeure de marbre et reprend sa frappe. Pour effacer le petit sourire satisfait de la face du braconnier, le major contre-attaque de façon soudaine :

— Vous venez de dire que les accusations de Vailly sont motivées par la trahison de son épouse en votre faveur. Mais vous venez aussi de déclarer, à l'instant, que vous n'êtes pas le seul à avoir bénéficié des largesses de Mme Vailly. Pourquoi dans ce cas M. Vailly vous accuserait-il en particulier? Depuis le début de l'affaire, il n'a cité qu'un seul nom : le vôtre.

— Mais parce que j'y ai dit, pardi! Les autres, c'est tous des faux-culs. Y s'font tailler des pipes par sa garce de bonne femme et y viennent ensuite boire un coup avec lui, l'air de rien, style copains comme cochons. Moi, j'y ai dit devant tout l'monde que j'l'avais arrangée, sa bonne femme, et qu'elle en avait même redemandé. Depuis, y m'déteste à mort!

Le blond arrondit les yeux face aux déclarations du braconnier, hésitant entre la surprise et le scepticisme. Remangeon, lui, sait que ce ne sont pas des paroles nées de la forfanterie. Il y a chez Lerouge des traces résiduelles de ce mélange de naïveté et de roublardise cruelle typique de la vieille race paysanne séculaire.

Après une courte phase de saisie, le brigadier poursuit son interrogatoire :

— Beaucoup de gens disent que vous êtes un braconnier, monsieur Lerouge. Comment expliquez-vous cela?

Une esquisse de sourire anime la face en lame de couteau du Solognot râblé et plisse le pansement taché et détendu qui couvre la coupure sur son arête nasale. Face aux traits fermés des deux gendarmes, le sourire finit par s'évanouir pour laisser la place à de la hargne :

— C'est d'la jalousie. Des médisances. Dans les p'tits patelins, les gens y s'ennuient. Alors y lancent des rumeurs sur les autres.

Remangeon intervient à nouveau :

— Vailly : jaloux! Les gens du village : jaloux! Vous avez l'air de penser que tout le monde est jaloux de vous, monsieur Lerouge... Pourtant, je ne vois rien de bien exceptionnel.

Lerouge est piqué au vif. Troublé, il gesticule sur sa chaise. Son regard sombre délaisse le jeune gendarme derrière le bureau pour venir se river sur celui de Fabrice Remangeon, luisant de haine et en même temps presque absent, plongé dans un ailleurs seul connu de lui.

— La jalousie, pour sûr. Quand vous êtes un bon chasseur, on dit que vous braconnez. Quand vous êtes indépendant, on dit qu'vous trafiquez. Quand vous plaisez aux femmes, on dit que vous êtes un obsédé. Quand vous avez une belle femme, on dit que vous l'avez achetée. C'est terrible la jalousie, c'que ça fait dire aux gens. Y en a même qui se contentent pas de dire et qui essaient d'avoir ce que vous avez. Tu dois connaître ça, la jalousie, major, non ? Avec une femme comme t'avais. D'ailleurs, elle a disparu. P'têt' qu'on te l'a volée ?

Remangeon est devenu livide et il fait un pas en direction du braconnier, les mâchoires crispées. En réaction à la menace évidente, celui-ci se lève, ses pupilles au charbon vitrifié suintant une réjouissance malsaine.

— P'têt' que c'est pour ça que tu veux voler la femme des autres, à présent, hein, major ? À cause de c'te fichue jalousie ?

Les avant-bras du militaire se lèvent et empoignent Tristan Lerouge par sa chemise à carreaux. Celui-ci reste souple et se laisse faire, une lueur mauvaise dans le regard, un sourire mesquin sur sa face d'opinel.

— Major ! intervient Freysse.

Remangeon doit lutter de toute sa volonté contre l'envie de projeter son front dans la face du braconnier pour lui faire éclater l'arête nasale ou une arcade sourcilière. Le sang de Lerouge pour s'en faire un masque de rage et de vengeance.

— Major !

Le brigadier s'est levé de façon brusque en faisant racler sa chaise sur le linoléum usé de la gendarmerie. L'étreinte de Remangeon se relâche et permet à Lerouge de se dégager. Celui-ci s'adresse alors au brigadier :

— Vous avez vu ! J'espère qu'vous allez noter ça dans vot'machin, que le major m'a saisi au col sans motif pour m'étrangler. C'est un abus de pouvoir. De la maltraitance policière !

Le brigadier n'est pas dupe des protestations de Lerouge, mais il reste muet, désemparé par la tournure de l'interrogatoire. Le major se penche vers le braconnier pour lui souffler une phrase que Freysse ne peut entendre. Lerouge regarde alors Remangeon en blêmissant, avant de tourner les talons et de s'enfuir du bureau. Fabrice n'essaie pas de le retenir, il n'en a pas les moyens légaux. Un sourire carnassier étire ses traits, puis il se recompose un visage neutre lorsqu'il se tourne vers son subalterne. Freysse est dépité.

— Qu'est-ce que vous lui avez dit ?

Fabrice observe le jeune brigadier, plutôt satisfait de lui.

— Je lui ai dit que j'ai trouvé l'œuf.

Le brigadier fronce les sourcils, mais le major ne lui laisse pas le temps de poser une nouvelle question. D'une rotation souple de ses rangers cirées de frais, Fabrice pivote sur lui-même et quitte le bureau, laissant le jeune gendarme perplexe face à la pièce vide et au procès-verbal en cours de rédaction sur l'écran.

Le soleil d'août, fendu par la pointe trapue du clocher de l'église, jette une ombre légère sur le visage des femmes qui discutent au marché dans les odeurs mêlées du camion du fromager et de la rôtissoire à poulets au bout de la place. La mi-août est passée et la plupart des visages ont pris une teinte dorée au soleil, que ce soit celui d'ici ou celui d'autres régions de France. Des adolescents néerlandais, un garçon et une fille, suivent en silence leur mère, tout aussi blonde qu'eux deux, entre les différents stands du marché. Ils s'ennuient, mais ont la politesse de ne pas trop le faire voir. Les deux jeunes s'échangent parfois un regard de connivence à la vue d'un chaland ou d'un commerçant, suivi d'un ou deux mots aux nasales toniques qu'eux seuls peuvent saisir.

Au centre de la place, Jeannine Berduquet, une retraitée du Crédit agricole, tourne son visage de fouine fripée vers Delphine Alapetite.

— Et alors, ton élevage ?

L'agricultrice des Garennes hoche la tête avec un sourire mesuré.

— Je croise les doigts. Les dernières couvées grossissent bien. La saison de chasse approche. Mes premières grosses commandes vont bientôt tomber.

— C'est le principal. J'y ai dit au René : une déveine pareille, ça peut pas durer. Est-ce que t'as su au moins ce qu'avaient tes faisans ?

L'éleveuse secoue la tête de droite à gauche. Face à Delphine, la factrice intervient :

— C'était p'têt' des parasites. On dirait qu'ils sont passés chez Lerouge à présent.

Delphine cligne des yeux en silence, le visage impassible. L'ancienne employée de banque est devancée dans sa curiosité par Sylvie Fermand, une assistante maternelle de la commune à la trentaine grassouillette et décomplexée.

— Qu'est-ce qu'il lui arrive à Lerouge ?

La blonde à queue-de-cheval et gilet sans manches bleu marine de La Poste laisse les regards converger sur elle quelques délicieuses secondes avant de partager son exclusivité.

— Toutes ses poules sont mortes. Pas une qui en a réchappé.

— Un r'nard ? demande Jeannine, suspicieuse.

La factrice secoue la tête en signe de dénégation. Sylvie poursuit :

— Il en a des dizaines, de poules, Lerouge. Même des poules naines ou des poules exotiques. Des fois, la maîtresse emmène les enfants pour les voir.

— Oui, et ben, il en a plus désormais. C'est la mère Petit qui me l'a dit ce matin. Elle a vu Lerouge qui en faisait un grand tas, avant de les brûler. Elle aussi, elle a cru qu'un couple de renards était venu faire un carnage mais une fois que Lerouge a été parti traîner, Irina lui a dit que non, qu'elles étaient toutes mortes comme ça, d'un coup.

— C'est bizarre quand même, commente l'assistante maternelle.

— De toute façon, ajoute Jeannine, des r'nards, y en a plus aux Tailles. Lerouge il les prend tous au collet ou avec ses pièges. Un braco, ça ne supporte point la concurrence.

La retraitée se tourne alors vers Delphine, un petit sourire animant sa face ridée, ses petits yeux la dévisageant avec un air entendu.

— Il va p'têt' aller voir le fils Remangeon pour qu'il enquête là-dessus…

Delphine soutient le regard de la Berduquet mais elle ne peut contenir un léger rosissement de ses joues piquetées. En dépit de l'association d'idées inconsciente chez la postière entre les deux faits, l'allusion de l'ancienne employée de banque a échappé à la factrice et à l'assistante maternelle, non originaires du coin et trop jeunes pour établir un lien entre le soudain mieux des faisans des Garennes et la brusque hécatombe des poules aux Tailles. Jeannine, par contre, tient à montrer avec son enchaînement qu'elle n'est dupe ni de la relation de cause à effet ni du rôle joué par le major dans ce retournement de malheurs.

L'assistante maternelle se penche alors en avant.

— Heu… À propos du nouveau gendarme, ce Remangeon, vous savez que le cantonnier l'a trouvé un matin qui dormait au cimetière ?

— Il avait sûrement pas assez bu, commente la factrice avec un sourire moqueur.

Jeannine Berduquet claque sa langue pour montrer son impatience tandis que Delphine reste plongée dans son mutisme.

— Le fils Remangeon, ça m'étonnerait qu'y boive. Vous savez sur quel caveau qu'il a dormi ?

La blonde et la brune secouent la tête, intriguées.

— C'est sur la tombe de ses parents que la Berlue l'a trouvé.

Un silence se fait entre les quatre femmes.

— Le pauvre. C'est triste.

Jeannine Berduquet fusille du regard l'assistante maternelle.

— C'est point triste, bécasse. C'est pas par chagrin qu'il a dormi là. C'est pour capter la force de son père.

La brune se renfrogne face à l'appellation désobligeante, mais la factrice ouvre de grands yeux incrédules qui vont de la retraitée à l'éleveuse de faisans. La retraitée enfonce le clou :

— Le père Remangeon, c'était un rebouteux et un leveur de sorts. Ça v'nait de partout pour le voir. De Romorantin, mais aussi de Bourges ou d'Orléans. Même de Paris, des fois. Il avait le sang fort, et le fils aussi l'a. Maintenant qu'il a dormi sur la tombe de son père, si j'étais Lerouge, je m'méfierais.

— Pourquoi Lerouge devrait se méfier ? demande la postière.

Jeannine tourne la tête en direction de Delphine, qui dissimule tant bien que mal son embarras né de la tournure de la conversation. Face au silence de l'éleveuse, l'ancienne du Crédit agricole répond à sa place :

— Parce que Lerouge aussi, il a le sang fort et qu'il peut agir à distance. Mais y peut pas y avoir longtemps deux coqs dans la même basse-cour. Un gendarme et un braconnier, en plus… Pensez donc.

— Qu'est-ce qui va se passer, alors ?

Les yeux sombres de la retraitée se réduisent à deux fentes luisantes sous un front buriné.

— Y en a un des deux qui va être obligé de partir.

Une moue dépitée déforme le visage potelé de l'assistante maternelle, toujours vexée.

— Lerouge, il est du coin, il vit dans la ferme de ses parents. Et le gendarme, il vient d'être muté ici. Il ne sera pas muté à nouveau avant trois ou quatre ans. Et puis si lui aussi est de la région, il va vouloir rester par ici. C'est peut-être même sa dernière affectation avant la retraite.

Les deux brunes se défient du regard, mais l'ancienne tient à avoir le dernier mot :

— On en reparlera dans six mois. On se retrouvera toutes les quatre ici et on verra qui c'est qu'avait raison.

Après un dernier silence entre les quatre femmes, la postière jette un œil à sa montre de poignet.

— Bon, faut que j'y aille. J'ai ma dernière tournée à faire.

Elles se séparent et s'éparpillent, laissant un homme circonspect derrière elles, le dos tourné. Il est venu faire la queue auprès du primeur, se rangeant en silence derrière les nombreux clients et captant sans le vouloir la discussion des quatre femmes. Il a fini par laisser passer un, puis deux nouveaux clients devant lui afin de pouvoir écouter la fin des échanges. La curiosité est un vilain défaut, il le sait, mais c'était pour la bonne cause. Lorsqu'il émerge de sa rêverie, l'homme constate qu'une vieille dame avec un tricot blanc et un cabas à roulettes est en train de lui parler.

— Pardon, madame ?

— Je disais : est-ce que vous faites la queue pour les fruits et légumes, mon père ?

Le jeune homme s'anime soudain dans son costume gris et invite du bras la dame à passer devant lui.

— Oh, mais je vous en prie, allez-y. Je ne suis pas pressé.

— Ah, merci. C'est bien aimable.

L'ancienne est heureuse d'avoir pu gagner une place et d'avoir eu l'occasion d'échanger quelques mots avec ce jeune ecclésiastique qui « présente si bien ». De son côté, le prêtre ne peut s'empêcher de lancer un regard derrière lui, en quête d'une de ces femmes aux propos aussi surprenants que dérangeants.

J'espère que toutes mes paroissiennes ne seront pas du même acabit.

Pourquoi es-tu revenu ?

Alors que Remangeon se faufile aux abords de la maison des Lerouge, il ne sait pas ce qui le met le plus mal à l'aise dans son propre comportement : son incohérence ou le fait qu'il n'arrive pas à se contrôler. Comme s'il n'avait pas d'autre choix que de revenir, bien que les motifs de ce retour soient flous ou contradictoires, et bien que sa dernière visite se soit soldée par une rixe.

Ne te mens pas. Cela n'a rien à voir avec les soupçons de braconnage chez Levailly.

C'est à cause d'elle. D'elle et d'elle seule.

Il voudrait tant pouvoir lui parler, à cette Irina Lerouge, née Rochemko. C'est ainsi qu'elle se fait appeler, il a vérifié son identité, mais avec une naissance et une grande partie de sa vie déclarée à l'étranger, hors communauté européenne, quelles garanties accorder à ses papiers d'identité ? À défaut d'engager une conversation, il pourrait au moins l'approcher, détailler ses traits et ses manières. *Pouvoir trancher, enfin.* Cesser de caresser l'espoir que ce pourrait être Élise, ou alors retrouver celle qui avait été sa femme et son grand amour. Écouter et comprendre, peut-être, les raisons de sa disparition, de cette métamorphose. *Et de sa fuite.*

Oui, comprendre. Enfin. Mettre un terme à la torture insidieuse du doute installé depuis toutes ces années. La maison est calme et le gendarme commence à croire en la possibilité que la femme de Lerouge soit seule chez elle.

J'ai aperçu une lumière depuis les bois, là-haut.

Remangeon se glisse d'un arbre à l'autre dans le crépuscule, arrivant cette fois par le pignon opposé à celui de sa précédente venue. La maison de la mère Petit est dans son dos, à deux cents bons mètres, par-delà une double haie fournie et un verger. Un chemin creux de la commune se coulant entre les deux bouchures lui a permis d'approcher sans se faire voir, ni des Lerouge ni de la retraitée de l'Éducation nationale. L'autre ferme du hameau des Tailles, située de l'autre côté de la route sinueuse récemment gravillonnée, est en ruine, il n'a rien à craindre de ce côté-là.

Un carreau sombre se dessine sur la façade devant lui. Une lucarne de toilettes ou de salle de bains. Il attend quelques instants derrière un noisetier aux branches chargées de coques en phase finale de maturation. L'odeur verte et doucereuse de l'arbre dans la tiédeur du soir fait naître en lui des réminiscences d'enfance et d'adolescence : la ferme familiale comptait plusieurs noisetiers où il piochait à chaque automne, comme pour se consoler des rentrées scolaires, et il croit aussi se souvenir que son père prisait cette essence de bois pardessus toute autre pour ses « propriétés ».

Revenant au temps présent, Fabrice se détache de l'arbre aux multiples rejets pour progresser en direction de l'arrière de la maison. Son cœur se contracte dans sa poitrine lorsqu'il constate que le jardin à l'arrière est aussi désert que silencieux. Le fil à linge est vide, la pelouse est moins haute que lors de sa dernière visite. Les Lerouge n'ont pas de piscine, le braconnier devait être en train de laver sa voiture avant qu'ils ne se battent, ou d'arroser son jardin potager en bordure de la haie longeant le chemin communal, invisible depuis l'autre angle. Fabrice remarque une volière, ou un poulailler, à l'abandon, au fond de la propriété.

Le gendarme fait quelques pas rapides pour venir se coller au mur de la maison, à l'angle du pignon et de la façade arrière. Il se penche pour jeter un œil sur une terrasse en dalles carrées blanchâtres, et est rassuré d'y voir le reflet d'une lumière artificielle venue de l'intérieur.

Il y a bien quelqu'un.

L'intrus s'approche d'une baie vitrée à demi ouverte sur la tiédeur humide de cette soirée qui pourrait annoncer des orages dans la nuit. Lorsqu'il y risque un œil, il aperçoit Irina Lerouge en même temps qu'il capte le son de sa voix hachée. Elle est agenouillée sur un canapé en cuir de couleur crème, les yeux clos, les bras tendus devant elle. Un homme est collé derrière elle, une jambe sur le sol, une autre dans le sofa, une main agrippant le cuir granuleux du dossier. Un homme trapu, plus âgé, à la pilosité grisonnante. Remangeon ne peut voir sa figure à cause d'un coin de téléviseur obturant son champ de vision.

Lerouge.

À cet instant, il devrait rebrousser chemin, laisser le couple à son intimité, sur sa propriété, et se féliciter de ne pas avoir été aperçu. Les Lerouge seraient en droit de se plaindre : intrusion, atteinte à la vie privée, et le braconnier pourrait même arguer être victime de harcèlement policier. Pourtant, Fabrice Remangeon n'esquisse pas le moindre geste pour s'enfuir. Le spectacle du couple en train de s'ébattre au milieu du salon clair-obscur fascine le gendarme, au-delà du simple voyeurisme libidineux.

Le major voudrait enregistrer tous les détails de la scène, s'en faire un cliché mental pour plus tard, sans trop qu'il sache à quel usage. Son regard se concentre sur le visage de la maîtresse de maison, sa façon de haleter, ses paupières closes, sa tête inclinée en arrière, menton redressé, découvrant sa gorge claire, sa poitrine en partie libérée du chemisier et du soutien-gorge. Plus que jamais, il a l'impression de voir Élise.

Était-ce là son expression quand nous faisions l'amour ?

Une pointe de jalousie rageuse lui vrille les tripes, vicieuse et acide, mais cela ne suffit pas à le détourner de l'observation avide du couple.

C'est absurde, mais il a l'impression de surprendre sa femme avec un autre, chez lui.

Est-ce cela que j'aurais vu si j'étais rentré parfois au mauvais moment ?

Il ne comprend pas pourquoi son esprit s'oriente ainsi sur une éventuelle trahison d'Élise, surtout après tant d'années. Fabrice n'a pas souvenir de l'avoir jamais soupçonnée de façon sérieuse d'entretenir une liaison, ni même de l'avoir trahi l'espace d'une simple soirée sans lendemain. Le venin du doute et de la jalousie s'est insinué en ses veines à gros bouillons rapides et tumultueux, épaississant son humeur, augmentant sa pression artérielle. Le voyeur ferme les yeux en soufflant, essayant de se convaincre que ce n'est qu'une crise d'angoisse passagère, provoquée par cette femme et sa satanée ressemblance troublante avec la sienne.

Lorsque le gendarme s'est calmé, son regard croise celui de la blonde. Tressaillant à peine sous les coups de boutoir de son mari, la femme du braconnier le fixe depuis son canapé. Une décharge d'adrénaline pulse en lui et le voyeur d'un soir sursaute, prêt à s'enfuir, ou à se battre à nouveau. Il espère un instant être en proie à une forme de paranoïa provoquée par le sentiment de culpabilité, et que la femme regarde ailleurs, peut-être l'écran du téléviseur, mais sans le voir lui. Pourtant, quand le visage de la femme se ferme de façon sensible et que son regard se charge d'une dureté nouvelle en se coulant dans des traits plus neutres, il réalise que c'est bien lui qu'elle fixe.

Elle ne dit rien. Lorsqu'une main velue et noueuse vient s'emparer du globe tendre de l'un de ses seins, la femme n'esquisse pas le moindre geste pour protéger sa nudité ou mettre un terme au coït. Un pouce et un index épais font rouler le téton durci entre leurs extrémités calleuses, bousculant au passage la chaînette en or et le pendentif qui valse devant la poitrine offerte à la vue du gendarme. La main remonte ensuite sur les hanches d'Irina Lerouge, s'enfonçant avec souplesse dans la chair marquée par le contraste prononcé d'un bronzage estival entre le bas du dos et l'arrondi des fesses.

Le rythme inculqué par l'homme s'accentue, augmentant le va-et-vient des épaules et de la poitrine de la femme. La blonde lutte désormais pour se maintenir dans une position presque immobile, attachée par dignité ou par fierté à ce port de tête sous contrôle. Il y a un air de défi dans l'attitude d'Irina Lerouge. Remangeon n'est plus en mesure de réfléchir de façon rationnelle et il lui est impossible de s'arracher à la contemplation de cette femme qui pourrait être la sienne en train de subir les assauts virils d'un homme qu'il pense être le braconnier, mais qu'il ne peut toutefois identifier de façon formelle.

L'espace d'un bref instant, les paupières du gendarme se ferment et c'est sa propre image, sa physionomie à lui qui se colle mentalement sur le buste de l'homme besognant le sosie d'Élise. L'image est fugace mais elle déclenche chez lui une brusque perte de repères et d'équilibre et un début d'érection. Ses yeux se rouvrent comme deux phares allumés avec brusquerie au plus profond d'une nuit sans étoiles, son souffle est rauque et court.

Elle m'observe toujours. Elle ne dit toujours rien.

L'homme termine sa chevauchée. Ses deux mains sont enfoncées dans la chair des hanches qui encaissent maintenant chaque coup de reins rapide et violent. La bouche d'Irina Lerouge s'entrouvre, sa gorge a pris une coloration rougeâtre, son souffle à elle aussi se fait plus court mais elle tient bon et poursuit sa joute visuelle avec le gendarme. Les ahanements de l'homme se sont épaissis, intensifiés et parviennent jusqu'à Remangeon par l'ouverture de l'autre moitié de la baie vitrée. Derrière la petite étoile sautillante du pendentif en or, dans l'ombre des pans du chemisier, les tétons de la blonde apparaissent durcis et érigés à leur maximum.

Une main se retire des hanches de la femme pour disparaître derrière l'obstacle du téléviseur. La voix de l'homme change de modulation de façon brusque et les perles luisantes de la semence virile viennent consteller les fesses et le creux des reins de la blonde en trois vagues successives. Irina Lerouge s'est raidie et adresse une œillade plus provocatrice que jamais à l'encontre de l'intrus.

L'extrémité luisante du membre de son mari vient se coller avec lourdeur et satisfaction dans le haut du sillon de son postérieur et elle baisse la tête en se retournant pour échanger un regard avec lui que le gendarme ne peut capter. Elle dégage son épaule gauche pour porter sa main vers l'arrondi de ses fesses, ses doigts étalent alors le liquide mâle de façon concentrique comme s'il s'agissait d'un baume.

Lorsqu'elle se tourne à nouveau vers la porte-fenêtre, Irina Lerouge constate que le voyeur a disparu dans la nuit tombante. Satisfaite, elle se permet enfin un sourire avant de se tourner pour adresser un regard de louve à son mari. Leurs respirations détendues emplissent l'espace tiède du salon dans les fumerolles invisibles de sa semence et de leurs sueurs mêlées.

— Qu'est-ce qui se passe, Fabrice ?

La question est trop ouverte et trop complexe pour qu'il y trouve une réponse dans le délai considéré comme standard au cours d'une conversation téléphonique. Le gendarme se contente de cligner des yeux sous la visière de sa casquette réglementaire, debout au milieu de la cour de la caserne. La voix de Delphine dans son téléphone ne montre aucun signe d'impatience. C'est une femme qui ne craint pas les silences, une qualité rare que Remangeon a toujours appréciée chez elle. Il finit par articuler un « rien » qui n'a, de fait, que peu de sens, ni pour elle ni pour lui.

— Je t'ai laissé un ou deux messages ces derniers jours. Tu m'évites ?

Le major laisse s'écouler quelques secondes avant de lâcher un « oui » qui ne la surprend guère. Il enchaîne aussitôt :

— Mais ce n'est pas à cause de toi… Je t'évite à cause de moi.

— Tu veux dire que c'est pour mon bien ?

Il a perçu l'ironie dans sa remarque. Fabrice n'a aucune intention de la blesser.

— Non. Delphine… Je veux dire que je n'ai rien à te reprocher, ni en actes, ni en paroles. C'est juste que c'est difficile pour moi. Ce retour au passé. Ces choses dont je ne voulais plus.

— Ton héritage ?

La formulation le frappe. *Elle a raison. Maintenant que la vieille ferme a été vendue pour devenir un gîte rural et que les terres ont été dispersées entre deux ou trois fermages, c'est tout ce qu'il me reste. Mon seul patrimoine.*

— Oui. Mon héritage… Ma nature profonde aussi.

Ce n'est plus Delphine qu'il visualise, mais son père, assis autour de la table familiale, à l'écoute d'un inconnu venu quérir ses services et que le vieil homme fixe en silence. Sa tête carrée rentrée dans ses épaules, ses yeux vifs contrastent avec sa face épaisse de maquignon et ses grosses mains abîmées posées à plat sur la toile cirée délavée. Son père, cet homme qu'il a si mal connu en fin de compte, tenu à distance par le mur de rudesse intergénérationnelle qui était alors la norme. Qui était-il vraiment par-delà cette pratique de la magie rurale dont Fabrice avait honte ? Quels étaient ses désirs ? Ses aspirations ? Ses convictions ? Fabrice ne se souvient pas d'avoir jamais parlé de politique avec son père, qui se contentait souvent de commentaires tranchants et énigmatiques à propos des informations radiophoniques ou télévisées. Son père et sa mère allaient voter mais il ne saurait dire s'ils étaient gaullistes ou communistes. Il n'est même pas certain que ses parents en parlaient entre eux. Le geste civique était encore sacré pour beaucoup de petites gens comme ses parents, et imprégné de la pudeur des rites les plus profonds.

Il y avait peu d'argent à la ferme, ou sur le compte en banque familial, et pourtant Fabrice n'a jamais manqué de rien. Les visiteurs de son père pourvoyaient à tout : volailles, gigots d'agneau, jambons ou même demi-cochons, produits du potager ou du verger, gibiers variés, alcools de choix ou simples gnôles distillées à l'alambic, cartons de vin. Sa mère avait deux ou trois cafetières, plusieurs robots ménagers, un fer à repasser dernier cri qui faisait des envieuses, tous des cadeaux des commerçants qui visitaient son père. *Le vieux* leur offrait le niveau de vie d'un cadre moyen, mais sans les sorties ou les vacances. Toujours l'horizon indépassable de la ferme et de la forêt. *Peut-être est-ce cela que je lui ai reproché, finalement ?*

Il lui avait fallu une mobylette. Un jeune de quinze ans ne pouvait prétendre à une quelconque émancipation en milieu rural isolé, à fréquenter des amis ou des filles, sans son propre moyen de locomotion. Le vélo était acceptable jusqu'à une douzaine d'années, mais au-delà le rite de passage exigeait un cyclomoteur. Une « meule » à bricoler entre copains, à repeindre, à traficoter un peu du côté de l'admission ou de l'échappement. Son père lui en avait donc obtenu une auprès d'un de ses visiteurs.

— Oh, elle a point besoin d'êt' neuve, avait-il dit. Il faut juste qu'è marchions bien. Et qu'è soit prop'.

Lorsque l'homme, un grand costaud avec une voiture allemande tractant une petite remorque, avait sorti la « 51 » pour la poser dans la cour de la ferme quelques jours plus tard, le vieux avait hoché de la tête en signe d'approbation. La petite Motobécane n'avait que huit cents kilomètres au compteur et quelques égratignures mineures. Fabrice avait tourné autour, n'arrivant pas à croire qu'elle était pour lui. Il s'était imaginé devoir se trimballer sur un vieux tromblon pour grand-mère rincé jusqu'à l'os, pas un de ces modèles récents avec les nouveaux moteurs à clapets. *Rares étaient ceux à vouloir tenter d'arnaquer mon père. Je l'avais respecté ce jour-là. Respecté son don, sa renommée, cette déférence affichée par ce grand costaud à la belle voiture.*

Son père.

Irina Lerouge, ensuite. La blonde énigmatique le fixe avec calme depuis son canapé tandis que ses hanches et ses fesses lisses absorbent en rythme les assauts virils d'un Bouc rouge lubrique et déchaîné, montrant cette fois son visage triomphant.

Un sorcier honteux et un mateur. Voilà ce que je suis.

La tête lui tourne et un point de douleur aiguë lui perce alors le flanc droit, similaire à un coup d'aiguille à tricoter dans le foie. Fabrice grimace en enfonçant ses doigts tendus dans la zone douloureuse à travers le tissu du polo de service. Cela fait quarante-huit heures qu'il souffre par intermittence de cette zone, sans cause apparente.

— Fabrice ?

Delphine extirpe le gendarme de sa rêverie.

— Oui. Excuse-moi. J'ai mal au ventre depuis quelques jours. Je dois couver quelque chose.

— OK. Je vais te laisser.

La voix de son amie résonne d'une tristesse qui le touche.

— Tu veux qu'on aille dîner un soir ?

Delphine se tait et il ne sait que penser de son silence. Il espère que sa proposition brusque et maladroite ne sera pas perçue de façon déplacée.

— Oui, d'accord.

— Très bien. Je te rappelle bientôt pour te dire quand et où.

Ils mettent un terme à la conversation par un bref au revoir. Remangeon range son portable à sa ceinture, dans un étui en imitation cuir de couleur noire, près de son arme de service.

Le véhicule de patrouille s'engage sur un chemin privé, annoncé comme tel par un panonceau jouxtant celui du nom du domaine : *L'Épine noire*. Remangeon roule en seconde dans l'allée sèche et sableuse, bordée de bouleaux, de pins et de châtaigniers. Un étang apparaît sur sa gauche à la faveur d'une éclaircie et il aperçoit sur ses berges hérissées de roseaux des huttes pour la chasse au canard. À ses côtés, Geretz observe les lieux avec son style paradoxal habituel, mélange de neutralité polie, presque négligente, et de minutie. Fabrice se penche pour ajuster la puissance du ventilateur de la climatisation. La brigade a reçu cette nouvelle fourgonnette la veille. À peine vingt mille kilomètres au compteur et une odeur de plastique neuf encore marquée dans l'habitacle. Le véhicule maudit, lui, est parti chez un ferrailleur. Le sang séché de Toussaint en guise d'offrande à la broyeuse mécanique.

Il y a plus de huit cents mètres entre la route départementale et la maison d'habitation, vaste ensemble d'architecte de plain-pied où se mélangent verre, béton, boiseries et câbles métalliques. On devine une piscine à l'arrière du bâtiment. Le major manœuvre dans les gravillons d'une large esplanade où pas une branche ni une seule feuille morte ne traîne, et gare la voiture de gendarmerie devant une annexe comportant plusieurs portes de garage.

— Eh bien, ça va…, commente Geretz.

— Heckart est un baron de l'industrie, brigadier. (Il montre les garages du doigt.) Tu peux être sûre qu'il y a ici un 4×4 de luxe, et deux ou trois voitures de sport ou de collection.

La brune intègre l'information de son supérieur, avant de dire d'une voix douce :

— C'est la première fois que je vais entrer chez des riches. Je veux dire : vraiment blindés.

Remangeon émet un grognement indistinct, puis :

— C'est pas sûr qu'on nous laisse entrer.

Lorsque les deux gendarmes sortent du véhicule, ils constatent qu'un homme les observe, immobile, les bras croisés, devant la courte volée de marches arrondies menant au palier en pierre de taille. En s'approchant, ils remarquent sa haute stature, et puis son âge, sans doute plus avancé qu'il n'y avait paru au premier abord. L'homme décroise les bras pour leur serrer la main, les scrutant de ses yeux gris sous un large front où flottent quelques mèches blanches. Il porte un gilet de laine bleu pétrole sur une chemise claire à carreaux beiges, et un pantalon de velours brun tombant sur des mocassins au cuir fatigué mais de qualité.

Très gentleman-farmer, pense la jeune femme avec ironie.

— Monsieur Heckart ?

— Monsieur. Mademoiselle.

— Major Remangeon. C'est moi que vous avez eu au téléphone. Merci de nous recevoir, monsieur. Ce ne sera pas long.

— Que puis-je pour vous ?

Geretz remarque la lueur amusée, presque rieuse, dans les yeux clairs du propriétaire derrière une neutralité de façade, ce qui accentue la rancœur sourde qui la gagne.

— Comme je vous l'ai dit, nous souhaiterions recueillir quelques informations sur deux de vos anciens employés.

— Quel type d'employés ?

— Des gardes-chasses.

— Ah.

L'homme marque une pause, puis lâche avec une pointe de déception ou d'amertume :

— J'imagine qu'il s'agit des cousins Dangeron ?

— Oui, en effet.

Heckart observe les deux gendarmes, leur surprise.

— Vous savez, nul besoin d'être grand clerc pour deviner que ces deux-là puissent avoir maille à partir avec la justice.

— Vous les soupçonniez de quelque chose ? demande Geretz. C'est pour ça que vous vous êtes séparé d'eux ?

— J'aurais bien aimé les soupçonner, mademoiselle. Malheureusement, c'est lorsque ces deux bons à rien m'avaient déjà causé un préjudice que je m'en suis rendu compte. Alors, oui, je m'en suis séparé.

— Vous pourriez nous dire quel préjudice ces deux individus vous ont causé, monsieur Heckart, si ce n'est pas trop indiscret ? reprend le major.

L'homme se redresse pour fixer Remangeon.

— Et si vous me disiez d'abord ce que vous reprochez à ces deux hommes ?

— Rien pour l'instant. Disons que des témoignages collectés dans le cadre d'une affaire de braconnage de grand gibier nous ont orientés vers ces deux personnes. Ils sont employés comme gardes-chasses particuliers, et les délits ont été commis sur la propriété de leur employeur actuel.

Le vieil industriel a une moue désabusée, et Geretz le soupçonne d'en profiter pour essayer de remettre en place son dentier.

— Eh bien. Cela ressemble de façon troublante à ma mésaventure, en effet.

Les deux gendarmes échangent un regard. Fabrice demande ensuite :

— Avez-vous eu la preuve que c'était bien eux les coupables ?

— La preuve formelle, non. Mais le faisceau de convictions était suffisant pour m'en séparer. Les braconniers faisaient preuve d'une parfaite connaissance des habitudes du gibier sur mes terres, ils en connaissaient tous les chemins, tous les accès, et prélevaient les plus belles bêtes de façon quasi systématique. Et puis un jour j'ai trouvé des gens du voyage sur ma propriété. Ils ne s'étaient pas perdus, et ils ne se promenaient pas non plus. Je pense qu'ils étaient en repérage.

Les deux gendarmes affichent une certaine perplexité. Geretz intervient :

— Je croyais que vous soupçonniez vos gardes ?

Heckart affiche un sourire amer.

— D'être malhonnêtes, oui. Pas de braconner mes cerfs et mes sangliers en pleine nuit, comme des sauvages, avec tous les risques que ça comporterait pour des gardes assermentés.

— Vous pensez qu'ils informaient d'autres malfaiteurs, ces gens du voyage ?

— Disons que je me suis renseigné au sujet de mes gardes. Il s'avère que l'un des deux a fait quelques mois de prison.

Remangeon acquiesce.

— Oui, Fabien Dangeron. Écroué à l'ancienne maison d'arrêt d'Orléans, en 2001. Mais pas pour braconnage.

— Ça, je ne le sais pas, major. Par contre, on m'a dit qu'il avait été en cellule là-bas avec des gens du voyage, et qu'il aurait été ensuite impliqué dans d'autres affaires avec ce même type de personnes.

Il y a bien une autre citation au casier de Fabien Dangeron, en 2006. Recel.

Tandis que le major digère les recoupements d'informations entre les résultats de ses propres recherches et les indications d'Heckart, Geretz observe que ce ne sont là que des suppositions.

— Oui, c'est vrai, mademoiselle. Mais vous comprendrez que, dans ma situation d'employeur et d'organisateur de chasses, je ne pouvais me permettre de continuer à employer ces gardes en qui je n'avais plus confiance. Mes actionnaires ne l'auraient pas compris. Même sans rapport avec les actes de braconnage, les Dangeron étaient incapables de les prévenir ou de les empêcher, ce qui constituait déjà en soi un motif légitime de licenciement. Et puis, je devais aussi penser à protéger l'ensemble de mes biens, pas seulement mes terres à gibier.

— Pouvez-vous nous préciser les dates où Fabien et Maxime Dangeron ont été vos employés, monsieur Heckart ? demande Fabrice.

Le vieil homme réfléchit en rabattant une mèche de cheveux blancs sur son crâne.

— Écoutez, je me souviens très bien de leur départ, c'était en juin 2012. Pour leur embauche, comme je crois qu'ils sont restés un peu moins de deux ans à mon service, ce devait donc être pour la saison 2010.

Les deux gendarmes s'observent à nouveau. Patrick Vailly a recruté les deux hommes à l'automne 2012, ils n'ont sans doute pas travaillé ailleurs entre leurs deux contrats. Remangeon conclut :

— Vous n'avez pas porté plainte.

— Non. Vous l'avez dit vous-même : je n'avais aucune preuve de leur culpabilité.

— La gendarmerie aurait pu enquêter !

La sécheresse de l'intervention du brigadier fait tiquer l'industriel, mais il ne répond pas et se contente d'observer la jeune femme avec insistance et curiosité, jusqu'à la faire détourner le regard, un léger voile rose fleurissant sur ses joues pâles.

Un bourdonnement mécanique se fait entendre dans le dos des gendarmes, d'abord lointain, puis de plus en plus proche. Un son lent, arythmique et inhabituel. Ils jettent tous les deux un regard en arrière jusqu'à voir déboucher un motard sur le chemin. Le pilote est vêtu d'un casque bol et d'une paire de lunettes de type aviateur. Le nouveau venu stoppe sa motocyclette de collection, un monocylindre marron et chrome à fourche parallélogramme, près du véhicule de gendarmerie, avant de mettre pied à terre. Fabrice se tourne vers le baron :

— Je vous remercie, monsieur Heckart, pour votre temps et toutes ces informations. Elles nous seront précieuses pour nos investigations.

Le vieil homme se ferme sous l'effet de la méfiance.

— Vous n'allez pas me demander de venir faire une déposition ? Je crains de n'avoir que peu de temps à vous consacrer.

Ce n'est pas une question. Le major rassure le vieil homme :

— Ce ne sera pas nécessaire.

Remangeon tend sa main au propriétaire des lieux, et celui-ci est surpris par le geste. Il la lui serre en articulant un au revoir hésitant. Des pas résonnent dans le dos des gendarmes.

— Mais, vous ne souhaitez pas prendre un rafraîchissement ? Je suis navré, nous n'avons même pas eu le temps d'entrer et de… Ah ! Thibault.

Remangeon et Geretz se retournent sur un quadragénaire au teint hâlé et aux cheveux mi-longs écrasés par le port du casque. Celui-ci les dévisage de ses yeux bleus très clairs, s'attardant surtout sur Geretz. Il a déjà pu apprécier ses formes de dos, et le côté très seyant du pantalon réglementaire sur ses fesses musclées. Le baron fait les présentations.

— Major. Mademoiselle. Mon fils, Thibault. Ces gendarmes sont venus me demander quelques informations sur d'anciens employés. Les cousins Dangeron.

Le nouveau venu ne tend pas la main et se contente de hocher la tête. Il marque un léger sourire féroce à l'écoute du nom des anciens gardes-chasses de son père.

— Tiens donc ! Surprenant.

Heckart père revient au major.

— Vous voyez, Remangeon, que mon fils partage d'instinct le même avis que moi sur ces individus.

Le militaire perçoit immédiatement un changement dans l'attitude du motard. Celui-ci délaisse la brune pour le toiser, brusquement mal à l'aise, ou méfiant.

Mon nom ?

Fabrice essaie de mobiliser sa mémoire mais le fils Heckart ne lui dit rien. Il n'a pas souvenir d'avoir déjà eu affaire à lui. Après l'avoir dévisagé, le quadragénaire baisse les yeux sur son casque qui contient une paire de gants de cuir et ses répliques de lunettes vintage. Remangeon salue le baron.

— Je vous remercie, monsieur Heckart. Nous avons déjà trop abusé de votre temps. Bonne journée.

Le major adresse un signe de tête au brigadier et prend la direction de la voiture. Il jette un œil froid vers l'engin de collection dont le moteur refroidit en cliquetant, avant de s'installer au volant. Dans son dos, Geretz tend une main contrariée au vieil homme qui lui sourit.

— Au revoir, mademoiselle.

Elle regarde le fils Heckart, hésitante, mais celui-ci n'a d'yeux que pour le major qui s'éloigne. Elle lui emboîte alors le pas, furieuse. *Quel connard, ce mec!*

Une fois dans le véhicule de patrouille, Remangeon observe dans son rétroviseur le père et le fils, debout côte à côte. Il démarre ensuite sans attendre que Geretz s'attache et reprend la direction de l'allée forestière au-delà de la vaste esplanade gravillonnée. Resté seul sur le seuil, le fils Heckart les regarde s'enfoncer dans l'ombre du chemin. Son visage d'aventurier publicitaire a abandonné toute trace de morgue et d'ironie pour se replonger dans d'anciens souvenirs douloureux qui déforment ses traits.

Dans la voiture, Remangeon adresse deux ou trois regards muets à sa subalterne. Face à l'insistance de ce mécontentement tacite, Geretz demande :

— Qu'est-ce qu'il y a, major?

— Ils nous auraient fait entrer si t'avais été moins désagréable. C'est raté pour ta première fois chez les rupins.

— Je m'en fous. J'aime pas ce genre de types.

— Quel genre de types? Le baron a été très correct.

— J'aime pas sa façon de toiser tout le monde. Comme si on était tous ses larbins potentiels. Ça l'amusait de voir des gendarmes. C'était une distraction pour lui.

Remangeon observe la jeune femme à ses côtés.

— Geretz. Ce type est à la tête d'un groupe industriel avec des filiales mondiales. Il y a des ministres ou des chefs d'État africains qui viennent chasser chez lui. Il est entouré de larbins. Toute sa vie se résume à traiter avec des larbins. Ça s'appelle le pouvoir. Je croyais que ça excitait les femmes ?

La brune tourne la tête d'un geste vif, avant de revenir à la charge.

— Non mais, vous avez vu le fils ? Une caricature du *golden boy*. Avec son sourire à la con et son petit joujou de fils à papa.

— Le fils est un crétin, je suis d'accord. Mais, avoue que c'est bizarre : c'est ce que doivent dire toutes les femmes qu'on interroge à son sujet, pourtant il multiplie probablement les conquêtes jusqu'à l'ennui… Ce type est une preuve vivante de la duplicité du discours féminin.

Comme le visage du major ne trahit aucun indice de plaisanterie ou d'ironie, elle se tasse dans son fauteuil et se concentre sur la surface calme des eaux de l'étang, à peine ridée par une très légère brise. L'idée la révulse au plus haut point mais n'a-t-elle pas rosi, n'a-t-elle pas ressenti un léger trouble, quand ce regard clair et arrogant s'est posé sur elle pour la jauger comme une vulgaire pouliche ?

À l'approche de la jonction de l'allée avec la route goudronnée, la voix du major tente de l'extraire de sa mauvaise humeur coupable :

— Dis-moi, Geretz. Ôte-moi un doute. T'es pas communiste quand même ?

Ils échangent un regard tendu et pesant, avant de laisser échapper un rire partagé. Remangeon engage le véhicule sur la départementale tandis que la brune secoue la tête de droite à gauche.

— N'importe quoi.

Après quelques kilomètres, leur jovialité s'éteint peu à peu. Le chemin est long pour rentrer à la caserne et la jeune femme reste concentrée sur le paysage sylvestre qui les entoure, une oreille consacrée à la radio embarquée. De son côté, Fabrice s'agite sur son siège, mal à l'aise. Sa douleur au côté est revenue et il est en proie à des bouffées de chaleur qui le font suer avec abondance, le forçant à jouer encore avec la climatisation. Sous ses doigts moites le volant se fait poisseux. Il essaie de résister et d'endurer son mal, mais il est contraint de ralentir après quelques kilomètres, pour s'arrêter sur le bas-côté d'une courte ligne droite ombragée.

Lorsqu'elle se tourne vers son collègue, surprise, le brigadier Geretz tombe nez à nez avec un spectre de Remangeon, livide et en nage, courbé par la douleur.

— Ça ne va pas, major ?

— Je... je crois que je couve quelque chose. Je dois avoir de la fièvre... Il faudrait que tu conduises.

— Oui, pas de problème. Ça va aller ?

— Oui, t'inquiète pas.

La fourgonnette repart quelques instants plus tard. Fabrice tente un sourire pour rassurer sa collègue, mais il n'est pas certain du résultat.

— Lerouge avait peut-être raison.

— Le braconnier ? Je croyais qu'il n'avait rien voulu dire ?

— Il n'a pas voulu parler lorsque nous l'avons convoqué à la brigade. Orgueil de truand. Mais lorsque de Freitas et moi avons été le voir chez lui la première fois, il avait évoqué les Dangeron...

La brune hoche la tête en fixant la route.

— C'est vrai qu'ils n'ont pas l'air clair.

Le silence s'est à nouveau installé dans l'habitacle. Fabrice ferme les yeux en appuyant sa tempe sur le montant de sa portière, ignorant les vibrations transmises par le plastique granuleux.

Je ne bois pas. Ou presque jamais. Je ne fume pas. Manger a toujours été pour moi plus utilitaire qu'autre chose.

Je ne comprends pas.

Si, tu comprends.

Non, je ne comprends pas. C'est pas logique.

La logique du cancer, c'est la fin. Si c'est le foie, t'es cuit. Tu ne verras pas le printemps prochain.

Fabrice rouvre les yeux. *Cette route, ces arbres, cette voiture, cette petite brune à côté de moi.* Quelle est la réalité de tout cela si dans quelques mois il n'existera déjà plus ? Qu'il n'aura même plus conscience que tout ça a existé un jour, pour un type nommé Fabrice Remangeon que le monde s'empressera d'oublier ?

Bordel. Quarante-huit ans.

C'est passé si vite.

Lorsque Delphine pousse la porte de la chambre d'hôpital et qu'elle l'aperçoit sur son lit médicalisé, elle lui trouve l'air très fatigué. Fabrice, lui, constate que sa visiteuse est en pleine forme, comme il ne l'a pas encore vue depuis le début de cet été dominé par l'étrange. L'éleveuse a changé de coupe de cheveux, les raccourcissant en un carré ondulé, et les rayons de soleil matinaux qui inondent la pièce viennent jouer avec les reflets sombres et riches d'une nouvelle coloration. C'est plus court mais plus féminin. Lorsqu'elle lui sourit, il repense à l'actrice d'un vieil *Indiana Jones,* revu il y a peu sur une chaîne satellite un soir d'ennui, avec le même sourire et les mêmes taches de rousseur.

Elle vient l'embrasser sur la joue. Par-delà son parfum féminin, Fabrice peut sentir sur elle l'odeur du dehors, la tiédeur du soleil sur sa gorge. Il aperçoit aussi sans le vouloir l'échancrure brodée de son soutien-gorge dans le décolleté du chemisier à pois. L'éleveuse lui a apporté une boîte de pâtes de fruits et il la dépose sur sa table de nuit en se contorsionnant dans son T-shirt blanc fripé et marqué de la grenade de la gendarmerie. Elle rapproche la chaise posée contre le mur, sous le téléviseur suspendu, pour y prendre place.

— Alors ça va?

— Oui.

— Qu'est-ce qui t'arrive ?

Remangeon hausse les épaules et croise ses pieds nus. Il lui raconte de façon brève sa fièvre pendant trois jours, la prise de sang et la jaunisse ayant mené à son hospitalisation, puis le scanner passé ce matin-là. Sans résultats significatifs en dépit du diagnostic initial de calculs biliaires de la part des médecins.

— Ils ne savent pas ce que tu as ?

— Ce n'est pas chirurgical, en tout cas.

— Une forme d'hépatite ?

— Peut-être. Ils vont me faire des analyses sanguines.

Elle baisse les yeux un instant tandis que sur son visage s'efface toute trace de sa cordialité initiale.

— Ce n'est pas cancéreux ?

Fabrice se concentre sur son amie d'enfance. Sans trop savoir ni pourquoi ni par quel mécanisme, il est touché au plus profond par la pudeur inquiète de Delphine, cette sollicitude si sincère qu'elle le pousse à détourner le regard à son tour un bref instant.

— Non. Le scanner n'a rien montré du tout. C'est soit viral, soit lié au stress ou à la fatigue.

— Ah ! Le stress ou la fatigue… Les grands alibis de la médecine moderne… Sinon, tu sais que mon élevage va bien mieux ?

Il est surpris par la transition de son amie mais le sourire renaissant de celle-ci lui fait du bien.

— Tant mieux.

— Avec la saison de chasse qui arrive, je devrais pouvoir sauver les meubles. Bien sûr, ce ne sera pas ma meilleure année, mais mes poules se sont donné le mot pour pondre à tour de bras, et mes poussins pètent le feu !

Un silence tombe entre eux. Il sait à quoi elle pense.

Coïncidence. Tu sais que ce n'est qu'une coïncidence, et que c'est la base même du discours élaboré autour de tout ça.

— Je te remercie, Fabrice. Vraiment du fond du cœur.

Le gendarme fixe sa visiteuse, hésitant sur la réponse à lui faire. Le souvenir de Delphine le suppliant de l'aider lors de sa première visite de l'élevage affleure dans son esprit. Cette façon si inhabituelle qu'elle avait eue de proposer de s'offrir à lui en guise de monnaie d'échange. Les plaisirs que Delphine pourrait lui offrir.

Pourquoi tu penses à ça, bordel?

— Je n'ai rien fait.

— Tu sais bien que si. Et je sais ce que tu en penses, l'effort que tu as fait pour moi.

Fabrice promène son regard sur le bas de son T-shirt, sur son pantalon de survêtement gris, sur ses pieds nus à la peau trop pâle à son goût, puis revient sur l'éleveuse.

— Il n'y a aucun lien de cause à effet entre le sel que j'ai fait sauter dans ta poêle et l'amélioration de ton élevage, Delphine. Je te respecte trop pour te faire croire ça, ou pour que je te laisse me remercier pour ça.

Il craint sa réaction face à ce déni, mais la lueur qui s'accentue dans les yeux bleus de son amie n'a rien de colérique ou de blessé.

— Tu sais ce qui est arrivé chez Lerouge?

Le cœur du major cogne un coup sourd dans sa poitrine tandis que des idées confuses traversent son esprit. Il rougit bêtement, en proie à un sentiment de culpabilité.

Et si on m'avait vu en train d'épier le couple?

Et s'il lui était arrivé quelque chose, à ELLE?

Face à son trouble, Delphine poursuit :

— Toutes ses poules sont mortes dans la nuit suivant la séance aux Garennes. L'intégralité de son élevage. Comme foudroyées. Le Bouc rouge les a toutes brûlées sur son tas de fumier. Pas une n'en a réchappé. Près d'une cinquantaine de têtes.

Fabrice encaisse la nouvelle. Il comprend qu'il ne pourra plus convaincre son amie avec un tel enchaînement de faits favorable à une interprétation irrationnelle. À cet instant, lui-même est traversé par un sentiment malaisé de doute, ou de fascination douteuse, pour la faible probabilité que les événements se soient produits dans cet ordre précis. La voix douce mais résolue de son amie l'extirpe de ses pensées :

— Tu n'y crois peut-être pas, Fabrice, mais lui, il y croit. Et il va croire que tu as fait échouer ses plans en ce qui me concerne, que tu es responsable du malheur de ses poules. Il va t'en vouloir, Fabrice… Et puis, il y a sa femme…

Remangeon relève le menton, alerté par les derniers mots.

— Sa femme ?

Delphine se réfugie dans ses mains qu'elle tortille sur ses genoux. Lorsqu'elle se redresse, ses prunelles le fixent avec autant de fierté que de déception, une rougeur légère masquant ses taches de son pour quelques instants.

— Je ne suis pas idiote, Fabrice. Tu ne m'as jamais parlé d'elle, mais j'imagine qu'elle ne te laisse pas indifférent.

Il rougit.

— Mais non, je la connais à peine et…

— Tu n'es pas le seul, Fabrice. Nous sommes plusieurs à avoir noté sa ressemblance avec Élise lorsqu'elle est arrivée chez le Bouc. Quelques-uns se sont même demandé si ce n'était pas elle.

Le gendarme ouvre de grands yeux, avant de les détourner en direction du mur clair face à lui.

Ainsi, il n'y a pas que moi. Je ne suis pas si fou que ça !

Plusieurs secondes s'écoulent, sans qu'ils sachent comment poursuivre, ou comment clore cette discussion sans se froisser l'un et l'autre.

Pourquoi lui mentir ? Pourquoi te mentir ? Bien sûr que sa femme est pour beaucoup dans notre rivalité croissante. Il ne s'agit pas que d'une affaire de gendarme et de braconnier. Il ne s'agit pas que de la mort de Toussaint. Le nœud gordien est ailleurs. C'est ELLE. *Il l'a compris, lui aussi.*

— Et toi, tu crois que c'est elle ?

Le gendarme regrette le ton implorant de sa question avant même qu'elle ait quitté ses lèvres sèches. À ses côtés, Delphine baisse les yeux, sans qu'il comprenne ce qu'elle cherche à cacher. Le militaire pense que sa visiteuse ne va pas répondre, mais sa voix finit par tomber, empreinte d'une tristesse infinie :

— Je n'espère pas.

— Pourquoi ?

L'agricultrice relève la tête, une expression résolue sur ses traits, une nouvelle détermination dans le regard. Ses lèvres s'entrouvrent pour formuler quelques mots en forme d'aveu, mais ceux-ci sont différés par un silence troublé. Lorsqu'elle parle enfin, Fabrice n'est pas sûr qu'elle n'ait pas changé d'avis entre-temps.

— Parce que ça voudrait dire qu'elle t'a oublié, non ?

L'idée frappe le major de plein fouet. Aussi absurde que cela puisse paraître, parmi toutes les hypothèses farfelues qu'il a passées en revue depuis deux mois dans la solitude de son appartement, il n'a jamais envisagé celle-ci. Pour lui, une potentielle amnésie ne pouvait être que temporaire.

Et si elle avait cherché à m'oublier ?

Le voyant se recroqueviller dans ses pensées, l'éleveuse intervient :

— En tout cas, Fabrice, il faut que tu te défendes. Je sais qu'il a eu peur quand tu es revenu. Cela fait trop longtemps qu'il était tranquille, sans personne pour oser s'attaquer à lui. Toi, tu reviens, tu lui tombes dessus, tu le convoques à la gendarmerie, tu l'interroges, tu viens voir mon élevage, tu barres ce qu'il fallait barrer, et maintenant tu tournes autour de sa femme.

— Mais je ne tourne pas autour d'elle !

Elle le foudroie du regard et son expression est sans équivoque : *menteur !* Il n'a pas la force de la contredire, alors Delphine poursuit :

— C'est une lutte à mort à présent, Fabrice. Que tu le veuilles ou non. Tu es une trop grande menace pour lui. Regarde-toi ! Repense à ta collègue… C'est toi qui étais visé !

Remangeon se renferme sur lui-même. Ses yeux sont devenus des billes opaques fixant un point seul connu de lui, sur ou à travers le mur.

— Écoute, Delphine, je suis fatigué de tout ça. Je l'ai fait par amitié, et… mais je suis militaire, pas rebouteux. Tout ce que tu me racontes, là, c'est surtout un tissu entremêlé de… de coïncidences et d'autosuggestion sur fond de vieilles superstitions. C'est du folklore, c'est anecdotique… C'est du passé…

Delphine se lève, le feu aux joues.

— Arrête avec ton passé. C'est toi qui es obsédé par le passé, c'est pas moi. Dans ta tête, il n'y a que le passé : ta jeunesse, tes parents, ton père, Élise. Tu n'as même pas cinquante ans et tu ne vis déjà que dans tes souvenirs, comme un p'tit vieux en maison de retraite. La vérité, c'est que tu as peur, Fabrice.

— Et de quoi j'aurais peur ?

— Tu as peur de ton ombre, Fabrice. Tu lui prêtes tout un tas de défauts inquiétants et mystérieux alors que c'est juste ton ombre !

— Qu'est-ce que tu racontes ?

— Tu es trop vieux pour te contenter de faire semblant et de jouer aux gendarmes et aux voleurs. C'est très bien la gendarmerie, mais il n'y a pas de honte à avoir les pouvoirs que tu as hérités de ton père, Fabrice. D'autres en seraient fiers. Il faut que tu assumes. Il faut que tu deviennes qui tu es !

Remangeon plisse les yeux, incrédule et obstiné, secouant la tête avec mollesse.

— Tu veux que je laisse tomber la gendarmerie pour me mettre à mon compte comme sorcier ? Remangeon Père & Fils, autoentrepreneurs en rebouterie ?

La picassée secoue la tête pour signifier son agacement et la futilité des propos du gendarme.

— Pff. Je sais très bien que tu comprends ce que j'veux dire.

Le gendarme se redresse dans son lit sans desserrer les dents.

— Et qu'est-ce que vont dire les gens si je commence à rendre ce type de services à droite et à gauche ?

Delphine le toise.

— Et alors ? Depuis quand tu t'intéresses à ce que pensent les gens ?

Remangeon s'agite sur son lit.

— Mais qu'est-ce que tu crois qui va se passer si ce genre de ragots remonte au niveau de la Légion ? Ils vont sauter sur l'occasion pour m'accuser de tout et de n'importe quoi, d'être un illuminé, un charlatan, un manipulateur, et me radier aussi sec de l'armée.

Elle l'observe sans répondre, ses yeux ternis par une forme de tristesse ou de déception. Un silence s'installe, long et pesant. Il tourne la tête en direction de la fenêtre, un signe inconscient qui la pousse à s'agiter, à triturer son sac à main pour se mettre sur le départ.

— Il n'y a donc plus que ça qui compte à tes yeux désormais, la gendarmerie ?

Elle attend, droite et immobile, mais fragilisée par son désespoir naissant. Après un long moment, la voix rauque du militaire tranche le fil de leur conversation mourante :

— Avant, il y avait Élise. Maintenant il n'y a plus que ça, oui.

Delphine hoche la tête avec gravité et esquisse un sourire comme un baroud d'honneur, avant de tourner les talons. Elle marche trop vite et s'emmêle un peu entre la poignée de la porte et son sac à main, dissimulant comme elle peut les larmes piquantes qui lui brouillent la vue. Remangeon ne la suit même pas du regard, lui préférant les lentes ondulations des branches d'un marronnier près de sa fenêtre.

Sur le macadam sombre et sans aspérités, la peinture blanche de la bande centrale luit avec éclat dans le faisceau de leurs phares. Les bas-côtés sont assaillis d'herbes hautes, de fougères, de branches basses. La forêt profite de la nuit pour reprendre possession de cette bande bitumeuse trop lisse déposée là par les hommes contre son gré, au plein milieu de son fief. Le major scrute les bas-côtés en gardant un œil sur le compteur de vitesse. Un gibier peut surgir à tout instant, mais l'impression de vitesse qu'il ressent est surtout due à l'obscurité et à la vétusté du camion de patrouille.

Après une longue courbe descendante, la route est plus raide et le moteur du Trafic rechigne à avaler l'obstacle. Parvenus sur un plateau arrondi bordé par une large friche qui a repoussé la lisière des pins laricio et des bouleaux loin de la route, les trois gendarmes aperçoivent des phares. Deux voitures sont immobilisées sur la chaussée : l'une en sens inverse, et l'autre en travers, plus massive. Un 4 × 4 américain à benne arrière.

Les gendarmes repèrent quatre silhouettes sur la chaussée, visages tournés dans leur direction. Un homme est appuyé contre l'aile gauche du véhicule qui circulait en sens inverse, l'air effrayé. Les trois autres affichent un air mauvais et surpris. Lorsque le Trafic freine le long du bas-côté en projetant une ombre clignotante orange sur le 4 × 4 de couleur grise, les trois individus le regagnent avec précipitation, sans même se concerter.

Ils portent des bottes en caoutchouc.

— Merde ! Ils essaient de se barrer, commente de Freitas.

Le major pose une main sur l'avant-bras de son collègue. Il jauge le visage livide du quatrième homme qui n'a pas bougé, ainsi que l'avant du véhicule où il s'appuie. L'aile gauche est enfoncée et la roue a été touchée.

— Vas-y, suis-les ! On reviendra après.

Le pick-up s'est dégagé en faisant rugir son moteur, reculant rapidement en arc de cercle, avant de foncer droit devant lui, croisant le camion de gendarmerie. Une partie de son pare-buffles est détériorée et une optique a éclaté sous le choc, rendant le 4 × 4 borgne. L'un des hommes est monté dans la benne à l'arrière et il lance un regard aigu et résolu aux gendarmes. Un regard d'aigle au milieu d'une face sombre et de cheveux touffus qui se confondent avec la nuit. Tandis que l'adjudant manœuvre, le major se contorsionne pour essayer d'apercevoir l'arrière du 4 × 4.

— Freysse ! Regarde la plaque !

Le jeune gendarme se détache pour aller se pencher contre les vitres arrière, puis la vitre latérale quand le camion se remet dans le sens de la fuite. Déjà, les feux rougeoyants du pick-up sont plusieurs centaines de mètres devant eux. Remangeon demande au blond :

— Alors ?

— OB, ou QB, 612, VL ou UL.

Le major acquiesce et fouille le vide-poches. Il s'empare d'un stylo et griffonne les combinaisons de lettres ou de chiffres sur ce qui ressemble à un coin de facture, avant de se concentrer sur la route. Le 4 × 4 gris n'est plus visible à la faveur d'un virage et, lorsqu'il réapparaît, il a encore accentué son avance en dépit des efforts de l'adjudant pour pousser le Trafic dans ses retranchements.

— On peut rien faire, major, ils ont au moins cent chevaux de plus que nous sous le capot.

Remangeon jette un œil à leur compteur. En dépit des vibrations et du bruit, ils sont à peine à cent trente. Inutile de faire prendre des risques inutiles à son unité.

— C'est bon, adjudant. On arrête la chasse.

Derrière eux, Freysse s'agite sur son siège.

— Attendez, major ! Je crois qu'ils ont tourné…

Dans la nuit devant eux, plus aucune trace du 4 × 4.

— Tu es sûr ?

— Oui, j'ai vu leurs feux arrière. Ils ont brillé un grand coup. Ils ont freiné, et j'ai vu une lueur jaune quand le véhicule s'est mis en travers.

L'adjudant grommelle depuis son volant :

— T'as vu ça d'ici ? On t'appelle œil de lynx, non ?

Remangeon se retourne pour observer Freysse. La conviction et l'assurance qu'il lit sur le visage du jeune gendarme suffisent à le convaincre.

— Allons voir, adjudant.

Ils ralentissent à l'entrée d'une large allée forestière sur leur droite. « C'est là », commente Freysse, sûr de lui. L'adjudant lance un regard interrogateur au commandant de brigade et engage le camion dans l'allée quand celui-ci hoche la tête.

— Coupe les phares.

Le conducteur s'exécute et plonge l'habitacle dans l'obscurité. On n'entend plus que les respirations des trois hommes concentrés sur le chemin obscur, au gré des couinements des suspensions fatiguées. L'odeur de la forêt s'insinue dans l'intérieur du camion de patrouille par les joints durcis et craquelés des vitres, ou par le système de ventilation aux filtres détériorés. Une odeur de silice et de terre, d'humus et feuilles, de résine sucrée et de fougères acides. Remangeon ferme les yeux, bercé par les cahots de l'allée, enivré par l'odeur des bois nocturnes. Il sent l'adrénaline refluer en lui en un lent ressac pour laisser la place à une sérénité résolue. Il voit l'image du 4 × 4 gris immobilisé dans la nuit à un coin de grillage. Il voit aussi des yeux luisant de haine, des canons sombres pointés hors du véhicule.

— Stop !

L'adjudant sursaute, avant d'immobiliser le camion. Remangeon ignore son regard interrogateur insistant pour se concentrer sur les gris sombres de la forêt devant eux. On devine le ruban plus clair du chemin sur quelques dizaines de mètres, mais, au-delà, les frondaisons se fondent avec les broussailles et les ombres. Le major demande :

— Elle mène où, cette allée ?

De Freitas hausse les épaules.

Le major visualise le triangle ouvert formé par le village et les deux routes départementales qui en partent vers l'est. Cette voie remontant au nord pourrait permettre de fermer le triangle en connectant les deux chaussées de circulation. Pourtant, quelque chose en lui l'alerte sur le fait que les chauffards en fuite n'ont pas cherché ici un raccourci.

— On ne s'engage pas dans un chemin de nuit au hasard quand on est pris en chasse. C'est le meilleur moyen de tomber dans un cul-de-sac ou de s'embourber.

— Ils se cachent peut-être.

Oui, c'est ça. Ils se terrent quelque part dans la nuit. Là, tout proches.

Fabrice se détache et descend en silence. Il sort son arme et arme la culasse. Freysse et de Freitas l'ont rejoint, ils attendent les instructions, leurs visages pâles et tendus flottant dans l'obscurité comme des revenants.

Ce soir, la chasse sauvage, c'est nous.

— De Freitas, tu remontes le chemin sur la gauche, moi à droite. Veille à bien rester en bordure de l'allée, dans les ombres. Freysse, tu fermes la marche, dix mètres derrière l'adjudant. Arme au poing. Compris ?

Les deux militaires hochent la tête, leurs yeux emplis d'une lueur nouvelle. Remangeon constate que celle dans les prunelles juvéniles de Freysse n'a rien à envier à celle du brun râblé qui a dix années de service de plus que lui. Les trois hommes se mettent en marche et, lorsque le major s'arrête, levant un bras pour signifier un danger potentiel, ses hommes l'imitent, attendant un nouveau signal pour repartir.

Le gendarme Freysse jette des regards nerveux autour de lui, dans les fourrés denses et obscurs que son pantalon frôle parfois. Il n'a pas peur des chauffards en fuite, mais il ne voudrait pas tomber sur une laie avec des petits, ou un grand cerf, *ou n'importe quelle autre bestiole.*

Le major a repéré une masse rectangulaire plus claire près de la trame métallique d'un grillage. Il se déplace en pas chassés vers le centre de l'allée pour ouvrir son champ de vision. Une détonation retentit devant eux et le major se jette au sol, le cœur sautant dans sa poitrine.

— À terre !

La toux grasse et mécanique d'un gros diesel fatigué s'élève des fourrés, plus haut sur leur droite. Le faisceau réduit d'un phare unique vient lécher le centre de l'allée et le bas des troncs d'arbres. Le 4 × 4 gronde et s'élance en projetant des cailloux et de la terre. L'odeur écœurante du vieux moteur se répand tandis que le véhicule s'éloigne. Remangeon se redresse et cherche à aligner sa mire et son guidon sur l'arrière du pick-up.

L'espace de deux ou trois secondes, il est certain d'avoir en joue le troisième homme, celui dans la benne. Il baisse alors son arme.

Les chauffards nous ont repérés et ont tiré en l'air quand ils ont compris que nous étions à pied.

Freysse et de Freitas le rejoignent tandis qu'il désarme et rengaine son pistolet automatique. L'adjudant lui souffle :

— Ces fumiers nous attendaient.

— C'est nos braconniers. Ceux qui ont tiré sur Toussaint.

Un silence lugubre tombe sur les trois hommes à l'évocation de la jeune femme décédée. L'espace d'un court instant, la silhouette de l'Antillaise se superpose à celle de Freysse dans l'esprit du major. Il réalise que la jeune femme lui manque, et une pointe de tristesse mordante et de culpabilité lui noue les tripes.

C'était à toi de la former, d'en faire un bon gendarme.

Le destin tragique de Toussaint renforce le danger de l'embuscade avortée. La voix de Remangeon coupe court au malaise qui s'est installé :

— Il faut retourner sur le lieu de l'accrochage.

Les trois militaires rebroussent chemin en marchant groupés, chacun plongé dans ses pensées. En dépit de sa frustration et du vide laissé par sa jeune collègue, le major est empli d'un sentiment de sombre excitation, mélange de restes d'adrénaline et de satisfaction d'avoir recroisé le chemin des braconniers, d'avoir pu identifier la couleur et la marque de leur véhicule, ainsi qu'une partie de la plaque d'immatriculation qui l'équipait ce soir.

Ce n'est que partie remise, les gars. On se reverra. Jamais deux sans trois.

Fabrice referme la porte des toilettes étroites de la brigade. Son visage est marqué par la fatigue et par une anxiété sournoise et latente qu'il n'ose pas regarder en face. Ses douleurs abdominales épisodiques mais fulgurantes s'accompagnent depuis quelques jours de désordres intestinaux qui le maintiennent dans un état semi diarrhéique permanent. Il n'a pourtant rien modifié à son régime alimentaire et n'a souffert d'aucune fièvre depuis son hospitalisation. Parfois, après un repas, son estomac se ballonne de façon inexplicable, devenant dur et rond, comme s'il était prêt à exploser, et il en viendrait presque à espérer émettre des gaz tonitruants qui le videraient de tous ces miasmes et ces toxines qu'il suppose accumulés en lui. Plus que jamais, le spectre du *crabe* flotte au-dessus de sa tête, et il fait de son mieux pour l'en repousser, éviter que l'affreuse angoisse du doute ne s'y enracine de façon définitive.

Une fois assis à son bureau, il expire avec lenteur pour clarifier ses pensées. Geretz surgit à cet instant.

— J'ai les résultats des recherches sur l'immat' du véhicule impliqué dans l'accident de la D944.

Les yeux du Solognot se rétrécissent.

— Et alors ?

— Le modèle du véhicule ne correspond pas. C'est un monospace Citroën. Et son propriétaire est domicilié dans le Var.

Fausses plaques. La probabilité était élevée.

— Par contre, c'est un véhicule récent. J'ai donc fait une recherche d'antériorité et je suis tombée sur une série de procès-verbaux dans la région il y a trois ans, et une annulation à la suite de destruction l'an dernier. Le numéro a été réattribué au propriétaire du Var. L'ancien véhicule ne correspondait pas non plus, mais c'était un 4×4, appartenant à la S. A. « Vailly Automobiles » à Romorantin. Je ne sais pas si c'est un hasard.

— Vailly Automobiles ? C'est le garage de Patrick Vailly, le propriétaire des parcs à gibier ?

— Oui.

Remangeon émet un bref sifflement.

— C'est pas une coïncidence, non.

La brune fait la moue.

— Vailly, c'est la victime. Vous croyez que c'est une arnaque à l'assurance ?

Le major réfléchit quelques instants aux implications de la porte entrouverte par sa collègue.

Même s'il doit bien y avoir dans le coin des types assez tordus pour assurer du gibier d'élevage, j'imagine que les indemnisations ne doivent pas chercher trop loin non plus.

Fabrice clôt ses paupières quelques instants, visualisant la silhouette trapue du concessionnaire, ses lunettes fumées cachant ses yeux délavés, son visage rond et rougeaud, et essaie d'entrevoir ce qui se meut dans l'ombre de cet homme au pouvoir si fragile. Ces mystérieux poids lourds britanniques qui viennent effectuer des livraisons dans ses parcs à gibier. Ses gardes particuliers qu'on sait être véreux. Son épouse auréolée par la rumeur d'infidélités multiples. Et maintenant ces individus qui viennent braconner sur ses terres et qui roulent avec une ancienne plaque de sa concession.

— Je crois qu'une petite visite à notre ami Vailly s'impose.

Remangeon consulte sa montre.

— On part dans quinze minutes. Récupère les clefs de la fourgonnette.

Geretz s'éclipse, le laissant clôturer les applications ouvertes sur son micro-ordinateur. Quand il se lève quelques minutes plus tard, son portable vibre contre sa cuisse. Il extirpe l'objet de l'une des poches de son pantalon de service et constate qu'il s'agit de Delphine. Il hésite, puis accepte l'appel entrant. Il la laisse parler.

— Tu connais Philippe Gibaud ? Mon cousin.

Le nom évoque en lui de vieux souvenirs, mais il n'arrive pas à placer un visage dessus.

— Je ne sais plus.

— Il est agriculteur. Il a pas mal de terres du côté de Sainte-Montaine, dans le Cher.

— Et ?

— Il veut nous inviter à une battue aux cervidés dimanche en huit. Pour l'ouverture.

— Nous ?

— Ben, oui. Toi et moi.

— Tu chasses ?

— Oui, bien sûr. Je te rappelle que j'élève des faisans de tir.

Fabrice imagine Delphine en treillis avec une arme à la main, mais la vision est peu précise et précaire, trop étrangère à la conception qu'il se fait de son amie.

— Pourquoi moi ?

Une pause.

— Fabrice. Tu es un gars du coin, je te rappelle. Les gens se souviennent de toi, même si toi, tu les as oubliés. Ils veulent te revoir. Ils veulent voir le commandant de brigade de gendarmerie. Cette invitation, c'est un compliment pour ta réussite. Les chasses de Gibaud sont réputées et les places y sont chères. Tu pourras peut-être tirer un grand coiffé, un douze ou quatorze cors.

— J'ai plus mon permis depuis belle lurette.

— Fabrice. On peut le valider par Internet à présent. Tu paies par carte bleue, tu imprimes ton volet annuel et, en dix minutes, tu peux aller chasser.

— Je ne sais même plus où je l'ai mis. Et puis, j'ai pas de carabine. J'ai tout vendu. Élise n'aimait pas ça.

Une nouvelle pause, plus longue, et il est presque certain que c'est à cause de l'évocation de sa femme.

— Gibaud va se vexer si tu ne viens pas. Il m'a prêté un peu d'argent quand j'ai commencé mes faisans.

Remangeon soupire.

— D'accord, je viendrai. Il faut que je te laisse. Je te rappelle bientôt, ou je passerai aux Garennes.

— Merci, Fabrice.

Ils coupent la communication et il range son téléphone avec une mine renfrognée. Il était prêt à l'envoyer promener pour cette façon très féminine de lui présenter comme un choix de sa part une décision déjà prise par elle, mais un sentiment de culpabilité souterrain l'a poussé à accepter. Sans doute à cause de la visite de Delphine à l'hôpital.

Lorsqu'il sort dans la cour de la caserne, il constate que Geretz est déjà prête, debout devant la voiture. Ils partent sans délai, laissant Freysse de permanence à la brigade. Il a réclamé un gendarme supplémentaire à la Légion, mais, en dépit de l'effectif théorique fixé à six pour cette unité, la hiérarchie fait la sourde oreille.

Ils ne feront rien pour me faciliter la tâche.

Le major a même appris que certaines rumeurs lui attribuaient la responsabilité de la mort de Toussaint. Il aurait fait preuve de « négligence dans l'entretien du parc de véhicules ». *Alors que j'étais le seul à protester contre la légèreté de ce foutu garagiste. Comme si les véhicules avaient pu se dégrader sous ma direction en l'espace de deux mois… Les enfoirés !*

La petite brune n'est jamais très bavarde en voiture, mais, lorsqu'elle conduit, ce phénomène ne fait que s'accentuer. Fabrice en profite pour laisser ses pensées vagabonder à la suite du coup de fil de Delphine. Par-delà les troncs gris et bruns qui défilent le long de la route, il imagine un cerf puissant et solitaire, rassemblant ses dernières forces avant l'épreuve annuelle du brame, faisant parfois claquer les branches basses à son passage avec ses bois.

La chasse. C'est après sa rencontre avec Élise qu'il s'en est éloigné, avant de s'en désintéresser d'une façon qu'il avait crue définitive. Durant toutes ces années d'exil volontaire, jamais il n'y avait repensé. Cela aurait été incongru et anachronique au milieu de ces rocades, de ces zones périurbaines, ces agglomérations grises et sales qu'il a écumées au gré de ses différentes affectations, essuyant les plâtres des zones dites de relégation, ces univers de béton craquelé, de friches emplies de sacs plastique et aux rubans de bitume huileux minés par les nids-de-poule, ces coulisses polluées de la civilisation de l'automobile, du pétrole et de l'urbanisme fonctionnaliste.

Maintenant qu'il est à nouveau immergé au cœur de cette forêt humide depuis deux mois, là où les brumes s'accrochent même les petits matins d'été sur les massifs de bruyères et de genêts, sur les mille étangs qui constellent ses landes, l'idée n'a plus rien d'étrange. L'invitation de Delphine ne le dérange pas autant qu'une partie de lui-même le souhaiterait. C'est comme s'il sentait déjà l'odeur de la terre acide aux fougères virant aux roux tandis que tombent les châtaignes les plus précoces, et que les cris des chiens lui parviennent hachés par les revirements du vent.

Vingt minutes plus tard, le Solognot s'extrait presque à regret du véhicule qui jure au milieu des mastodontes d'acier qui s'alignent dans la cour intérieure de la concession Vailly. Geretz a déniché une place entre un gros 4 × 4 de brousse couleur vert anglais et un pick-up japonais à peinture noire métallisée. Un homme seul au cheveu rare et grisonnant déambule entre les modèles en vente sur le parking. À l'intérieur, un couple assez jeune, et sans doute pas chasseur pour un sou, est en pleine négociation avec un vendeur, tout près d'un de ces modèles dits cross over, nouvelle lubie des citadins pour se garer sur les trottoirs des centres-villes ou des zones commerciales.

Les deux gendarmes se présentent à un comptoir où travaille une petite brune replète au visage et à la coiffure quelconques. Elle leur apprend que Patrick Vailly est absent mais que sa femme peut les recevoir. Dans son dos, le vendeur a remarqué l'intrusion des uniformes bleus, mais il s'arrange pour se placer entre eux et ses clients sans même ralentir le débit de son argumentaire commercial. Remangeon et Geretz patientent une ou deux minutes avant qu'une blonde d'une quarantaine d'années vienne les chercher. Elle n'accorde qu'un regard bref et hautain à Geretz avant de fixer le major. L'instant ne dure qu'une poignée de secondes, mais déjà les convictions du militaire sont ébranlées. Il s'était imaginé une gourgandine vulgaire, plutôt sèche, au teint pâlot, fumeuse compulsive au regard torve et provocateur. Si la femme de Vailly est bien marquée d'une certaine vulgarité, c'est plutôt celle de l'assurance sans scrupules, de la nouvelle riche aux chaussures à talons de prix, au tailleur sur mesure, à la coiffure entretenue tous les mois à grands frais, au port de tête hautain. Elle les conduit à son bureau, décoré et meublé selon les critères standards du directeur d'établissement.

Une fois qu'ils sont tous assis, Vanessa Vailly observe à nouveau le major avec acuité pendant quelques instants. La couleur de ses pupilles est banale mais le brun soutenu est encore obscurci par le mascara sur ses sourcils et par un trait épais d'eye-liner sous un fard à paupières qui lui fait penser aux reflets bleutés des ailes de corbeau. Le major remarque la couche de fond de teint assez épaisse sur le visage ovale de la gérante, ainsi que le côté criard de son rouge à lèvres sur ses lèvres ourlées aux contours dessinés avec soin. En dépit de la coiffure impeccable et du tailleur, la veste laisse entrevoir un chemisier blanc au décolleté prometteur. Fabrice décèle un certain manque de rigueur dans la posture de la femme de Vailly, une nonchalance corporelle en désaccord avec le classicisme de sa tenue. Il est sûr qu'elle est du genre à faire sauter ses escarpins sous le bureau du bout de ses pieds, aux ongles sans doute vernis d'un rouge tout aussi voyant que celui de ses lèvres sensuelles. Fabrice réalise qu'elle le jauge en faisant fi de l'uniforme qui ne provoque aucun sentiment particulier chez elle. C'est une information vestimentaire comme une autre. Elle intègre ses aptitudes éventuelles de mâle, son pouvoir, son autorité, sa richesse, sa puissance sexuelle. De son côté, il a tout de suite perçu chez elle une tentative de dissimulation et une certaine menace. Les mots de Lerouge à son sujet lui reviennent alors en mémoire. *C'te sorcière*. L'appellation n'est pas anodine venant du braconnier.

Elle finit par leur demander ce qu'ils veulent et les deux militaires sont tous deux surpris par le timbre de sa voix, lourd et traînant, marqué d'une fêlure de chanteuse de fado. Après un instant d'hésitation, Remangeon se lance :

— Un véhicule impliqué récemment dans un accident a pris la fuite. D'après les recoupements effectués entre la plaque d'immatriculation enregistrée et le modèle de la voiture, il apparaît que cela pourrait être l'un de vos véhicules, madame.

Geretz jette un œil rapide au major sans trahir son étonnement face aux raccourcis allègres de son supérieur et à son émotion inhabituelle. Vanessa Vailly affiche une légère surprise contrite mais ne paraît guère affolée.

— Un de nos modèles en vente ?

— C'est à vous de nous le dire, ça, madame.

Fabrice se penche sur le bureau pour lui tendre un papier de bloc-notes où figure l'immatriculation seule. La gérante s'en empare avec un geste lascif et un regard sombre et énigmatique à l'adresse du militaire, en contradiction avec le mépris souverain affiché quelques instants plus tôt. Elle tapote ensuite sur son clavier d'ordinateur sans dire un mot. Geretz marque des signes d'impatience, mais Remangeon reste concentré sur la gérante tandis qu'elle sonde ses archives numériques. À deux reprises, Vanessa Vailly tourne la tête dans la direction de Fabrice tout en continuant à cliquer et à taper sur son ordinateur, pour constater chaque fois que le gendarme ne la quitte pas des yeux. Elle n'est pas du tout mal à l'aise et, lorsqu'elle se tourne à nouveau vers le Solognot, une lueur mauvaise hante l'éclat concupiscent de ses pupilles brunes.

— Je suis désolée… monsieur. Ce véhicule a été cédé pour destruction l'année dernière. Le 13 novembre.

Fabrice enregistre la brève hésitation de la gérante au moment de l'appeler « monsieur ». Elle s'apprêtait à dire autre chose, avant de se reprendre. Il affiche un sourire commercial.

— D'accord. Ce doit être un cas d'usurpation d'immatriculation, alors.

— Probablement.

La blonde se détend, en apparence. Fabrice poursuit :

— Vous pouvez m'imprimer une copie du certificat de cession ?

Elle hésite, esquisse un sourire dédaigneux, puis reprend sa frappe. Quelques secondes plus tard, une imprimante bourdonne dans son dos. Elle se lève pour aller chercher la copie en se penchant d'une façon que les deux militaires jugent peu naturelle. Remangeon a même le sentiment qu'elle a sciemment orienté son postérieur rebondi dans sa direction, sans qu'il sache si cette impression est due à la réputation de la femme du concessionnaire ou si elle est justifiée tant l'instant est fugace.

Les talons de la gérante résonnent sur le parquet flottant du bureau. Remangeon lit avec attention l'identité du casseur, les établissements *Cass'41,* sur la copie que lui tend la blonde, avant de la passer au brigadier Geretz.

— Très bien. Je vous remercie de votre coopération.

Il se lève, entraînant Geretz à faire de même. Les salutations sont brèves et les deux gendarmes quittent le bureau avec la sensation d'un regard qui leur brûle le dos. Le major s'immobilise après quelques pas dans le couloir, réfléchit, fait un petit signe de main à sa subalterne pour lui indiquer de poursuivre et revient s'appuyer contre le chambranle de la porte du bureau. Vanessa Vailly le fixe avec intensité, un sourire moqueur accroché à ses lèvres boudeuses, mais il est certain que son brusque retour provoque chez elle un doute, voire une forme de crainte. *Elle sent que la menace est réciproque.*

— J'oubliais : vous pourrez dire à M. Vailly que, contrairement à ce qu'il pense, nous travaillons de façon active sur ses récentes affaires de braconnage. Nous avons même une piste très sérieuse et j'espère pouvoir l'informer bientôt d'une ou plusieurs interpellations à ce sujet.

Vanessa Vailly reste muette, mais il est presque certain qu'elle a murmuré quelque chose lorsqu'il a tourné les talons pour rejoindre Geretz, qui l'attend dans l'espace de démonstration. Ils quittent le bâtiment vitré pour se retrouver à l'air libre et constater qu'un client esseulé s'est arrêté près de leur véhicule, regardant à l'intérieur avec intérêt.

— Celui-ci n'est disponible qu'en 4 × 2, et il n'est pas à vendre.

L'homme se retourne sur les deux gendarmes et pique un fard. Le sourire du major désamorce la situation mais le quinquagénaire ne s'en éloigne pas moins sans demander son reste. Une fois assis à l'intérieur, les deux militaires échangent un long regard muet débordant de questions ou d'intuitions. La brune craque la première.

— Alors, vous en pensez quoi, major ?

Remangeon fixe la concession à travers le pare-brise. L'image du regard noir de la blonde lui brûle la rétine. Il se demande pourquoi elle se teint les cheveux de cette façon. *Et ce fond de teint, plus clair que la peau de sa gorge. Une brune qui ne s'assume pas. Ou qui n'assume pas son ascendance.* Loin d'être inoffensive, c'est certain.

— Ce Vailly règne sur un petit monde aux planches passablement pourries.

— Vous croyez qu'elle pourrait avoir un lien avec les braconniers ?

Il fait claquer sa langue contre ses dents pour souligner son indécision.

— Pas facile à dire. Je me méfie des rôles déjà distribués. Le riche cocu floué, la garce manipulatrice, les gardes particuliers avec un casier. Même s'il est de bonne foi pour les braconnages, Vailly n'est pas clair avec ses histoires de gibier anglais.

— On va vérifier cette histoire de casse ?

— Bien sûr. Ils ne seraient pas les premiers à remettre en circulation des épaves.

Le brigadier hoche la tête et actionne le contact. L'utilitaire s'ébroue en vibrant avant de se faufiler hors des masses pesantes des tout-terrain. Alors que les gendarmes franchissent le portail ouvert et s'engagent sur la chaussée, Fabrice reste concentré sur la femme de Vailly. Il y a quelque chose, il le sent. Non pas dans son attitude ou ses paroles, ni même les rumeurs à son sujet, non. C'est autre chose de plus profond, de plus essentiel.

Le silence est retombé sur la forêt après la série de coups de feu lointains ponctués de sonneries de trompe annonçant des sangliers. Les animaux ont tenté de franchir la ligne des tireurs de l'autre côté de la traque, à plus de deux kilomètres à vol d'oiseau de là où Fabrice se trouve. Il croit avoir entendu taïautée la mort d'un ou plusieurs cochons, mais sans en être certain. Il réajuste la bretelle de sa carabine sur son épaule. Delphine se proposait de lui prêter un calibre douze de qualité, mais après réflexion il s'est rendu chez un armurier pour s'offrir une carabine. Un nouveau modèle Chapuis, fabrication française, une « express » superposée à canon flottant et convergence réglable. Il aurait pu la choisir en calibre standard mais s'est laissé tenter par les promesses exotiques et perforantes du 30R Blaser, avec une vitesse initiale proche du kilomètre par seconde et flirtant avec les quatre mille joules. *De quoi arrêter le grand coiffé promis par Delphine.*

Il balance le poids de son corps d'une jambe à l'autre. À terre, les feuilles mortes sont déjà nombreuses et un vaste massif de fougères sur sa droite est attaqué par la rouille d'un automne arrivé comme par surprise. Le gendarme pense à son retour chez lui, à cet été surprenant loin du purgatoire qu'il s'imaginait. Les jours et les semaines ont filé en dépit du rythme ralenti de sa nouvelle vie professionnelle.

L'agitation extérieure perdue a été compensée par un bouillonnement interne, un télescopage de pensées, de préoccupations, d'intuitions, de désirs, de frustrations centrés autour de Vailly, de ses braconniers insaisissables, du souvenir d'Élise, de sa fascination pour la femme du Bouc rouge, de son duel à distance avec celui-ci, des liens amicaux contradictoires entretenus avec l'éleveuse de faisans. Il se souvient, non sans une certaine gêne, qu'il a pensé une ou deux fois à elle au cours de cet été comme à une femme, et non plus comme à une simple amie. Pour la première fois depuis leur jeunesse. L'éloignement vécu pendant toutes ces années a fini par fissurer en lui le mur d'impossibilité d'une relation autre qu'amicale.

Depuis le matin, Remangeon a l'impression que les autres chasseurs les considèrent comme un couple. À table à midi, après une allusion grivoise du cousin Gibaud au célibat prolongé de Delphine et à ses conséquences potentielles sur son appétit sexuel à venir, plusieurs chasseurs l'ont regardé, lui, en coin. Certains semblaient complices, d'autres plutôt envieux. Personne n'a osé se proposer pour remédier à cet état de fait malheureux, une retenue inhabituelle en rendez-vous de chasse qui a surpris le gendarme, accentuant encore son impression que sa présence changeait la donne. Fabrice se demande dans quelle mesure Delphine est responsable de cette méprise. Le souvenir de la proposition de l'éleveuse de s'offrir à lui en échange d'une intervention contre le mauvais sort qui s'acharnait sur ses volailles est venu le hanter plusieurs fois. Au début, cela l'a amusé et puis il s'est surpris un soir de solitude à la caserne à penser à se rendre aux Garennes pour exiger son dû.

Je me demande comment elle aurait réagi.

Un bruit lui parvient depuis la traque. Un claquement sec et répété plusieurs fois, quarante ou cinquante mètres devant lui. Le Solognot se fige un instant, avant de faire glisser l'arme de son épaule. Plusieurs cognements rapides dans sa cage thoracique, accompagnés d'un flux froid et rapide. Ses yeux se rétrécissent pour se concentrer sur les troncs et les fourrés qui constituent son horizon depuis deux heures.

Il est là. Il va sortir. Exactement comme dans mon rêve.

La forêt retombe dans un silence quasi absolu. D'autres pourraient penser que ce n'était qu'une fausse alerte et se relâcher, mais Fabrice lève son arme en contrôlant sa respiration. Balayant un fourré d'épines comme un vent furieux, un cerf jaillit en suivant une diagonale à vingt-cinq mètres sur sa gauche. Inutile de compter les pointes blanchies des bois car le cousin de Delphine dispose de deux bracelets indifférenciés permettant d'abattre n'importe quel mâle. Fasciné par la carrure du cervidé, par sa hauteur et l'épaisseur de son poitrail, manquant de pratique, Remangeon met en joue l'animal avec un temps de retard par rapport à son angle de tir autorisé. La bête lève la tête en courant à lourdes enjambées, rabattant ses bois sur son cou, ses yeux ayant repéré la silhouette dressée de l'homme sur sa gauche. Le cerf est déjà de trois quarts arrière par rapport au tireur et fonce vers un sous-bois aux larges fûts sombres et réguliers où il espère s'enfuir.

Remangeon fait feu et l'écho de la détonation se répand avec lourdeur dans la forêt, tonnerre de mort qui réduit au silence hommes et bêtes pour quelques secondes. Le cerf s'est écroulé sans grâce, mais ne tarde pas à essayer de se redresser sur ses pattes avant en mugissant de rage et de douleur. Le gendarme l'observe depuis son poste quelques secondes et comprend que si l'animal est grièvement blessé à la colonne ou au bassin, il lui faudra peut-être de longues minutes, voire plusieurs heures, avant de mourir. Répugnant à ouvrir le feu à nouveau sur une bête aussi noble et ainsi mise à genoux, le gendarme désarme sa carabine, la pose dans l'herbe avec précaution et prend la direction de l'animal en dégainant sa dague. Il lève les bras à l'intention de Delphine, placée plus haut sur sa gauche à quatre-vingts mètres, et dont il devine l'ovale pâle du visage sur le gilet orange fluorescent, ainsi qu'à celle de l'autre tireur placé en aval sur la ligne, un sexagénaire bedonnant coiffé d'une casquette à l'orange délavé et peu discernable, et équipé d'une trompe presque plus grande que son tronc ramassé.

Le cerf roule de grands yeux à son approche, soufflant des glaires sanglantes par les naseaux, et se tournant sur ses pattes avant pour lui faire face tandis que le poids mort de son bassin brisé et de ses membres inférieurs désormais paralysés veut le maintenir à terre. Les regards de la bête et de l'homme se croisent et Fabrice est pris d'une émotion violente qui fait dresser les poils de ses avant-bras. L'animal se raidit et baisse la tête pour essayer de le charger et de l'embrocher. Fabrice s'empare d'un des merrains puissants et aux profondes gouttières rugueuses d'une main ferme. La force dans le cou de l'animal est phénoménale et le Solognot doit lutter de toutes ses forces pour écarter les andouillers de son visage et plonger sa lame au défaut de l'épaule. La dague s'enfonce jusqu'à la garde avec un chuintement humide, perforant un ventricule et provoquant un arrêt cardiaque immédiat. La résistance cesse dans la main du gendarme, la tête coiffée retombe au sol avec pesanteur et les yeux du grand mâle se ternissent. Le cœur battant, le souffle court, Remangeon s'agenouille pour retirer la dague du poitrail du cerf et pose une main sur le flanc encore tiède. Il ferme les yeux et remercie l'animal de ne pas avoir manqué ce rendez-vous rêvé la nuit précédente.

Nous nous retrouverons encore une fois. Dans l'Autre Monde.

Fabrice se redresse. Il a besoin d'un rameau pour la dernière bouchée de l'animal et repère un jeune chêne non loin. Lorsqu'il revient pour placer la branchette aux feuilles lobées dans la gueule du cerf, il remarque deux silhouettes dans son champ de vision. Il relève la tête une fois son hommage accompli, et réalise qu'il s'agit de Delphine et d'un jeune traqueur au visage marqué par une acné agressive et aux joues rougies par sa marche à travers bois, retenant un épagneul par le collier. Les deux le regardent, à demi fascinés, à demi craintifs, rendus muets par la tragédie immémoriale qui vient de se jouer, tandis que le chien couine sa frustration de ne pouvoir se jeter sur le cerf abattu. Le jeune homme se déhanche pour faire glisser sa trompe dans sa main libre et la porte à sa bouche pour souffler plusieurs longues sonneries suivies d'une série de coups brefs.

Fabrice vient se porter à la hauteur de Delphine.

— Tu n'aurais pas dû quitter ton poste.

— Toi non plus !

Elle est inquiète mais il comprend que ce n'est pas à cause de la non-observation des règles de la battue du jour. Il lui sourit avant d'aller récupérer son arme. Il démonte le chargeur et en extrait les munitions qu'il rempoche dans son treillis réglementaire, plutôt satisfait de son achat, mais frustré par sa méchante balle, trop en retard. S'il avait été plus concentré, plus aguerri, il aurait pu tirer sans problème une balle de cœur et tuer net le cervidé. Deux autres chiens sortent de la traque en jappant tandis qu'il replace son arme sur son épaule, un pouce calé sous la bretelle. Un traqueur sort d'un bouquet de fougères et vient à sa rencontre. Un quinquagénaire au visage sec et fripé. Lui aussi a chaud.

— Alors ?

Fabrice indique la masse sombre du cerf à cinquante mètres derrière lui. Sur leur droite, Delphine s'éloigne en les regardant sans qu'il puisse discerner ses traits. Le jeune traqueur a relancé son chien à mi-distance entre les deux postes de tir et écarte des branches basses de son visage pour retourner brousser.

— Un cerf.

— Combien ?

Le gendarme plisse les yeux. Il réalise qu'il n'a accordé aucune importance à la qualité du trophée.

— Je ne sais pas. J'ai pas compté.

— C'est pas un daguet, alors ?

— Non. Dix ou douze cors, peut-être.

Les yeux du traqueur montrent son intérêt.

— J'ai entendu qu'une seule balle.

Fabrice hoche la tête en posant une main sur l'étui de sa dague.

— Je lui ai fracturé le bassin ou la colonne. J'ai été obligé de le piquer.

Le traqueur marque un temps d'arrêt, avant de le laisser et de rejoindre ses chiens autour de l'animal mort. L'homme sort alors un téléphone de son pantalon et s'engage dans une courte conversation, avant de suivre les pas du jeune traqueur pour s'enfoncer à nouveau dans la forêt. Fabrice lève la tête pour contempler entre les frondaisons qui oscillent au gré du vent léger les pans de ciel bleu, zébrés de nuages filandreux. Il se sent serein et apaisé, oubliant pour quelques instants sa santé précaire, ses douleurs abdominales, ses désordres intestinaux à répétition, l'épée de Damoclès d'un diagnostic irrémédiable brandie au-dessus de sa tête. Là, au cœur de sa forêt natale, l'idée de sa propre disparition paraît moins douloureuse, moins injuste. *Proche ou lointaine, l'issue est connue, jouée d'avance.* C'est l'impérieuse nécessité du bruit née de l'anxiété d'une époque vide qui nous fait redouter la mort. Replacée dans son contexte immuable au milieu de ces arbres, ces pierres, ces feuilles, cette terre, ces bêtes qui marchent vers leur destin sans la pathétique jérémiade humaine continue, la fin peut être comprise comme une étape et un passage. C'est ce qu'annonce l'automne, et ce qu'annonce ce cerf.

Fais comme lui, Fabrice. Garde la tête haute jusqu'au dernier souffle. Tout le reste n'a aucune importance.

La voiture de Remangeon s'est immobilisée à l'entrée de la cour des Garennes. Le gendarme observe les volières assoupies de son amie dans les dernières lueurs du jour, par-delà les murs sombres de la ferme. Un silence s'est installé dans l'habitacle, mais celui-ci n'a rien de malaisé. Ni l'un ni l'autre ne sont pressés et la fatigue de la journée de chasse se diffuse en eux, alourdissant leurs mouvements, ralentissant le flux de leurs pensées. Delphine a bu deux ou trois verres de vin blanc à la cabane de chasse et Fabrice en a refusé de nombreux en l'honneur de son cerf. Sachant qu'il est gendarme, on n'a pas insisté.

La pesée avant dépouillage a montré que son cerf pesait cent quatre-vingt-douze kilogrammes. Un beau quatorze cors qui a été mitraillé par les téléphones portables. Gibaud est même venu le féliciter, vantant autant les mérites du tireur qui avait su servir la bête et épargner la viande que la qualité du cerf levé chez lui. Une remarque a attiré l'attention du gendarme. Deux chasseurs discutaient un verre à la main en retrait du cercle constitué autour du cerf pendu par les pattes arrière pour la découpe. L'un des deux a alors affirmé que c'était un vrai mâle âgé, et pas « un de ces cerfs trafiqués de deux ou trois ans aux bois énormes que certains font venir d'Angleterre ». Remangeon a aussitôt pensé à Vailly et au poids lourd immatriculé en Grande-Bretagne qu'il avait suivi jusque dans le parc du concessionnaire. *Voilà donc le petit secret du vendeur de 4 × 4.* Il devra se renseigner sur le caractère légal ou illégal de cette activité, et sur les contraintes sanitaires qui y sont liées. *De quoi calmer les ardeurs éventuelles du concessionnaire auprès de sa hiérarchie.*

Fabrice se tourne vers Delphine. Les yeux de l'éleveuse luisent dans la semi-obscurité. Elle lui sourit avant de se pencher pour rassembler ses affaires, troublant le silence de légers froissements. Elle hésite ensuite, souhaitant prolonger l'instant sans se l'avouer.

— Bon… Je te remercie d'être venu, Fabrice.

— C'est moi qui te remercie. C'était une belle journée. Et une belle chasse.

— C'est vrai ?

Il acquiesce.

— En tout cas, mon cousin était content. Tu as épaté beaucoup de monde.

Il sourit. À la lueur dans les yeux de l'éleveuse, il réalise qu'elle s'inclut dans le nombre de ses admirateurs du jour. Nouveaux bruits de tissu, puis le déclic d'une portière. La main sur celle-ci, à peine entrouverte, Delphine darde son regard au bleu profond sur le sien et sa voix descend dans les graves.

— Tu viens boire un café ?

Le gendarme cligne des yeux. La boisson chaude proposée est un prétexte. Il se pose des questions au sujet de Delphine depuis plusieurs jours, à propos de la nature exacte de sa sexualité. Une douleur abdominale le force à porter une main à son flanc tandis que ses traits se tirent.

— Tu as encore mal ?

Il fait signe que oui de la tête.

— Et les médecins, ils disent quoi ?

Le visage de Remangeon se ferme. Le cœur de l'éleveuse s'accélère et elle redoute les mots qui vont tomber, qui vont lui arracher Fabrice et la laisser seule survivante de leur trio d'amis d'enfance.

— Ils n'en savent rien. J'ai fait une échographie, sans plus de résultats que le scanner. Les tests des différents types d'hépatite sont tous négatifs.

— Toujours pas de… de tumeur ?

Il secoue la tête de droite à gauche.

— Non. Pas pour l'instant.

La picassée semble prête à se résigner, mais explose d'un coup, des larmes au coin des yeux.

— Je te laisserai pas faire, Fabrice. Je te laisserai pas te faire avoir par l'aut' saloperie sans essayer de te défendre. Je ne te regarderai pas mourir à petit feu à cause de ton orgueil.

Le gendarme se mure dans son silence obtus. Au fond de lui, il ne sait plus quoi penser. Ses souffrances quotidiennes et les atermoiements de la médecine moderne ont rongé ses certitudes, jour après jour.

— Je vais t'aider, Fabrice. Si tu ne le fais pas pour toi, fais-le pour Élise.

Il fronce les sourcils en fixant son amie, surpris et mis mal à l'aise par l'évocation de sa femme.

— Tu dois la retrouver, Fabrice. Tu ne peux pas partir tant que tu ne l'as pas retrouvée. Tu dois savoir.

Au début, il ne sent presque rien. Puis la vague d'émotion naît en lui, tout au fond, là où cela est le plus douloureux. Toutes ces années de souffrance, d'ignorance et de solitude sans raison. Ce « pourquoi ? » qu'il s'est crié à la face des milliers de fois lors de ses soirées ravagées par ce vide béant laissé par Élise.

Elle a raison. Je ne peux pas ne jamais savoir. Ce serait trop absurde.

Il essuie du revers de sa paume une larme âcre. Delphine pose une main sur son avant-bras.

— Je vais t'aider, Fabrice. On va lui renvoyer son mal. Si c'est pas lui, si c'est personne, ça restera en toi, ça changera rien… Mais si c'est lui, alors… Il n'aura que ce qu'il mérite. D'accord ?

Remangeon intègre la proposition et le discours de son amie.

Consentir à voix haute constituerait un trop grand revirement, mais il indique qu'il est d'accord d'un léger signe de tête. Un sourire rassurant s'épanouit sur le visage de l'éleveuse. Les secondes s'égrènent, permettant au gendarme de se ressaisir, de faire refluer son désespoir.

— Tu te rappelles, Fabrice ?

— Je me rappelle quoi ?

— Le 4 octobre. Il y a un peu moins de trente ans.

Il se concentre pour identifier à quel type d'anniversaire elle fait référence. Il tourne la tête en direction de la masse sombre de la grange, qui n'abritait pas encore des couveuses à faisans, mais du matériel agricole poussiéreux et des bottes de paille à l'étage. Elle confirme :

— Oui, c'était là. Jour pour jour.

Quand il se retourne vers son amie, il découvre un sourire de bonheur spontané qui anime les taches de rousseur sur ses joues. L'éclat joyeux dans ses yeux est celui qu'elle a toujours eu enfant, puis adolescente. Il sourit à son tour.

— Je m'en souviens très bien, Delphine. C'est étrange, d'ailleurs. C'est si loin dans le temps, du moins c'est ce que les calendriers et les jeunes veulent nous faire croire, mais c'est resté si vivace dans ma tête.

Ce qu'il revoit, c'est surtout la blancheur de la peau de la jeune femme qu'elle était alors. Son contraste avec le marron de la couverture qu'ils avaient étendue sur les bottes de paille à ficelle nylon rouge. Sa couleur laiteuse comme la plus raffinée des crèmes, et son goût sucré et salé sous ses lèvres avides et impatientes de jeune homme qui apprend à découvrir le corps d'une femme.

Delphine interrompt le flux des souvenirs d'une voix grave :

— Tu aurais aimé que ce soit avec quelqu'un d'autre ?

— Non… Pourquoi ? C'est un des plus beaux jours de ma vie.

— Ce n'est pas ce que tu disais l'autre jour à l'hôpital.

Remangeon se renfrogne. Face à l'expression si sincère et si touchante de Delphine, il lui est impossible de ne pas s'excuser.

— Je ne le pensais pas, Delphine. Je voulais te faire du mal… t'éloigner de moi. Je suis désolé.

— Mais pourquoi ?

— Je ne sais pas. C'est difficile à expliquer.

L'éleveuse hoche la tête. Elle sait qu'elle a obtenu beaucoup en dépit des apparences, et qu'il est inutile d'insister plus avant. Elle hésite avant de lui demander à nouveau s'il veut venir boire un café à la ferme, puis décide de sortir du véhicule. Elle se penche vers lui, une main sur la portière.

— Je récupère mon fusil dans ton coffre.

Il lui fait signe qu'il a compris. Une fois le coffre refermé, il redémarre et allume ses phares avant de manœuvrer pour repartir dans le chemin, la laissant seule avec son fusil sur l'épaule et sa veste à la main. Elle traverse la cour alors que le soleil baigne l'horizon boisé de flaques d'or et d'orange. Le vieux chien de ses parents vient à sa rencontre pour s'assurer que c'est bien elle et quêter une caresse. Elle flatte le crâne du griffon nivernais et va taper ses bottes contre le mur de la bâtisse avant de gravir les marches de la cuisine. Delphine s'y déchausse et prend ensuite la direction du salon, où ses parents sont assis face au téléviseur, chacun dans un fauteuil.

— Alors, vous avez-t-y tué què'qu'chose ? demande son père.

— Ils ont tué un p'tit cochon de quarante-cinq kilos et deux chevreuils. Fabrice a tué un cerf de près de deux cents kilos.

Le vieil homme délaisse son téléviseur.

— Euh ! C'était point un daguet, ça.

— Non, un quatorze cors… Je vais me coucher. Bonne nuit.

Elle quitte ses parents sans attendre le prochain commentaire de son père. Delphine se déshabille ensuite dans la seule salle de bains de la ferme, et qui aurait besoin de travaux de rénovation.

Peut-être pourrais-je demander à Fabrice de m'aider ?

L'éleveuse regrette aussitôt cette pensée qui ne fait que renforcer sa solitude et son impasse sentimentale. Elle actionne le mitigeur à demi grippé avant de mettre un pied dans le bac à la faïence ancienne et écaillée. Elle reste longtemps sous la douche très chaude, et, lorsqu'elle rejoint sa chambre en peignoir, sa peau est encore rougie. Une fois assise sur le lit, son réveil réglé, Delphine n'a envie ni de lire ni d'allumer sa tablette. Le clic de sa lampe de chevet résonne dans sa chambre et la plonge dans l'obscurité, bien calée sous l'édredon et les draps au coton rêche.

Les minutes s'écoulent sans qu'elle puisse trouver le sommeil ni chasser Fabrice de ses pensées. Son regard taciturne et perçant, sa mâchoire virile, son cou solide, ses épaules charpentées, ses larges mains carrées, son ventre plat sous le polo de la gendarmerie, tout en lui l'attire physiquement, et sa voix profonde pourrait la soumettre à tous ses désirs. C'est le seul homme qui lui ait jamais fait éprouver un tel vide en elle, un tel appel en son bas-ventre, une telle envie d'être prise et malmenée.

L'éleveuse s'agite dans son lit et lorsqu'une main teintée de culpabilité mais impuissante à résister à la faim qui taraude ses entrailles s'aventure de sa poitrine à son ventre, avant de plonger au creux de son entrejambe humide, elle gémit sa frustration autant que son plaisir en serrant les cuisses. Les images du Fabrice adolescent, à qui elle avait offert sa virginité, et de l'homme qu'il est devenu se mêlent dans son esprit, elle brûle d'être possédée par lui, d'être convoitée et couvée par son regard.

Gémissante et respirant avec force, l'agricultrice bloque ses cuisses quelques minutes plus tard, cherchant à emprisonner sa main, à maintenir les deux doigts humides enfoncés en elle pour prolonger son plaisir. Lorsque la fièvre la quitte, laissant son corps en partie repu par un plaisir étriqué, l'éleveuse finit par éclater en sanglots étouffés et brefs. Delphine pleure car il n'y a personne pour la prendre dans ses bras après ce moment de plaisir, personne pour lui embrasser la nuque et la réchauffer de son étreinte, personne pour lui murmurer des mots gentils, personne pour la rassurer et lui dire qu'ils feront le voyage ensemble jusqu'au bout de cette vie, quoi qu'il advienne, quelles que soient les mesquineries de l'âge.

Alors, plus que jamais, elle se raccroche à la prophétie faite par le père de Fabrice il y a plus de vingt ans. Elle n'y avait pas cru pendant de longues années tant cela lui semblait improbable, tant cela ressemblait à de pures paroles de consolation. Elle a changé d'avis depuis l'été. Elle sait à présent que le père Remangeon avait raison, et qu'il suffit de se montrer patiente.

Dans l'obscurité de sa chambre, Delphine essuie ses larmes et ose un sourire timide et rêveur.

La voiture de gendarmerie roule au pas dans un chemin pierreux. Ils longent un grillage ancien et rouillé, mangé par un mètre d'herbes folles, d'orties et de ronces. Les carcasses métalliques qui pourrissent en plein air à l'intérieur du parc se suivent avec régularité.

Remangeon jette un œil au brigadier Freysse à ses côtés. À sa place, Geretz aurait demandé pourquoi ils n'allaient pas se présenter à l'accueil, afin de trouver ce pick-up et d'en vérifier les papiers. *La brune s'est rangée du côté de l'adjudant.* Aucune rébellion ouverte, mais un questionnement décomplexé de toutes ses prises d'initiative. Après les deux accidents de circulation en service et la mort de Toussaint, Geretz et de Freitas misent sur son éviction. L'adjudant ne croit pas à la piste d'hypothétiques Gitans en cheville avec les gardes de Vailly. Il a convaincu Geretz du bien-fondé de ses vues, *et que cette fausse piste finirait par irriter la Légion ou la Brigade de recherches à mon encontre.*

Fabrice n'y croit pas. Il sait. Ce qui est différent. Il sait que ce sont les individus responsables de l'accrochage nocturne de la D944, et il compte bien sur leur interpellation pour asseoir son autorité sur sa brigade de façon définitive.

Assez étrange et paradoxal pour quelqu'un qui comptait il y a encore trois mois sur la politique du pire pour se faire à nouveau muter.

Difficile pour le Solognot d'identifier le moment précis de ce basculement, mais c'est bel et bien arrivé.

On est tous de quelque part. C'est ma forêt. C'est ma brigade.

Il immobilise le véhicule à l'ombre légère d'un noyer. Les deux gendarmes en treillis et rangers progressent dans le chemin et Remangeon se glisse à plusieurs reprises jusqu'au grillage avec précaution, avant de revenir au creux de la piste caillouteuse. Après un petit quart d'heure de marche, Fabrice cherche un point haut. Les deux militaires grimpent alors un talus herbeux et escarpé où poussent de nombreux chardons. Ils s'allongent au sommet et règlent les optiques de la paire de jumelle que chacun a emportée. Si Freysse doit se contenter d'un modèle standard de la brigade au boîtier rayé, Fabrice est venu avec ses optiques personnelles, équipées d'un appareil photographique numérique intégré.

Les gendarmes essaient de localiser le 4 × 4 gris aux alentours du bâtiment préfabriqué situé à l'entrée de la casse auto, à l'autre extrémité. Des silhouettes humaines vont et viennent depuis le parking visiteurs à l'extérieur, certaines se dispersent dans l'espace en plein air de la casse, à la recherche d'éléments non inventoriés dans le magasin. Après dix minutes d'observation, ni l'un ni l'autre n'ont pu repérer un véhicule correspondant.

Remangeon prend des clichés du magasin, puis des différents angles du parc grillagé. Le jeune brigadier l'interpelle alors qu'il réfléchit face aux centaines d'épaves devant eux.

— À une heure, major. Près du bâtiment.

Remangeon règle ses optiques. Deux hommes en pleine discussion. L'un brun et sec, âge indistinct, l'autre plutôt âgé. Celui-ci sort un objet foncé de sa poche, sans doute un portefeuille, avant de tendre quelque chose au brun qui l'empoche sans tarder et tourne les talons pour disparaître dans le bâtiment, par une porte latérale qu'ils ne peuvent distinguer. Le payeur attend sans montrer de signe d'impatience ou de nervosité. Le brun revient lui tendre un sac plastique blanc. Fabrice enregistre plusieurs clichés. L'homme âgé salue et repart, le brun disparaît dans le préfabriqué.

— Je me demande ce que c'était, souffle Freysse.

Le Solognot sait que son jeune collègue pense à un trafic de stups.

— Ils ne trafiqueraient pas en plein jour alors qu'il y a des clients partout dans la casse. En plus, le sac était trop gros. Ils ont dû lui mettre une pièce de côté.

— Avant l'école, j'ai acheté un alternateur pour ma 205 dans une casse, et ils ne m'ont pas filé de sac. J'ai vu aucun autre client avec un sac non plus.

— C'était p'têt' une pièce grasse. Un truc de boîte de vitesses, ou quelque chose du genre.

— Le sac avait l'air propre, et une grosse pièce métallique aurait plus tiré dessus, non ?

Fabrice repose la paire de jumelles et se concentre sur le préfabriqué. Il se moque bien des petits trafics des gérants. Ce qu'il veut, c'est le 4 × 4 à benne gris métallisé. Une preuve du lien entre *Cass'41* et les actes de braconnage sur les terres de Vailly.

— On se concentre sur le pick-up, d'accord ?

— Bien, major.

Ils pourraient s'en être débarrassés auprès d'un broyeur. Surtout après l'accrochage et le début de poursuite de l'autre nuit.

Remangeon est convaincu que les braconniers n'ont pas pris cette peine alors qu'ils ont juste à le cacher parmi les centaines de carcasses rouillant au gré des éléments. Les gens simples prennent des décisions simples, c'est une vérité absolue de la délinquance et de la criminalité telles qu'il en a toujours fait l'expérience. *Un véhicule fantôme en état de rouler, c'est très pratique pour des criminels.*

Les minutes s'écoulent tandis qu'ils se relaient en silence sous un ciel changeant qui se couvre peu à peu. Le major constate qu'ils sont postés sur le talus depuis une heure quand Freysse lui demande d'observer à nouveau les abords du bâtiment. Une camionnette blanche s'est approchée et un homme en sort pour marcher vers le préfabriqué, où il disparaît quelques instants. Fabrice photographie la voiture, un utilitaire à caisse cubique avec un dispositif de climatisation sur le toit de la cabine. Impossible de lire une immatriculation ou l'inscription sur la caisse de l'endroit où ils se trouvent.

— Une camionnette réfrigérée, commente Freysse.

— Merde, quels cons !

Une chambre froide... Installée dans un coin du magasin de pièces auto... Les mecs au courant viennent chercher leur viande aux heures de pointe, et ça passe inaperçu au milieu du flux des autres clients...

Comme pour les narguer, le restaurateur ressort accompagné du même individu qu'une heure plus tôt. Cette fois, ils portent un paquet volumineux à quatre mains, sans doute une demi-carcasse, et le chargent dans la voiture frigo par l'arrière. Remangeon filme la séquence. Le chauffeur ne s'attarde pas et le véhicule frigorifique s'éclipse.

— Bordel.

Fabrice a commis une erreur : il pensait venir en repérage et n'a pas songé à la possibilité d'un flagrant délit. Il y a au moins cinq minutes de course jusqu'à la voiture, et autant jusqu'à l'entrée de la casse en roulant vite sur le chemin de terre. Impossible d'intercepter l'acheteur. Il reste la possibilité d'en attendre un autre, ou de demander une autorisation de perquisition.

Bah, de toute façon, ils diront avoir trouvé les bêtes déjà mortes sur le côté de la route, et le juge se contentera d'une amende pour revente illégale de gibier. Il faut trouver ce 4 × 4, qui est le lien avec l'accident et les braconnages, ainsi qu'avec la fusillade contre Toussaint. Confronter les suspects avec le commercial percuté l'autre nuit sur la D944 pour qu'il les reconnaisse. Trouver des armes et des munitions. Les faire tomber pour de bon.

— On reste là, Freysse. Et on trouve ce foutu 4 × 4.

Les deux militaires s'usent alors les yeux sur les centaines de voitures endommagées, à demi désossées, chacun sélectionnant une rangée. Le blond ne se plaint pas de l'ingratitude et de la monotonie de la tâche et Fabrice est certain que son jeune collègue ne perd pas son temps à épier les bricoleurs dans les allées, ou les lapins qui sautillent du côté nord du grillage.

Après de longues minutes, la voix calme de Freysse le réjouit au plus haut point :

— Je crois que je l'ai, major.

Le Solognot s'empresse de suivre les indications de son subalterne. Dans une zone où les épaves désossées sont empilées sur deux ou trois rangs en attente de partir pour la ferraille, trois véhicules sont alignés côte à côte, cernés de carcasses, et un camion très oxydé en travers les cache à la vue des personnes circulant dans la casse. Les trois voitures ont conservé leurs couleurs qui détonnent au milieu des caries métalliques noirâtres et rouillées autour d'elles. La plus à gauche est un 4 × 4 gris de type pick-up.

— Malin. Ils se sont fait un enclos à ciel ouvert avec un vieux camion en guise de porte. On ne doit pas faire attention depuis l'allée, même en passant juste devant. La camionnette doit encore rouler, il suffit de l'avancer ou de la reculer de trois mètres chaque fois.

Le major prend plusieurs clichés et filme une courte séquence en zoomant et dézoomant sur la zone et les trois véhicules.

— Super, Freysse. Allez, on plie les gaules.

Les deux gendarmes dévalent le talus. Une fois dans le chemin, le blond demande à Remangeon :

— On va faire quoi maintenant, major ? Une perquisition et une garde à vue ?

Le Solognot observe les nuages sombres qui s'amassent dans le ciel au-dessus d'eux. L'automne s'installe à toutes jambes. Fabrice lance un regard de loup au jeune gendarme.

— Non, Freysse. On va être plus malins qu'ça.

Plusieurs fois, Remangeon a éprouvé le besoin de s'arrêter au centre nautique lors de ses descentes à Romorantin. Sans s'adonner à la nage de façon régulière, il est rare que passe un trimestre sans qu'il s'octroie une séance de natation. Jusqu'alors il ne l'avait pas fait, accaparé par sa mutation et ses divers enjeux et peu encouragé par l'esthétique de l'avenue de Paris, à la laideur devenue banale. Incarnation du mal français postmoderne, cette voie dégageant le nord de la ville aurait pu se contenter d'afficher ses platanes et ses pavillons désuets des années soixante qu'il avait connus du temps de sa jeunesse, avec leurs enduits gris et leurs lions de plâtre couronnant les portails entre deux ronds-points. Elle aurait offert une transition paisible, vieillotte et populaire entre la ville et la campagne, mais c'était sans compter avec la lubie du développement économique d'élus sans autre vision que celle de leurs commissions et petits profits et l'impérieuse nécessité de devoir « faire moderne ». Puisqu'il paraît impossible de conceptualiser une modernité urbaine qui échappe à la soumission fanatique aux golems de la surconsommation, la pauvre avenue s'est couverte d'un prurit d'enseignes géantes, d'affiches, de hangars hideux et criards abritant tout l'indispensable attirail de la ville « moderne » qui se respecte, du fast-food yankee au supermarché du jouet, en passant par l'enseigne de sport. Histoire sans doute que les adolescents attardés, demeurés et gavés de hamburgers puissent s'acheter une bonne conscience en payant à l'octuple du prix de revient un survêtement hideux vantant, comble de l'ironie, une victoire grecque à des masses incultes coupées de leurs racines antiques.

La proximité immédiate du lycée et de ses grilles le long du trottoir face au petit complexe piscine-patinoire l'avait aussi refroidi. Le major redoutait la classe d'adolescents bruyants et mal dans leur peau venus perturber de façon irrémédiable ses longueurs régulières dans le grand bassin. Puisqu'il est en repos un jour de semaine hors vacances scolaires, le major s'est présenté dès l'ouverture, sûr de profiter d'un couloir de nage à son usage exclusif pour toute la durée de sa séance.

Après quarante minutes d'effort, Fabrice s'extraie de l'eau, satisfait de la légère ivresse provoquée par la fatigue. Ses biceps se contractent face à l'ultime effort demandé pour saisir les montants de l'échelle chromée qui tinte contre les parois du bassin et il se dirige vers sa serviette, les jambes cotonneuses, le souffle court mais l'esprit apaisé. Il se fige lorsqu'il aperçoit Vanessa Vailly entre deux pans mouvants de sa serviette alors qu'il se frictionne le crâne. Leurs regards se croisent et il comprend qu'elle aussi l'a reconnu. Remangeon laisse retomber le drap de bain sur ses épaules et relève la tête, curieux de la suite. La femme porte un maillot de bain une pièce d'un bleu profond avec un liseré blanc, ultraclassique, mais l'œil masculin ne peut s'empêcher de remarquer la souplesse de la démarche et la fluidité des lignes de l'épouse du concessionnaire alors qu'elle s'approche de lui. Ses cheveux mouillés plaqués sur son crâne la rajeunissent et l'eau en fait ressortir les racines brunes. Bien qu'elle le regarde sans détour, il est certain qu'elle va se contenter de passer devant lui, peut-être même sans le saluer. Remangeon fait deux pas en direction du bassin pour lui barrer la route dans un geste non équivoque. Vanessa Vailly s'immobilise, une petite flamme rageuse dans ses pupilles sombres, teintées d'un soupçon de crainte aussi.

— Je marchais trop vite, peut-être ?

La fêlure chaude et rocailleuse dans la voix féminine le surprend à nouveau. Vanessa Vailly le dévisage des pieds à la tête, s'attardant sur son slip de bain. Profitant du trouble du militaire, elle enchaîne, moqueuse :

— Même en slip, un gendarme ne peut pas s'empêcher d'arrêter les gens.

Pas mal.

Fabrice articule enfin :

— Je suis surpris.

— De quoi donc ?

— L'ironie qui ne verse pas dans la vulgarité ou la méchante bêtise, ça devient rare.

La femme fronce les sourcils. Le regard du major s'attarde sur la rondeur de ses épaules où perlent quelques gouttes d'eau chlorée, sur son cou assez large et sa poitrine lourde aux mamelons dessinés par le tissu synthétique élastique et humide. La femme jette un œil autour d'eux, mal à l'aise, mais il n'y a que huit personnes dans le centre nautique, maître-nageur inclus, toutes du côté du petit bassin.

— Qu'est-ce que tu me veux, gendarme ?

Elle porte les mains à ses cheveux pour en faire une grosse tresse qu'elle essore en penchant la tête en avant. L'eau ruisselle sur la faïence et éclabousse ses pieds nus aux ongles non vernis, contrairement à ce qu'il s'était imaginé. Elle a le pied grec et des orteils réguliers et harmonieux. Des pieds sensuels, taillés pour l'été, pour être montrés.

— Je me suis renseigné sur vous.

Les yeux de la fausse blonde se rétrécissent et ses traits se durcissent. Le major poursuit :

— Je sais qui vous êtes. Ces origines que vous dissimulez. Ce nom de jeune fille que vous partagez avec les gérants de la casse automobile que nous soupçonnons d'être en lien avec les braconniers qui s'attaquent à votre mari.

Vanessa Vailly encaisse les affirmations et laisse échapper une moue moqueuse en hochant la tête.

— Ah, tu sais qui je suis…

Elle fait un pas vers lui, presque un pas de danse, pour river son regard noir dans le sien.

— Tu ne sais rien de moi, gendarme. Tu me prends pour une putain qui dépouille son mari dans son dos ? Je sais ce qu'on dit sur moi. Moi, je te dis que les trois quarts des minables qui se vantent d'avoir couché avec moi ne m'ont même jamais adressé la parole. Pour ça, il aurait fallu qu'ils aient quelque chose dans le pantalon. Et les autres, c'est parce que j'ai refusé leurs avances qu'ils me font cette réputation.

Fabrice soutient la joute visuelle.

— Ah ! Une pauvre petite femme aimante, à la réputation salie par des envieux… Tellement injuste… Le nom de famille, c'est une pure coïncidence, j'imagine ?… Pourtant, l'état civil dit le contraire.

Elle baisse les yeux un bref instant.

— Oui, c'est vrai. Je n'aime pas Patrick, et je ne l'ai jamais aimé. Ma famille a une dette envers lui. C'est pour ça que je l'ai épousé. Mais je ne le vole pas dans son dos.

Le militaire demeure sceptique.

— Pourtant, quelqu'un le fait. Et quelqu'un de proche, en lien avec vos cousins.

La femme du concessionnaire se renfrogne. Elle hésite.

— C'est facile d'accuser… Je vais me renseigner.

Un silence se fait tandis que le gendarme jauge son interlocutrice. Ses yeux s'attardent sur le décolleté pourtant très sage du maillot de bain féminin. Elle s'en rend compte.

— Et Lerouge ?

La question est très ouverte mais il comprend à sa façon de détourner les yeux qu'elle sait très bien ce qu'il attend d'elle, une confirmation ou une infirmation de cette relation qui aurait poussé son mari à licencier le braconnier. Vanessa Vailly le défie alors à nouveau du regard, et le long silence qui s'installe a pour lui valeur d'aveu.

Un brusque accès de colère déforme le visage de Remangeon. Une bouffée de haine pure le traverse alors qu'il s'imagine le Bouc rouge avec cette femme trop belle pour lui. Ce n'est plus Irina Lerouge qu'il visualise agenouillée sur son canapé de cuir blanc, mais Vanessa Vailly, née Molhiardt, la brune aux seins lourds, au ventre plat et aux hanches lisses, au fessier rebondi et aux cuisses musclées. Son corps oscille au rythme d'un Bouc extatique et en nage, dont chaque coup de reins fait naître une ondulation dans la chair élastique et dorée de ses hanches qui vient ensuite mourir dans la pointe de ses épaules après avoir agité sa poitrine pesante. La bouffée de jalousie mêlée d'un désir sourd et animal qui s'empare alors du gendarme est si violente qu'elle lui donne la nausée.

Face à l'expression du militaire, à ses traits tirés et à son regard hagard, la femme perd de sa prestance et jette deux regards nerveux autour d'elle sans pouvoir contenir un léger pas en arrière.

Elle a peur de toi. Comme pour confirmer sa pensée, la voix féminine devient rauque, hachée :

— Il… il a tort. Il ne devrait pas fanfaronner et s'en prendre à toi. Tu… tu es trop fort pour lui.

L'accès de désir jaloux est refroidi par cette phrase soufflée par Vanessa Vailly. Une alarme retentit dans le crâne du Solognot. *Ainsi, elle est au courant de ça ?* Il se demande si elle voit toujours le braconnier en dépit des affirmations de celui-ci. Les mots de Lerouge résonnent en lui.

C'te sorcière !

La pensée qu'elle puisse être initiée, elle aussi, le traverse alors. Le major se concentre sur Vanessa Vailly avec une acuité nouvelle qui ne fait que renforcer le malaise de la brune décolorée face à lui.

— Je… Je n'veux pas d'ennuis avec toi… Laisse-moi… Je ne sais rien sur ces affaires de chasse.

Drôle d'appellation pour des actes de braconnage. Un lapsus au sujet des importations illégales de gibier de son mari ?

Il remarque alors une passe légère du pied gauche et une esquisse de geste de la main droite. C'est presque imperceptible et, l'instant d'après, il est tenté de se demander si ce n'était pas là quelque geste réflexe ou involontaire. Lorsque leurs regards se croisent à nouveau, il constate qu'elle a peur, qu'elle a compris que sa gestuelle de barrage ne lui a pas échappé. Le visage féminin se décompose. Elle n'a plus rien de la gérante sévère en tailleur rencontrée plus tôt.

Il comprend qu'elle dit la vérité au sujet des braconnages. Même si ses cousins sont impliqués, c'est sans doute aussi à son insu. Ce qu'elle cache, c'est sa nature véritable, ce lien non formulable entre elle, Lerouge et lui. Ce qu'elle redoute, c'est qu'il la considère comme une rivale, et qu'il décide d'agir en conséquence.

Le visage de son père lui revient en mémoire. Un visage silencieux et d'une dureté minérale. Jeune adolescent, il lui avait demandé une fois s'il connaissait d'autres rebouteux, s'ils se voyaient entre eux, s'ils étaient amis. Le vieux avait semblé prêt à lui dire quelque chose avant de se raviser. Son père s'était contenté de lui adresser un regard où ne se lisaient que la solitude et la mort, avant de tourner les talons sans un mot.

Le souvenir s'évanouit dans le bruit lointain d'un plongeon et il est confronté de nouveau au visage anxieux de Vanessa Vailly. *C'est une lutte à mort à présent, Fabrice*, lui a dit Delphine. Il comprend avec une pointe d'amertume que le discours de la sorcellerie est aussi un discours de la solitude et de la violence.

Tu es trop fort... Je ne veux pas d'ennuis avec toi...

Elle lui offre sa reddition. Remangeon sait ce que cela implique, il repense encore à Delphine, à son attitude lors de sa première visite à son élevage. Il sait qu'une partie non négligeable des nombreuses conquêtes attribuées à Tristan Lerouge sont authentiques. Il prend la mesure de son pouvoir naissant, ce sentiment de puissance grisant d'un côté, et effrayant de l'autre par la dose de manipulation qu'il implique.

Mécanisme du gourou. Du pervers. C'est ça que tu veux devenir?

Les yeux du gendarme couvent la femme du concessionnaire d'un désir nouveau. Une pulsion de possession totale. Elle lit à nouveau en lui et lâche dans un souffle chaud :

— Si tu veux… J'ai encore deux heures devant moi. Il y a une auberge au bout de l'avenue. Je connais la patronne. Nous aurons une chambre.

Il voudrait ne pas avoir entendu. Fabrice ferme les yeux pour essayer de forcer son esprit à se couper de la présence de cette femme que son subconscient ne cesse de cataloguer comme *dangereuse*. Le Solognot n'entend plus les voix lointaines des baigneurs ni les bruits d'eau déformés par la mauvaise acoustique des bassins. Tout ce qu'il perçoit, c'est la fêlure mille fois amplifiée de cette voix grave et sucrée l'entourant de toutes parts.

Lorsque Delphine s'est présentée sur le pas de la porte de son appartement au sein de la caserne, vêtue d'un pantalon de jean terreux et d'un pull-over détendu, un sac plastique au bout du bras droit, un fichu sur les cheveux, ils n'ont échangé que quelques mots. L'éleveuse lui a envoyé un texto laconique en fin d'après-midi pour le prévenir de sa visite après ses tâches du jour à la volière. Le message l'a mis mal à l'aise et il a essayé de se convaincre que c'était à cause de ce que Delphine projetait de faire ce soir-là, et pas à cause du regard sombre de Vanessa Vailly qui le hantait encore.

Fabrice l'a laissée entrer et lui a proposé une boisson chaude, mais son amie l'a surpris en réclamant plutôt du vin. Il conservait une modeste bouteille de blanc de Touraine dénichée au supermarché sans occasion précise en tête, ayant reculé devant le prix d'appellations plus prestigieuses que son goût peu prononcé et peu éduqué pour le vin n'aurait su justifier. Fabrice leur a servi un blanc cassis et ils se sont assis en silence autour de la petite table de cuisine, trinquant avec un sourire grave et profitant des dernières lueurs du jour à travers la fenêtre étroite. Le logement de fonction n'a pas usurpé son appellation et, en dehors d'être utile, il ne présente aucune particularité, aucun cachet, aucune esquisse d'approche esthétique. Fabrice n'a rien fait non plus pour l'embellir, et, même si Delphine avait voulu se lancer dans quelque remarque ou appréciation de son intérieur, il n'y a vraiment pas matière à cela.

Les deux amis ne pouvant trouver de sujet de conversation viable, le militaire s'est levé pour préparer le repas. Tagliatelles à la carbonara. Une fois attablés au-dessus de leurs assiettes chaudes, ils ont parlé du passé, de leur jeunesse commune, de leur ami Teddy, trouvant de façon instinctive un consensus affectif autour de thématiques qui ne sauraient les opposer. Ils ont même ri plusieurs fois à l'évocation d'anecdotes partagées, de quelques hauts faits d'adolescence ou de jeunesse qui pourraient paraître communs à d'autres mais qui sont choyés comme de petits trésors par ceux qui les ont vécus et partagés, leur mémoire sélective les polissant au fil des ans pour en augmenter l'éclat.

La gravité est revenue au galop avec la fin du repas. Fabrice et Delphine se sont levés de façon quasi spontanée pour débarrasser la table et faire la vaisselle, jouant des coudes, lui pour laver les assiettes et les couverts, elle pour les essuyer avant de les empiler avec soin sur l'étendoir à rigoles préformé dans la tôle inoxydable de l'évier. La nuit était tombée, laiteuse et luminescente. Nuit de pleine lune.

Delphine a souri à Fabrice, un geste plus chargé d'encouragement et de compassion que de joie ou d'amusement, avant de récupérer son sac plastique pour le poser sur la table. L'espace d'un instant, le militaire a pensé aux Gitans de la casse auto et à leurs colis de viande de gibier braconné vendus à la sauvette. Dans le sac de Delphine, un autre sac plastique, maculé de traînées rouges à l'intérieur, ainsi que des petites boîtes plastique de couleur bleue à couvercle transparent que l'éleveuse a sorties une par une pour les poser sur la table.

Elle le regarde à présent, semblant attendre quelque chose de lui. Remangeon peine à détacher son regard des boîtes d'épingles, frappé par de brusques réminiscences de son enfance. Il comprend alors ce qu'il y a dans le sac et un sentiment de gravité s'empare de lui. Il aimerait trouver cela ridicule, mais il réalise, non sans un certain effarement muet, qu'il n'y arrive pas.

Tu peux encore renoncer.

Face à son immobilité, Delphine l'interpelle :

— Tu n'as pas un plat ?

Fabrice lève les yeux sur son amie. Il sait qu'elle fait cela par amitié pour lui, qu'il n'y a chez elle aucune complaisance morbide ou cruelle à procéder à ce rituel.

Par amitié ou par amour ?

Le maître des lieux fait volte-face pour s'agenouiller devant un placard, troublé par ce questionnement. Un doute s'est insinué en lui depuis plusieurs jours, et il n'est plus certain de faire la différence entre ses perceptions ou ses projections et la réalité. Il se relève pour poser un plat en grès très clair sur la table, poussant les boîtes d'épingles et le sac plastique pour offrir une place centrale à l'objet.

Delphine acquiesce, satisfaite, avant de retrousser ses manches et de plonger ses mains dans le sachet pour en ressortir une masse de chair triangulaire où se côtoient le rouge foncé du muscle et le blanc jaunâtre de la graisse parcourue de crevasses. Elle pose le cœur de bœuf dans le plat avant de se tourner pour reposer les sacs plastique dans l'évier et s'essuyer les mains de façon sommaire sur un torchon de cuisine. La fille unique des Garennes tire ensuite une chaise pour se mettre à table, s'emparant d'une des boîtes plastique.

— Je sais que tu sais ce qu'il faut faire.

Remangeon observe les doigts de la femme avec une certaine fascination. Des doigts de travailleuse qui n'ont rien à voir avec ceux d'Élise mais qui n'ont pas encore tout abandonné de leur féminité, même quand il s'agit de s'emparer d'épingles pour les enfoncer dans la chair élastique et humide du cœur animal.

— Il y a cinq boîtes de deux cents. On peut pas s'tromper.

Le gendarme tire une chaise à son tour et s'assoit. Après un moment d'hésitation, ou d'absence, il s'empare d'une boîte pour en arracher l'étiquette de prix qui sert aussi à sceller le couvercle. Delphine lui jette un sourire bref par-dessus la table et le gros morceau de viande morte tandis qu'elle y enfonce ses premières épingles.

Remangeon plisse les yeux, en proie au doute. Il ne sait pas si Delphine est autorisée à participer, ou si elle a intérêt à le faire. C'est le genre de choses que son père aurait pu lui transmettre si Fabrice l'avait souhaité.

Lorsqu'il pique sa première aiguille, Remangeon hésite, ne se souvenant plus si son père les enfonçait entièrement ou non. Après une brève réflexion, son pouce appuie sur la tête d'épingle jusqu'à venir en contact avec la surface souple et humide du cœur de bœuf. Lorsque Delphine met de côté sa première boîte vide après quelques minutes, il réalise que le procédé n'est pas si laborieux que cela. Il est surtout surpris par son manque de réticence, son abandon à ce rituel et à son discours. Le gendarme est sans doute aidé en cela par l'après-midi qu'il vient de passer, à demi nauséeux en permanence, le ventre ballonné dès la fin du déjeuner, un poids mort sur l'estomac en dépit de la légèreté de son repas à base de crudités. Il s'est forcé à boire beaucoup d'eau minérale jusqu'à n'y trouver plus aucun goût, ni aucun plaisir, se demandant même au paroxysme de son désarroi et de son malaise si c'était là une forme de vengeance du Bouc pour sa rencontre fortuite avec la femme de Vailly. *Idée stupide sans doute née de la culpabilité.*

Il leur faut moins de vingt minutes à deux pour épuiser le stock d'épingles. Fabrice désigne d'un signe de tête les boîtes vides sur la table autour du plat.

— Tu veux garder les boîtes ?

Delphine acquiesce et Remangeon se lève pour chercher un faitout dans sa vaisselle sous l'évier. Tout ce qu'il a, c'est une cocotte-minute, et il la pose dans le bac vide de l'évier, avant d'y orienter le robinet et d'y faire couler de l'eau chaude à grand jet. Remangeon allume le plus grand feu de sa gazinière et y pose la cocotte-minute, une fois remplie. Delphine s'est approchée de lui et ils attendent la montée en température de l'eau, côte à côte.

— Je ne sais pas si tu aurais dû m'aider.

— J'ai été attaquée la première. J'étais déjà impliquée.

— Tu crois vraiment que ça va marcher ?

L'éleveuse se tait un long moment et il pense qu'elle ne va pas répondre, mais sa voix tombe avec une dureté inhabituelle :

— Quand tu as barré l'œuf, mes faisans ont été mieux, et toutes ses poules sont mortes. Peu importe que j'y croie ou pas. Les faits sont là.

Le Solognot ne répond pas et observe bientôt les bouillons qui naissent au fond du récipient en acier inoxydable pour venir agiter et percer la surface de l'eau. Il se retourne alors, s'empare du cœur de bœuf à pleines mains et le laisse couler dans le récipient en faisant attention de ne pas se brûler avec des éclaboussures. Il regarde ensuite autour de lui comme s'il cherchait quelque chose, lève la tête vers l'ampoule nue de sa cuisine, et fait trois pas jusqu'au mur pour éteindre la lumière. En passant près de Delphine, surprise, il lui demande de retourner s'asseoir. L'éleveuse s'exécute, observant le gendarme qui est resté debout devant sa gazinière, les deux mains jointes dans son dos, le regard fixé sur le contenu de la cocotte-minute.

Il faut le visualiser.

Fabrice se concentre sur son flanc droit, quelques centimètres sous les côtes, là où irradie le cisaillement aigu et intermittent qui le perturbe depuis plusieurs semaines. Comme pour lui répondre, une vive douleur se fait aussitôt sentir, insistante et glacée, plus longue qu'à l'accoutumée. Il enfonce trois doigts tendus dans la masse souple de son abdomen en grimaçant et en fermant les yeux, se forçant à rester concentré sur les masses viscérales de son foie, de sa vésicule ou de son pancréas.

Après un temps incertain, la douleur s'atténue et disparaît. Il ouvre les yeux sur les ombres dansantes de sa cocotte-minute dans la pénombre. La lune est désormais visible par sa fenêtre et déverse sa lumière en oblique dans le récipient, où l'eau s'est troublée, se chargeant de petits morceaux de viande ou de gras détachés du cœur. De légers « tics » métalliques se font parfois entendre lorsque les têtes d'épingle touchent les parois au gré des ballottements du gros muscle imposés par les bouillons. Les flammes bleues de la gazinière chuintent avec régularité dans la cuisine où leurs respirations sont à peine masquées par les gargouillis de l'eau en ébullition.

Le visage du braconnier finit par s'imposer au gendarme, se superposant à la surface mouvante de l'eau. Les petits yeux noirs du Bouc rouge le fixent et le défient depuis la masse en train de cuire, qui n'est plus celle d'un cœur de bœuf, mais celle d'une tête humaine. Remangeon est pris d'un bref instant de panique. Il réalise l'immense gravité de ce qu'il vient d'entreprendre, le caractère irrémédiable de son acte, marquant son destin d'un sceau dont il avait toujours refusé l'héritage jusqu'à présent.

Là, dans la cuisine du logement de fonction de cette petite caserne où il n'aurait jamais pensé se trouver, Fabrice Remangeon comprend que sa vie vient de changer, de façon définitive. Debout devant cette gazinière, il s'est engagé sur la voie du sorcier. Une voie faite d'ombres qui obscurciraient jusqu'au soleil, et de flammes moins naturelles que le plus bleu des feux de méthane. La vision du visage de Lerouge s'estompe sous la surface de l'eau agitée et la voix très rauque de Remangeon, chargée de sombres accents rappelant ceux de son père, matérialise sa pensée dans la pièce plongée dans la pénombre lunaire :

— D'ombres et de flammes.

Delphine lève la tête, surprise par les mots prononcés et par cette voix surgie d'outre-tombe. À cet instant, elle comprend qu'elle est en présence d'un Fabrice qu'elle ne connaît pas. Une peur brève mais intense lui noue alors l'estomac à l'idée qu'il pourrait se retourner et braquer ses yeux noirs sur elle.

La sexagénaire est sortie sur le pas de sa porte, les bras croisés sur sa poitrine, un gilet vite boutonné par-dessus sa chemise de nuit. Les premières nuits d'automne sont déjà fraîches et humides et elle tire sur les manches de son tricot avec ses poings pour tenter de protéger ses avant-bras encore tièdes de la chaleur de l'édredon. Mme Petit jette un œil méfiant en direction de la pleine lune, avant de s'avancer dans la courte allée gravillonnée qui la sépare du muret et du portail de sa propriété en bord de route départementale.

Une fois sur le bas-côté au goudron déchiqueté, elle se tourne en direction de la seule autre maison habitée du hameau des Tailles. Celle-ci est en retrait de la route, et en partie masquée par un boqueteau, une double haie bordant un chemin communal et un verger, mais la retraitée de l'Éducation nationale distingue des lumières bleues tournoyantes qui montent de la cour des Lerouge.

Les gendarmes. Ou peut-être les pompiers… ou une ambulance.

Elle est habitée par la curiosité grave de ceux qui voient le malheur s'abattre tout près d'eux mais sans les toucher, et par la conviction angoissante qu'il est arrivé quelque chose à Tristan Lerouge ou à son épouse, deux personnes qui, sans être des proches, lui sont devenues familières. Le premier, pour avoir été son dernier amant en date, une passade courte mais intense lorsqu'elle était arrivée aux Tailles et que Lerouge, de dix ans son cadet, lui avait fait une cour maladroite et brusque. Elle n'avait pas su résister, sans jamais vraiment savoir pourquoi, mais sans jamais le regretter non plus. La seconde, pour tous les liens que peuvent tisser deux femmes rapprochées par l'isolement de leurs habitations dans le tissu rural, à base de visites fréquentes, d'échanges de recettes ou d'ingrédients manquants, de petites courses faites pour l'une ou pour l'autre, d'échanges de nouvelles du bourg et de commérages. Mme Petit ne dirait pas qu'Irina est son amie car l'Ukrainienne est toujours restée secrète et assez renfermée depuis son mariage arrangé via Internet, mais c'est une voisine agréable et sans histoires. Elle ne sait pas non plus si celle-ci aime vraiment le braconnier, mais elle n'a jamais vu Irina en compagnie d'un autre, ou recevant des visites masculines en l'absence de Lerouge. Elle s'est parfois demandé ce que la femme de Lerouge a laissé derrière elle, là-bas dans l'Est, pour se satisfaire sans amertume d'une telle solitude sans attraits ni avenir pour une femme encore jeune, et plutôt jolie.

Mme Petit attend, anxieuse, de nombreuses minutes sur le bord de la route. La fatigue qui lui collait aux jambes et alourdissait ses pensées il y a encore un quart d'heure a fini par s'évaporer dans la nuit tronquée de cette pleine lune. Même s'il n'est que quatre heures, elle sait que, si elle se recouche, elle ne se rendormira pas. Un bruit de moteur attire son attention. Un faisceau de phares en mouvement, puis un véhicule de couleur claire dans le chemin des Lerouge, surmonté d'un gyrophare bleu. La voiture quitte le chemin, balayant le visage pâle de la retraitée de ses phares.

Lorsque l'ambulance du SAMU passe en grondant devant sa maison, Mme Petit se demande qui, de Tristan ou d'Irina Lerouge, se trouve à cet instant dans le brancard du véhicule. Elle est tentée de retourner à l'intérieur pour appeler chez les Lerouge et en savoir plus, mais elle y renonce, effarouchée par sa propre curiosité en cet instant. La retraitée referme son portail, rentre chez elle et verrouille sa porte. Quelques minutes plus tard, les lumières de l'étage s'éteignent tandis que, chez les Lerouge, le gyrophare des pompiers, appelés d'abord, continue de tourner en silence dans leur cour, lançant ses reflets sur la toiture de la maison et les tôles du hangar.

Assis sur son lit, Fabrice Remangeon consulte un site Internet privé de géolocalisation sur sa tablette. Le point placé sous surveillance ne s'est pas déplacé et demeure centré sur la position des établissements *Cass'41*. Le major avait fait une demande auprès de la Brigade de recherches pour obtenir une balise GPS mais celle-ci lui a été refusée, sans grande surprise. Le commandant de brigade n'a pas insisté, ne souhaitant pas dévoiler toutes ses cartes, tels ces clichés et ces enregistrements réalisés avec Freysse à la casse, craignant de se faire damer le pion au dernier moment. Une fois l'enquête bouclée, rien n'empêcherait la BR de s'attribuer les mérites des interpellations en arguant du rôle clef joué par la balise et de l'information judiciaire qu'ils requerraient en leur nom auprès du juge, reléguant Remangeon et les hommes de sa brigade au rang de simples « informateurs ». *Déjà vu.*

Le Solognot a acheté un pisteur GPS sur Internet avec ses fonds propres, souscrivant un abonnement sous un faux nom pour suivre les évolutions de cette balise pirate. Freysse, déguisé en mécanicien du dimanche, l'a ensuite placée sur le 4 × 4 à benne des braconniers à l'intérieur de la casse, sous la surveillance active de Remangeon, posté sur le même talus que lors de leur première visite. En liaison via leurs téléphones portables, le jeune gendarme a joué son rôle à la perfection, ignorant juste qu'il était en train de poser une balise non autorisée, ce que lui a révélé Fabrice tout de suite après, afin de s'assurer son silence sur cette partie de leur sortie du jour, ainsi que sur les surveillances à venir liées à cette affaire. Le blond n'a pas pris ombrage de cette manipulation, semblant comprendre d'instinct qu'une fois la barrière du cynisme et de la malveillance franchie, les lois et les juges étaient eux-mêmes instrumentalisés pour devenir les meilleurs alliés des criminels. D'une certaine façon, *la fin justifiait les moyens*, selon l'expression précise de Remangeon :

— Il suffira de faire semblant de tomber sur eux par hasard au cours d'une patrouille nocturne, et de se débarrasser du mouchard. Ce n'est pas interdit d'avoir de la chance, avait conclu le Solognot avec un sourire féroce.

Fabrice a pris un risque, il le sait. Si Freysse confie à de Freitas ou à Geretz cette entorse aux procédures, il ne se fait guère d'illusions sur la suite : l'adjudant fera remonter l'information à la Légion et ils se débarrasseront de lui pour de bon. Il est hors de question qu'il se contente de ronronner jusqu'à sa retraite dans des affaires de chiens écrasés ou de clôtures arrachées de peur de déplaire à la hiérarchie. *Si mon destin est ailleurs, qu'il en soit ainsi.*

Remangeon éteint sa tablette. Les braconniers lui ont offert un peu de répit mental tout au long de la semaine, mais une fois confronté à lui-même et au vide silencieux de son appartement, il repense à nouveau à elles. Ses femmes qui gravitent dans son orbite émotionnelle. Ces pôles d'attraction et de répulsion.

Delphine. Son amie d'enfance, sa première fois.

Ton premier amour.

Combien d'années s'est-il menti à lui-même à son sujet ? Il comprend aujourd'hui qu'il aimait la fille des Garennes du temps de leur jeunesse mais qu'il était juste trop idiot, trop jeune, trop immature, pour se l'avouer alors. À dix-huit ans, on prend tout très au sérieux, mais on croit au fond de soi que rien n'est grave. Il avait cru normal et sans conséquences qu'elle s'efface devant Élise. *Personne ne pouvait rivaliser avec Élise.* Pour la première fois de sa vie, Fabrice a pris conscience au cours des dernières semaines quelle blessure intime sa rencontre avec sa future épouse avait pu être pour Delphine si jamais celle-ci avait éprouvé des sentiments pour lui, ce que son comportement récent confirme. Ce constat ne cesse de le remplir de culpabilité, d'amertume et de nostalgie.

Elle ne t'aurait pas abandonné, elle.

Pourquoi, Élise ? Pourquoi ?

Présente partout dans ses souvenirs, sa femme demeure la grande absente de cet été de retrouvailles avec sa région natale. Non seulement il n'a rien découvert sur elle, rien mis au jour, mais il a été surpris du faible nombre de personnes qui ont évoqué son épouse disparue depuis son retour. Les replis du temps l'ont déjà ensevelie, elle ne manque plus à personne en dehors de lui. Sa femme n'a laissé aucun souvenir mémorable, positif ou négatif, chez les gens de sa région.

On pourrait croire qu'elle n'avait jamais existé.

Est-ce à cause d'Irina ?

Parfois, il est pris de bouffées d'angoisse pure où il s'imagine que si personne ne lui parle d'Élise ou de sa disparition, c'est parce qu'ils savent tous où elle se trouve. *Chez Lerouge. C'te bonne blague.* Et lui, le mari abandonné et trahi, il est le seul à ne pas l'avoir encore compris, ou à ne pas vouloir l'admettre. Comme toujours, il n'est de pire aveugle que celui qui se refuse à voir.

Ta vie serait-elle un mauvais boulevard, Fabrice ?

Rien que pour cela, il ne ressent aucun remords concernant le braconnier. Le seul élément relatif à Tristan Lerouge auquel il pense de plus en plus souvent, c'est sa veuve. Cette Ukrainienne désormais seule et isolée aux Tailles. Cette femme qui ressemble tant à Élise, qui pourrait être Élise, qui est sans doute Élise, et qui ne peut plus compter sur le braconnier pour la soustraire à ses questions légitimes, à son droit de savoir.

Pourquoi m'as-tu abandonné ? Pourquoi m'as-tu laissé dans le doute et la souffrance perpétuelle du manque toutes ces années ? Pourquoi continues-tu cette parodie grotesque d'amnésie ? Que t'ai-je donc fait pour mériter un tel supplice ?

Il va aller la voir, il le sait. Il y pense en permanence, quoi qu'il fasse, où qu'il se trouve. Il n'a pas cessé de le faire depuis une semaine, depuis les obsèques de Tristan Lerouge. Il se lève, résolu.

Il est temps de dénouer les liens du destin.

Le Solognot quitte son domicile, récupère son véhicule personnel et laisse la caserne pour traverser le village, presque désert à la nuit tombée. Les habitants les plus frileux ont déjà rallumé leurs cheminées face à la chute rapide des températures nocturnes. Là, dans l'habitacle familier de ce véhicule qu'il possède depuis plus de huit ans, où le volant et le siège se sont coulés à sa physionomie, aux senteurs mêlées aux siennes, à celles de ses activités, où ses gestes de pilotage sont devenus automatiques, ce n'est plus à Delphine, à Élise ou à Irina qu'il pense, mais à Vanessa Vailly. C'est lourd de ses pensées focalisées sur la brune décolorée qu'il a effectué le dernier voyage depuis Romorantin, sa voiture en a gardé le souvenir et s'est imprégnée de la présence de cette femme contradictoire aux contours flous et changeants.

Il essaie de chasser la Gitane de ses pensées, comme il l'a déjà fait à plusieurs reprises. Il a pris conscience que son émoi est de type adolescent, quand l'amour est une fascination et une projection sur une personne qui n'a souvent rien demandé. On y traverse des journées successives sans fin avec une image obsessionnelle de l'autre en tête. Il sait qu'il n'éprouve pas d'amour pour Vanessa Vailly, mais pourtant elle le hante.

Parce qu'elle est dangereuse, et qu'elle titille tes pulsions suicidaires.

À mi-chemin de la route des Tailles, il repère à l'horizon la masse sombre du corps de ferme des Garennes. La propriété des Alapetite fait renaître en lui ce sentiment de culpabilité diffus et aux contours fluctuants qui le taraudait dans la solitude de son appartement.

Arrivé au hameau où vivait Lerouge, il remarque la lumière chez

Mme Petit, l'ancien professeur de sciences physiques. Le major s'engage ensuite dans le chemin des Lerouge.

Et si elle n'est pas seule ? Elle a peut-être de la famille avec elle ? Des proches d'Élise que tu connaîtrais déjà ?

Remangeon coupe ses phares devant la longère d'Irina Lerouge. La cour est vide, le 4 × 4 du braconnier et une petite citadine rouge sont garés sous le hangar. Une lumière, qui doit être celle de la cuisine, est allumée. Alors qu'il se trouve à mi-chemin de la porte d'entrée, le rideau s'écarte, laissant apparaître un long visage blême qui le fixe sans émotion. Le tissu retombe et, lorsqu'il lève la main pour frapper ou sonner après un moment d'hésitation vertigineuse, la porte d'entrée s'ouvre, révélant une Irina Lerouge en jean et en pull à grosses côtes de couleur écrue, ses cheveux blonds tirés en un chignon haut sur son crâne, les traits fatigués, les yeux inexpressifs sur des cernes noirs et marqués. Il ne se souvient plus si c'étaient là les traits d'Élise lorsqu'elle allait mal. Une odeur de tabac imprègne le corridor d'entrée, indice des cigarettes fumées à la chaîne à l'intérieur de la maison plutôt que d'une consommation récente.

— Je me demandais quand est-ce que tu allais venir.

Fabrice reste un instant figé sur le seuil, paralysé par la tension dégagée par cette phrase lourde de sous-entendus, même si la voix de la femme de Lerouge ne lui est pas familière. Le « r » de son dernier mot trahit un reste d'accent de l'Est, une de ces séquelles linguistiques dont il est difficile de se défaire.

— Élise…

Elle fronce les sourcils.

— Pourquoi est-ce que tu m'appelles Élise ? Je m'appelle Irina.

Elle a mis dans la prononciation de son prénom tout ce qu'il reste de sa fierté d'Ukrainienne et Fabrice se demande s'il serait facile d'imiter cet accent, si Élise en aurait été capable. *En serait capable.* Face au mutisme du gendarme, elle lui dit sèchement :

— Entre.

Elle s'écarte pour le laisser passer et jette un œil nerveux au-dehors.

— Laisse pas ta voiture au milieu de la cour. Va la garer sous le hangar. La prof me surveille.

Le Solognot s'exécute sans réfléchir à l'étrangeté de la situation, ou à celle de la demande de la veuve. Lorsqu'il revient dans le vestibule, la maîtresse de maison a disparu. Il referme la porte derrière lui et la voix d'Irina lui demande alors depuis une autre pièce de fermer à clef. Le trousseau surchargé tinte dans les mains du gendarme et un clac métallique résonne dans le vestibule. Fabrice s'avance ensuite de quelques pas, laissant la cuisine sur sa droite et une porte fermée sur sa gauche. Il passe un escalier et découvre une salle à manger obscure continuée par un salon allumé donnant sur une baie vitrée. Son corps tressaille lorsqu'il reconnaît le sofa où le couple Lerouge faisait l'amour et le téléviseur à écran plasma qui le cachait, de l'autre côté de la vitre, dans la tiédeur de la nuit estivale.

Irina se tourne vers lui, un verre de vin à ses lèvres, un autre tendu à son intention.

— Je bois trop depuis que je suis seule. Je bois et je fume. Ça se sent, non ?

Fabrice se demande si la femme de Lerouge est en proie à une forme de dépression, ou si ce détachement aux accents tristes est naturel chez elle. Il accepte le verre et en boit une longue gorgée. Le vin de bonne qualité lui chauffe l'œsophage.

— Alors, gendarme, la vue te plaît ? Tu préfères vu d'ici, ou vu de dehors ?

Remangeon ne répond pas et vide son verre. L'absurdité de la situation lui saute au visage et il refrène une envie de s'enfuir sans même un mot d'explication. Irina n'attend pas de réponse de sa part. La blonde pose son verre vide sur un guéridon décoré d'un napperon brodé et vient se planter devant lui, détaillant son visage, puis son torse, cherchant à apprécier sa charpente sous le haut de survêtement de l'armée. Sa main gauche vient ensuite se plaquer contre l'entrejambe du Solognot, palpant sans pudeur le paquet génital à travers le coton souple du vêtement de sport.

— Je parie que tu t'es branlé en pensant à moi après, non ?

L'homme voudrait protester et il grimace, envahi par le dépit face à l'attitude de la blonde. Il se demande si elle est ivre, mais réalise que ni son regard ni son haleine ne montrent de signes d'une alcoolisation importante.

Peut-être le mélange de vin et de médicaments ? Des anxiolytiques ?

La main d'Irina malaxe son sexe de façon mécanique sans que la jeune femme le quitte des yeux, et sans que l'expression de son visage change beaucoup. *Toujours cette lassitude dans le regard.* La main du gendarme vient s'emparer du poignet de l'Ukrainienne, mais celle-ci résiste, bloquant son bras et retroussant ses lèvres dans un geste de colère méchante.

— Tu n'es pas venu pour ça, peut-être ? Tu t'es battu avec Tristan pour me voir, tu m'appelles comme ta femme, tu es venu regarder en cachette quand mon mari me baisait et maintenant qu'il est mort, qu'on dit que tu l'as tué, tu viens chez moi à la nuit tombée. Maintenant que nous sommes seuls, tu as peur ?

Il relâche son emprise sur le poignet délicat de la maîtresse de maison, sonné par ses invectives, dubitatif quant à ses propres motivations.

C'est juste ça, alors ? Un désir physique né de la ressemblance ?

Le visage de Vanessa Vailly s'impose à lui, à nouveau, dans une réminiscence en forme de flash. Son corps souple et humide à la piscine. Sa démarche de louve.

Tu es devenu une bête, Fabrice.

Le Solognot sait que ce n'est ni la haine ni la peur qui motivaient son animosité envers Lerouge, mais bel et bien la jalousie. Celle-ci puisait dans une rivalité de famille, dans un affrontement entre le gendarme et le braconnier, mais surtout dans un ressentiment rageur, violent et irrémédiable de voir l'autre aux côtés d'une copie conforme de celle que lui avait perdue.

Sans Irina, Lerouge serait toujours en vie.

Irina glisse sa main sous l'élastique du survêtement. Ses doigts aux ongles durs et pointus viennent en contact avec son membre, le décalottent et écrasent quelques gouttes de liquide séminal contre le poignet féminin en descendant vers la paire de testicules chauds et velus. Remangeon ferme les yeux et grogne sa satisfaction lorsqu'elle les lui presse contre ses paumes. Son souffle se fait court et bruyant. Les doigts froids de l'Ukrainienne remontent former une couronne autour de sa verge et lui impriment alors des mouvements saccadés de haut en bas. L'élastique trop tendu la gêne et elle s'écarte pour tirer sur le pantalon de son visiteur d'un geste sec des deux mains, avant de baisser à mi-cuisses le boxer blanc, découvrant le pubis noir et fourni du gendarme, délivrant son érection qui ondule alors avec mollesse entre eux deux.

Irina baisse les yeux sur le membre masculin avant de le reprendre en main pour lui imprimer plusieurs mouvements rapides et brusques de haut en bas qui finissent de le gorger de sang sous pression. La blonde se coule alors contre le major, lui soufflant dans l'oreille :

— La sienne était plus grosse.

Il réprime une brusque envie de la gifler et de la faire taire, non pour cette provocation, mais parce que chacun de ses gestes ou de ses mots résonne désormais comme une insulte à la mémoire d'Élise.

Jamais elle ne se serait vautrée dans une telle vulgarité sordide.

Remangeon pose ses deux mains sur les bras de la femme du braconnier, juste au-dessous des épaules. Il la fait pivoter, sans ménagement, et la pousse contre l'accoudoir du canapé, la forçant à s'y pencher. Il glisse ensuite une main sous elle pour dégrafer son jean en soufflant tandis qu'elle affiche un petit sourire victorieux et ironique qu'il ne peut voir.

Le gendarme comprend que c'est pour ça qu'il est venu. *Pour la prendre en levrette dans son canapé, de la même façon que j'avais surpris Lerouge en train de la besogner alors qu'elle m'avait vu et qu'elle n'avait rien dit. Parce que depuis ce soir-là cette vision et son regard ne cessent de me hanter.*

Mais pourquoi ?

Ils n'avaient pas grand-chose à se dire avant, et en ont encore moins à partager après. Fabrice boit un second verre de vin, elle son troisième ou quatrième, accompagné d'une nouvelle cigarette. Elle est absente pour de bon désormais, et lui trop honteux pour la regarder en face. Fabrice se lève, Irina produit un effort de volonté pour lui demander s'il reviendra, et il ne sait rien répondre de mieux qu'un « je ne sais pas » lugubre.

Une fois dans sa voiture, il sait que non. Empli d'un sentiment de culpabilité nauséeuse et de vide glacial, le gendarme comprend qu'il vient de s'aventurer dans la relation sexuelle la plus sordide de sa vie.

Irina n'est pas Élise. Elle ne l'a jamais été.

C'est pourtant Élise que tu viens de baiser !

Il enfouit son visage dans ses mains, des larmes acides n'arrivant pas à perler de ses yeux rougis par la honte et le désespoir. Il n'a pas fait l'amour à l'Ukrainienne, il l'a prise comme un soudard, avec violence, sans aucune tendresse. Sans aucun respect. Cherchant même à lui faire mal, à la pilonner de toutes ses forces, l'empoignant sans ménagement par les bras, y laissant des marques rouges. Ses doigts se sont refermés, l'espace d'un instant bref mais effroyable, sur la nuque de la blonde, autour de son cou. Il l'a forcée à se redresser, augmentant son étreinte, lui soufflant dans l'oreille tandis qu'elle se débattait à peine, soumise ou résignée, respirant avec difficulté.

— Élise. C'est toi, Élise.

À cet instant, il n'était plus aux Tailles avec la veuve de Lerouge, mais avec son épouse.

Je voulais qu'elle paie. Je voulais qu'elle meure.

Remangeon redresse la tête et démarre son véhicule. D'un coup d'œil rapide à son rétroviseur central, il réalise que, ce soir-là, il arbore le masque de la Mort et de la Vengeance.

Une fois rentré à la caserne dans son F2 sans joie, le major reste assis vingt ou trente minutes à sa table de cuisine, hébété par son propre aveuglement volontaire au sujet de la femme de Lerouge.

Élise a disparu. Je ne la reverrai sans doute jamais.

Enfin lucide, le Solognot est broyé par la compréhension que ce piège affectif n'était sans doute qu'une digue sommaire qu'il s'est bâtie pour essayer de ne pas voir que la perte d'Élise était définitive.

Luttant contre l'inertie doucereuse qui le gagne, Remangeon s'arrache à sa chaise et se traîne jusqu'à la salle de bains où il se déshabille avec lenteur, répugnant à baisser son pantalon de survêtement où ces mains étrangères et illégitimes se sont aventurées. Il se glisse dans la cabine de douche pour tenter de se débarrasser du souvenir de la peau d'Irina et ne pas céder au désespoir. *Pas tout de suite.* En posant un pied dans le bac de douche froid et dur, il pense à son arme de service.

Fabrice en ressort dix minutes plus tard, l'épiderme rougi et fumant. Alors qu'il se rend vers sa cuisine pour se préparer une infusion, une serviette de bain sur les reins, une ombre se déplace en périphérie de son champ de vision. Elle prend la direction de sa chambre. Il tourne la tête et reste immobile quelques secondes. Face à l'absence de bruit ou de nouveau mouvement, le militaire fait quelques pas en direction de l'évier. Il s'empare de son opinel et revient vers sa chambre en longeant le mur, le couteau levé au-dessus de son oreille.

Pas de conneries.

Il se penche dans l'ouverture avec précaution et décèle une ombre plus profonde que la pénombre de sa chambre. Quelqu'un est assis sur son lit et lui tourne le dos. Le militaire hésite sur la façon d'interpeller l'intrus mais une voix sépulcrale le prend de court :

— … Fab…

Rien qu'un souffle indistinct, à peine articulé, mais Remangeon est paralysé par la surprise, l'incompréhension, l'incrédulité et la peur. Il articule, presque contre sa volonté :

— Teddy ?

Alors que ses pupilles cherchent avec nervosité à identifier les contours familiers de son ami, la forme se délite et se dilue dans l'obscurité de la pièce. Après quelques secondes, le gendarme ne peut rien déceler d'autre que les zones d'ombre habituelles de sa chambre à coucher. Il se penche dans l'ouverture pour tendre une main vers l'interrupteur et constate qu'il n'y a personne.

Le téléphone.

Remangeon tend la main à travers la pénombre où il a passé une bonne partie de sa journée, prostré sur son lit, dans sa sueur rance et ses vêtements fripés, vidé de toute volonté, écœuré de tout, écœuré de lui. À la suite de sa frayeur de la veille, il a repensé à son rêve au cimetière, et à l'insistance post mortem de la figure de son ami d'enfance.

Pourquoi Teddy me hante-t-il à ce point ?

Il porte l'objet à son oreille. *Delphine.*

— Fabrice ?

— Oui.

— Pourquoi tu ne réponds pas ? Je t'ai laissé plusieurs messages.

Il n'a plus la force de mentir.

— J'avais pas envie de parler.

— Ça ne va pas ? Tu es toujours malade ?

Le major dirige une main vers son abdomen apaisé. Il ne ressent plus aucune douleur depuis plusieurs jours.

— Non, ça va mieux. J'ai plus mal, en fait.

L'hésitation de son amie est presque palpable dans le court silence qui suit.

— Tu m'en veux, ou tu t'en veux ?

— De quoi ?

— Pour Lerouge.

Fabrice lui réplique d'une voix cassante :

— Et pourquoi je devrais m'en vouloir ? Il a fait une crise cardiaque.

Une nouvelle pause. Delphine essaie de passer outre à l'agressivité latente de son interlocuteur mais l'espace d'un instant elle est prête à raccrocher et à abandonner. Leur relation évolue de plus en plus vers une impasse, un mur d'incompréhension infranchissable, et une immense lassitude s'est emparée d'elle. *Le père Remangeon s'est trompé, voilà tout.*

Le gendarme interrompt le cours de ses pensées par une question saugrenue :

— Tu connais un vieil arbre ? Un arbre aux ours ?

— Un arbre aux ours ?…

— Oui.

Delphine hésite à nouveau, se demandant si le militaire n'est pas en train de perdre pied, et un soupçon de culpabilité se répand en elle à cette pensée. Elle est consciente de son rôle joué auprès de Fabrice pour qu'il s'engage sur une voie qu'il avait toujours refusée jusque-là. Il est des zones d'ombre et des retranchements dans lesquels il ne faut pas forcer certaines personnes, sous peine de voir leur équilibre instable basculer de façon irrémédiable.

Et s'il n'était pas comme son père, finalement ? Parfois, le sang dévoie.

— Pourquoi cherches-tu cet arbre ?

Un long silence.

Que lui dire ? La vérité.

— Je… pense beaucoup à Teddy ces temps-ci. J'ai rêvé de lui. Il m'en a parlé. Cela aurait un rapport avec Élise.

Un nouvel arrêt. Fabrice peut sentir la crainte froide et distante qui s'est insinuée le long du fil immatériel de leur conversation. Un flux glacial traverse l'agricultrice, soudain consciente qu'elle est peut-être en train de parler à un homme ayant perdu la raison. Elle tente de dissimuler la panique qui s'installe en elle :

— Teddy ? Élise ? Un arbre aux ours ?

— Oui.

Elle ferme les yeux.

— Qu'est-ce qu'il t'a dit exactement ? Dans ton rêve.

— Qu'elle était là-bas.

Fabrice hésite à lui parler de sa rencontre au-delà du mur du cimetière, puis de sa vision de la veille. Teddy dans sa chambre. *La fatigue ? Une hallucination visuelle ?*

Il n'est plus certain d'avoir vraiment vu ou entendu quelque chose. Peut-être que l'ombre et son propre nom ne s'étaient formés que dans son crâne.

La voix de son amie se fait calme et douce :

— Le chêne Martin ?

Remangeon se redresse dans son lit, frappé par un souvenir de ce chêne séculaire. Un arbre massif et touffu au tronc colossal d'où rayonnent des branches basses et horizontales.

Oui, le chêne Martin… L'arbre où l'on aurait pendu les derniers ours au Moyen Âge…

Il y avait emmené Élise au tout début qu'ils se fréquentaient. Elle voulait découvrir sa région et l'arbre figurait, aux côtés de la fontaine antique, dans la liste réduite des curiosités touristiques locales. Fabrice ferme les yeux pour essayer de se nourrir encore un peu du sourire de sa femme et du soleil dans ses cheveux ce jour-là, mais il constate, effaré et désespéré, que le temps a flouté ces précieux instants, et c'est tout juste s'il parvient à reconstituer les traits de son épouse à cette époque, alors qu'elle n'était encore qu'une étudiante. Il a l'impression qu'il confond son visage avec celui de photographies plus récentes, et ce constat le remplit d'une colère froide et amère.

L'éleveuse perçoit son trouble et son agitation naissante.

— Il n'y a rien là-bas, Fabrice. C'est au milieu des bois.

Remangeon est foudroyé par la phrase anodine de son amie. En même temps qu'il visualise la clairière isolée où se dresse le chêne, le visage tuméfié par l'alcool de l'oncle de Teddy s'impose à lui. La voix du vieil homme s'élève à nouveau, encore plus sinistre que lors de leur rencontre chez lui :

(…) les deux braconniers prennent peur. Y veulent pas aller en prison. Ils jettent l'auto dans une mare. Et enterrent eul' corps dans la forêt sous un vieil arbre (…).

Le visage du militaire devient livide et ses forces l'abandonnent. Il est pris d'un léger vertige et d'une sensation nauséeuse.

Non !

Il comprend qu'il vient enfin de mettre le doigt sur l'élucidation de l'énigme qui a fait de sa vie un enfer depuis dix ans. Il sait alors qu'Élise est morte, et une vague de désespoir sans fin balaie son esprit fatigué. Des larmes brouillent sa vue et il doit crisper les doigts pour ne pas laisser échapper son téléphone.

— Fabrice ?

— Oui, je sais ! aboie le gendarme.

Delphine a besoin de plusieurs secondes pour comprendre qu'il vient de répondre à sa remarque sur l'isolement du chêne Martin. Elle voudrait tellement l'aider mais elle ne sait plus comment le lui proposer. Sa propre impuissance l'angoisse.

Il va raccrocher, et peut-être que tout sera fini entre nous.

Après de longues secondes, l'agricultrice prononce les mots que le militaire attendait, sans le savoir :

— Tu veux que je vienne avec toi ? Tu veux qu'on y aille ?

L'éleveuse regrette aussitôt sa proposition, certaine d'essuyer un nouveau refus qu'elle craint de ne pas pouvoir supporter. La voix du gendarme tombe, rocailleuse et traînante :

— Oui. S'il te plaît.

Delphine et Fabrice ne se sont presque rien dit pendant toute la durée du trajet. Lorsqu'ils ont refermé les portières de la voiture, garée à l'entrée d'un vaste chemin forestier boueux à l'extrémité d'une route départementale exiguë au goudron troué, les deux ont frissonné de concert, la température étant tombée de plusieurs degrés depuis leur départ. Comme souvent en fin d'après-midi dans ces bois aux sols détrempés, la brusque chute du mercure a condensé l'humidité ambiante, créant une brume du soir qui s'attarde dans les prairies et se coule dans les chemins creux, donnant à la forêt un aspect inhospitalier qui pousse les agriculteurs à rentrer chez eux et les bêtes à se regrouper dans les prés.

Deux lourdes détonations de carabine ont résonné au loin à leur sortie de la voiture, avant que ne retombe un silence feutré et chargé d'humidité pénétrante sur cette fin de journée d'octobre à la lumière déclinante diluée par les brumes crépusculaires. Pour les chasseurs aussi, il est l'heure de sonner la fin de traque et de retourner aux voitures les mains dans les poches en rentrant le cou dans les paletots, la tête basse, les jambes lourdes, l'arme pesant de tout son poids sur sa bretelle, la vapeur d'eau des respirations bruyantes ou les volutes de fumée de quelques cigarettes venant s'ajouter au brouillard qui enveloppe les silhouettes et étouffe leurs conversations.

Le chemin forestier se fait plus étroit après quelques centaines de mètres et Delphine a pris la tête, évitant les ornières les plus profondes, là où croupit une eau gluante aussi noire que glacée, avançant du pas sûr de la femme habituée à ses bottes de pluie aux plis familiers tandis que, derrière elle, Remangeon traîne ses rangers encombrées de terre collante, sa pelle pliable et sa lampe torche modèle militaire battant ses hanches. Elle ne se retourne pas, elle sait qu'il suit et qu'il est inutile désormais de prétendre à une conversation, aussi réduite soit-elle. Vingt minutes de marche sont requises pour gagner le chêne Martin, mais Fabrice a l'impression qu'ils cheminent depuis au moins une heure à travers bois lorsqu'ils débouchent enfin sur la clairière. En son centre s'élève un arbre qui ne correspond plus tout à fait à la vision conservée dans la mémoire du gendarme.

La plupart de ses branches sont mortes, vides de feuilles et à l'aspect quasi minéral, tandis que son tronc creux a été rempli de ciment. Un grillage bas ceinturant le vieux chêne interdit désormais de s'en approcher de trop près, et le militaire éprouve un sentiment de répulsion et de tristesse mêlées à la vue de cette carcasse géante maintenue en vie par la main d'un homme qui a substitué aux manifestations du sacré des points numérotés sur une carte de l'office du tourisme local. Remangeon lève la tête sur le vieil arbre qui a connu la guerre de Cent Ans, les loups et les ours dans sa forêt touffue et sale, les meutes de chiens poursuivant de vieux sangliers efflanqués de dix ans aux grès redoutables qu'achevaient à l'épieu des gaillards aux gros poings calleux presque aussi coriaces que leurs pourpoints de cuir.

— Ils auraient mieux fait de le laisser s'abattre avec tout le fracas dû à son rang…

Delphine observe le géant moribond en silence, hermétique. Fabrice s'approche ensuite du pied de l'arbre, enjambe le grillage pour venir scruter de près les ravines innombrables de l'écorce du chêne presque millénaire, à la recherche de signes, d'indices, peut-être d'inscriptions. L'éleveuse en profite pour faire le tour de la clairière, sans hâte, jouissant de cet instant unique où la nuit tombe sur la forêt en quelques minutes, appréciant d'être seule avec Fabrice quelles que soient les circonstances. Elle repère des girolles et s'en va les cueillir, pensant à une omelette possible en tête à tête avec le gendarme. *Les choses pourraient être si simples.*

Lorsque Delphine revient vers Remangeon, celui-ci est ressorti du cercle grillagé et observe le chêne, impuissant et frustré. *Pas facile de trouver quelque chose dont on ignore la nature.* Pourtant il sait, il sent, qu'il y a quelque chose. *Un nœud à délier.*

— Alors ?

Il hausse les épaules.

— J'ai trouvé des girolles. On pourrait préparer une omelette.

— Tu as vu quelque chose de particulier ? Dans l'arbre ou autour ?

C'est à son tour de se montrer hésitante ou incertaine. Elle lève la main en direction du sous-bois où elle a ramassé les champignons.

— De là-bas, on voit une sorte de creux carré. Devant l'arbre.

— Un creux carré ?

Elle hoche la tête et Remangeon se dirige vers l'endroit qu'elle lui a indiqué. Après quelques instants, il revient en courant, les traits tirés et pâles, la mâchoire serrée. Fabrice détache sa pelle et la déplie, avant de commencer à creuser avec obstination, essayant de ne pas penser, se forçant à faire de son esprit une page blanche pour ne pas hurler par anticipation. Dans son dos, l'éleveuse ne dit rien et le laisse faire, sursautant presque lorsque la voix du gendarme coupe l'obscurité glaçante qui s'installe autour d'eux, ponctuant ses efforts.

— La terre s'est tassée avec le temps… C'est pour cela que ça forme un creux… C'est courant… Il faudrait une dameuse pour que ça se voie pas après des années…

L'éleveuse reste silencieuse. *Il ne s'adresse pas à moi. Il est ailleurs.*

La nuit tombe et Remangeon allume sa torche pour éclairer le fond du trou qu'il s'acharne à creuser avec une régularité de robot, insensible à la fatigue, méprisant les futures courbatures qui l'assailliront dès le lendemain. Lorsqu'il met au jour une couche meuble aux marbrures blanchâtres, faite de terre mêlée de chaux, à quatre-vingts centimètres de profondeur, son cœur se serre et sa vue commence à se brouiller sous l'effet de l'émotion. Les coups de pelle se font rageurs, la colère et l'angoisse remplaçant la détermination, ponctués de râles ou de grognements qui forcent Delphine à le regarder, à se demander si les bêtes rôdant peut-être au-delà du cercle de la clairière ne vaudraient pas mieux que celle qui s'agite au fond de son trou.

Une pluie fine fait son apparition et Delphine dégage la capuche de son K-way fripé. Le gendarme ignore les gouttes froides qui contaminent peu à peu le dos de son vieux sweat-shirt au coton épais. Après quelques minutes, il fait noir tout autour d'eux et le profil pâle de Remangeon se pare de traits inquiétants dans le faisceau de sa lampe torche. Un bruit sec s'élève du fond du trou. La pelle a rencontré quelque chose. Le Solognot fouille avec ses mains avant de se recroqueviller au fond du trou en position quasi fœtale. Son dos est traversé d'ondes spasmodiques mais sans qu'aucun son ne sorte encore de sa bouche. C'est l'instant où la douleur est indicible, inhumaine.

Après de longues secondes où Delphine reste désemparée, la voix du gendarme monte du trou étroit et luisant, rauque et brisée. Son cri est celui d'un homme blessé à mort, qui sait que rien ne sera plus pareil et qui tente de revenir en arrière par la force de sa douleur, parce que celle-ci, au-delà d'un certain point, pourrait tout autoriser. Le cri se fait râle, puis monte jusqu'au vieux chêne, se propage le long de ses branches stériles, avant de se répandre dans la forêt obscure. Quelque part dans la nuit, un brocard se fige et lève une oreille. Plus loin, c'est un renard qui s'immobilise. La forêt tout entière marque quelques secondes de silence en hommage à la souffrance exprimée.

L'éleveuse de faisans s'agenouille et se penche sur le trou, posant une main sur le dos secoué de sanglots.

— Fabrice.

Remangeon rouvre les yeux et détache l'objet extirpé à la terre de son ventre. Son pouce chasse un amas terreux de la surface osseuse avant de finir de nettoyer le crâne de façon sommaire. Il ramasse la mandibule au fond du trou et l'enfonce dans la poche ventrale de son vêtement de sport avant de se relever, les jambes engourdies et mal assurées, la respiration encore saccadée.

— Tiens, Fabrice.

Delphine lui tend un carré de tissu plié.

— C'est un foulard de soie de ma grand-mère.

Fabrice observe son amie, surpris et reconnaissant. Il déplie le foulard imprimé aux couleurs et aux motifs désuets avant d'envelopper avec précaution le crâne d'Élise.

— Tu es sûr que c'est elle ?

Le militaire hoche la tête.

Cette bouche qu'il a embrassée tant de fois, avec ses petites imperfections. Le léger chevauchement d'une canine et d'une prémolaire. La dent arrachée en haut à gauche après des abcès à répétition. La couronne posée juste avant sa disparition.

Le précieux paquet collé contre son flanc, protégé par sa main, Remangeon sort de l'excavation, l'air hagard mais dur. Delphine observe le trou et les tas de terre, les empreintes de pas autour de celui-ci.

— Tu vas reboucher le trou ?

Il acquiesce en silence, avant de lui tendre le mélange de soie et d'os. Elle hésite, leurs regards se croisent, puis Delphine accepte le paquet, essayant de ne pas penser à la nature de son contenu aux angles durs sous le soyeux du tissu.

Assis à l'arrière, de Freitas et Geretz échangent de longs regards vagues et interrogateurs, avec le visage de ceux qui ont été réveillés de force en plein sommeil. À l'avant, le major Remangeon est concentré sur sa conduite tandis que le visage du gendarme Freysse à ses côtés est éclairé par l'écran du téléphone sur ses genoux. Cela fait plus d'une heure qu'ils ont quitté la caserne et qu'ils roulent sur des départementales forestières au défilé d'arbres identiques, avec pour seules fantaisies quelques étangs bordés de roseaux ou de courtes bandes de cultures à gibier. La voix du major brise le silence dans l'habitacle :

— Alors, Freysse ?

— Ils se sont arrêtés.

— OK, on baisse les vitres.

Le blond s'exécute d'une main, restant concentré sur l'application de suivi en ligne de la balise GPS qu'il a posée sur le 4 × 4 des braconniers. Le conducteur abaisse sa vitre puis coupe le moteur et les phares du camion de gendarmerie. C'est la troisième fois qu'ils répètent la même manœuvre, jusqu'ici sans résultats.

Le froid humide de la nuit solognote s'insinue alors dans l'habitacle et la brune remonte la fermeture Éclair de sa veste bleu marine. De Freitas tousse à trois reprises, le poing sur la bouche. Les minutes s'écoulent, rythmées par les seuls petits bruits des quatre gendarmes sur leurs sièges respectifs.

Encore une fausse alerte.

La pensée défaitiste du major est aussitôt contredite par la double déflagration qui déchire la nuit. Les quatre gendarmes se figent. Dans le camion, la tension est montée d'un cran. Fabrice se penche sur Freysse.

— Alors ?

— Ils sont toujours immobiles.

— OK. On va intervenir. Sortez vos lampes torches et vos armes.

Remangeon promène ses mains sur le volant, le regard tourné vers la nuit qui les attend par-delà le pare-brise.

— Quelle distance ?

Freysse grimace.

— L'échelle n'est pas très précise. Entre trois cents et cinq cents mètres.

Remangeon démarre et enclenche la première vitesse. La route grimpe jusqu'à une crête où le noir de la nuit sans étoiles surpasse celui du ruban de bitume. Le major monte les rapports jusqu'à la troisième pour gagner un court plateau bordé de larges bandes en friche. Les pylônes fantomatiques de lignes à haute tension y tracent une saignée grésillant à travers bois. Après un virage, les militaires repèrent le faisceau lumineux d'un projecteur monté sur un 4 × 4. Celui-ci balaie une lande de hautes herbes et de genêts cent mètres plus loin.

Le major laisse le véhicule se couler dans la nuit en roue libre. Il jette un œil à ses hommes. Freysse a rangé le téléphone pour sortir son arme, tout comme de Freitas et Geretz. Les visages sont tendus mais résolus. À trente mètres du 4 × 4, le couinement de leurs freins alerte le braconnier occupé à la manœuvre du projecteur dans la benne. L'homme affiche son incompréhension puis sa stupéfaction, avant de tourner le projecteur dans leur direction pour les aveugler.

— Allez, on gicle !

L'homme dans la benne hurle en direction de ses complices et la lueur du projecteur va d'un côté à l'autre du camion de gendarmerie. Fabrice essaie de se protéger de la lueur aveuglante à l'aide de sa main libre tout en essayant de repérer les autres braconniers dans la friche.

— Gendarmerie, mains en l'air !

L'homme dans le 4×4 est sous la menace de Freysse et de De Freitas. Il lève les bras.

— Tirez pas, chef. Tirez pas !

— Freysse ! Le projecteur : oriente-le vers les autres, là, dans le champ !

Fabrice fait un signe à Geretz pour qu'elle le suive. Ils franchissent un fossé peu profond et gagnent de hautes herbes humides. Des bruits de rangers résonnent derrière eux sur une surface métallique avant qu'ils soient happés par un tunnel de lumière jaune qui se prolonge bien au-delà de leur position, où deux silhouettes de dos tentent de gagner les bois.

— Allez, Geretz, allez !

Fabrice se focalise sur la silhouette la plus éloignée et accélère. Il remarque au passage les formes brunes couchées à mi-chemin ainsi que les armes jetées au sol. Le Solognot gagne du terrain et il aperçoit le visage de l'homme qu'il pourchasse quand celui-ci s'arrête pour récupérer sa botte restée dans la boue par effet de succion. L'autre lève la tête sur lui, la botte à la main, avant de la jeter et de repartir. Il trébuche et s'effondre dans la prairie marécageuse. Lorsque le fuyard se relève, trempé et boueux, Remangeon est sur lui, le canon de son arme de service pointant son œil noir sur son front.

— Gendarmerie, ne bougez plus !

L'homme le dévisage, les traits hargneux, ses yeux sombres cherchant encore une autre issue que celle de sa défaite, mais il finit par baisser la tête. Remangeon le contourne pour l'orienter vers la route et vers la source de lumière qui s'est détournée d'eux.

— Allez récupérer votre botte.

Le braconnier s'exécute et enfile son pied à la chaussette sale et détrempée dans la tige en caoutchouc en sautillant sur place. Le major lève alors une main et appelle l'adjudant, réclamant de la lumière et la présence de Freysse. Le faisceau jaune découpe la silhouette du braconnier en contre-jour, soulignant sa ligne empâtée, son cou épais, ses jambes courtes.

Il n'était pas taillé pour la course.

Freysse les rejoint et passe les menottes au prévenu. En retournant au 4 × 4 et au camion de patrouille, ils tombent tous les trois sur la scène du délit : deux biches abattues et en cours de découpe. L'une d'elles, à laquelle manque un cuissot, est agitée de tremblements. Blessée à mort par la balle, les braconniers n'ont même pas pris la peine de l'achever avant de commencer à la découper, ajoutant la plus infâme des cruautés à la moins noble des façons de chasser. Remangeon s'arrête, consterné, et sort son opinel qu'il déplie avec soin. Il s'agenouille ensuite près de l'animal, pose une main sur son cou encore tiède dans un geste que les deux autres ne comprennent pas, et pique la biche au cœur, provoquant un dernier souffle ensanglanté qu'il espère reconnaissant. Le militaire se relève ensuite, range son couteau et vient balancer une droite lourde et massive à la mâchoire du braconnier qui ne s'y attendait pas.

L'homme baisse la tête en grognant, fait un pas de travers mal assuré, avant de se redresser, les yeux chargés de haine et de morgue.

— Ça s'fait pas ça, chef. On frappe pas un homme attaché.

Remangeon le fixe, réfléchissant à sa réponse. Freysse le prend de court en s'adressant au prévenu :

— Fermez-la. Personne ne vous a frappé. Vous avez glissé et vous êtes venu vous cogner au poing fermé du major… Allez, on bouge !

Le braconnier leur jette un regard qui en appelle à une revanche, avant de cracher par terre et de reprendre la direction du projecteur. Une fois de retour au camion, ils trouvent de Freitas et Geretz près du préposé au projecteur, lui aussi menotté. La brune a pris des couleurs lors de sa poursuite.

— Et le troisième ? demande Fabrice.

Geretz baisse les yeux un bref instant.

— Pas pu le rattraper...

Remangeon ose un sourire.

— C'est pas grave. On en a deux sur trois, un flagrant délit, des armes, un véhicule...

Le major se tourne vers les braconniers.

— Et dès demain on va aller perquisitionner votre petite chambre froide à la casse... Hein, les fous de la gâchette ?

Les deux ferrailleurs encaissent la révélation et échangent un regard impuissant et mauvais.

— Pour votre collègue, bah, ça lui fera une petite marche. Trente bornes à pied, ça se fait. Surtout pour éviter six mois de prison. On l'aura une autre fois, peut-être sur le trafic d'épaves avec la concession Vailly.

Fabrice leur demande d'un ton faussement innocent :

— Dites... Vanessa Vailly... C'est bien « Molhiardt » son nom de jeune fille ? Ça ne serait pas une de vos cousines, par hasard ?

Les deux frères lèvent la tête pour soutenir le regard du militaire. Ils donneraient cher à cet instant pour être débarrassés de leurs menottes et pouvoir faire ravaler son sourire à ce gendarme.

— Ben, merde alors.

Étienne Jambart s'immobilise un instant devant le rebord de sa fenêtre. Il essaie de se remémorer son départ de chez lui avant de fouiller à nouveau l'arrière de son bac à géraniums, en quête de sa clef. La nuit tombe vite et le vieil homme n'y voit plus grand-chose. Il finit par déplacer le bac de fleurs, avant de passer sa main sur tout le rebord, tendant les doigts dans l'interstice sous le montant de la fenêtre. Toujours rien. Il se baisse en grimaçant pour essayer de voir si la clef n'aurait pas chuté du rebord mais les herbes folles sont hautes et il doit les balayer de la main en pestant contre son infortune et contre la soif d'alcool qui le taraude.

Le bruit de sa porte d'entrée le fait sursauter. Son cœur se serre lorsqu'une haute silhouette menaçante se dresse en sortant de chez lui. Le regard qu'il adresse alors à l'intrus est celui d'un lièvre affolé pris dans un faisceau de phares, et qui voit fondre sur lui la calandre en acier qui va le tuer net quelques secondes plus tard.

— C'est ça que tu cherches ?

Fabrice Remangeon tient la clef de sa porte d'entrée et l'agite à côté de son oreille. Le geste se veut moqueur mais le ton de sa voix n'a rien de drôle. Jambart se redresse en soufflant, le visage zébré de bandes rougeâtres ou pâles, sous le coup d'émotions contradictoires.

Ce type va mourir dans quelques semaines, pense le gendarme.

— Bon D'jeu, tu m'as fichu les chocottes.

Le militaire retourne dans la bâtisse sans un mot.

Il manque pas d'air quand même !

Après s'être déchaussé dans l'entrée, Étienne rejoint Remangeon, debout de l'autre côté de sa table de salon. Fabrice semble calme, mais le vieux comprend que ce n'est qu'une apparence. Sous le masque d'impassibilité sourdent colère et violence. Jambart ravale une remarque au sujet de l'intrusion assez cavalière chez lui.

— J'ai-t'-y soif, moué... On va boire un coup !

— Garde ta vinasse, Étienne. Je suis pas venu pour ça.

Jambart pince ses lèvres sèches, autant par susceptibilité que par dépit de devoir remettre à plus tard le verre qu'il espérait. Le gendarme donne un coup de menton en direction de la table et le maître des lieux réalise alors qu'un foulard recouvre un objet au milieu de celle-ci.

— Quêqu' c'est qu'ça ?

— Regarde.

Surpris et méfiant, le vieux sonde son visiteur, mais les traits du militaire n'affichent qu'une froide détermination. Jambart s'avance et soulève le tissu soyeux. Ses yeux s'arrondissent un instant, avant qu'il recule d'un pas, le visage blême. Il lève la tête sur Remangeon.

— Bon sang, c'est quoi cette comédie ?

Fabrice ne répond pas et se contente d'observer les réactions du vieil homme. Celui-ci s'agite d'un pied sur l'autre, mal à l'aise, ses petits yeux aux iris délavés allant et venant du crâne d'Élise au gendarme.

Il n'a pas encore compris que c'est elle.

La voix de Remangeon tombe alors, sinistre :

— C'est elle, Étienne. T'avais raison : je la cherchais pas au bon endroit.

Jambart pâlit encore tandis que ses yeux trahissent un brusque afflux de peur. Il fait un nouveau pas en arrière, incapable de se détacher des orbites vides qui le fixent par-delà le territoire de la mort en un reproche muet chargé de désespoir. Les secondes s'écoulent, mais Étienne reste muet.

— Regarde ! C'est elle. Je l'ai déterré moi-même, sous le chêne Martin. Où tu avais jeté Élise au fond d'un trou comme un vieux chien il y a dix ans !

Étienne continue de fixer le crâne noirci avec angoisse mais l'accusation de Remangeon le sort de son mutisme.

— C'est pas moi, Fabrice… Je l'ai pas tuée et j'l'ai pas enterrée. J'étais là, mais c'est pas moi. J'te l'jure !

Remangeon tire une chaise et s'assoit.

— Assois-toi, Étienne. Maintenant, tu vas me raconter la vérité sur ce qui est arrivé à Élise.

Le ton du gendarme est chargé de menaces. Le vieil homme doit prendre sur lui pour se mettre en mouvement et s'approcher du crâne qui continue de le fixer. Il tire une chaise à bonne distance de la table et y prend place à contrecœur. En dépit de son malaise, ses petits yeux fatigués ne peuvent s'empêcher d'être fascinés par l'ossement bruni qu'ils détaillent à coups d'œillades craintives.

— J'aurais jamais cru qu'eul Bouc, y te parlerait…

— Lerouge ?

Le regard de Jambart se fait méfiant.

— Ben, pardi. Qui d'autre ? Comment qu't'aurais su où qu'elle était ?

Remangeon encaisse le choc de la révélation.

Tristan Lerouge.

La tête lui tourne.

Je le savais. Depuis le début de cet été, je sentais qu'il était lié à la disparition d'Élise. Je me suis fourvoyé avec cette Ukrainienne, mais c'est bien autour du braconnier que tout tournait. Ce fumier.

Remangeon caresse du regard le crâne de son épouse défunte en se penchant vers son hôte involontaire.

— C'est pas Lerouge qui m'l'a dit. C'est Teddy.

Étienne fronce les sourcils en se demandant si c'est de l'ironie. Il ravale un sourire jaune face à l'expression inquiétante du gendarme. La crainte suscitée par le crâne humain sur sa table se mue en quelque chose d'encore plus vicieux et de beaucoup plus profond. Une vieille terreur ancestrale.

— Teddy ? Teddy qui ?

— Ben, ton neveu. Mon ami.

Le vieil homme se renfrogne.

— Faut pas plaisanter avec ça, Remangeon. Ça s'fait pas. Faut laisser les morts où qu'y sont.

Fabrice ne sait s'il parle de l'allusion à son neveu, ou du crâne posé sur la table. Ou des deux.

— T'es mal placé pour faire des leçons de morale, Jambart. Maintenant, je t'écoute.

Le gendarme ouvre sa veste de survêtement sur le holster d'épaule qu'il porte et où repose la crosse noire et mate d'une arme à feu.

— Si tu me mènes en bateau, je te bute, là, tout de suite.

L'ancien serre les dents. Il flirte enfin avec le précipice qu'il redoute tant d'approcher depuis ce jour fatidique il y a une dizaine d'années.

Encore heureux qu'eul Bouc soit dégelé. Y m'aurait tué pour avoir parlé à Remangeon.

Un long silence s'installe, mais Fabrice ne montre aucun signe d'impatience. Il sait que son hôte doit vaincre ses dernières résistances, puiser en lui la force de raviver des souvenirs difficiles pour admettre enfin, de vive voix, sa culpabilité. Sans un temps spécifique dédié à ce cheminement intellectuel, ses collègues et lui n'obtiendraient jamais d'aveux.

La voix du vieil homme finit par s'élever, rauque et traînante. D'abord presque un murmure, puis de plus en plus distincte à mesure que le flot de la parole se libère.

— On était partis chasser. Enfin, là où on avait pas trop le droit. On était à l'affût d'un grand cerf qu'on avait déjà repéré. On savait qu'il était remisé dans les parages ce jour-là. On s'était séparés, parce qu'y avait deux coulées distinctes. On a attendu, et puis il est arrivé. De mon poste, je le voyais, il l'tait haut avec des bois énormes. J'avais l'cœur qui battait, mon pauvre. Et puis il s'est arrêté, alors qu'il allait droit sur eul'Bouc. C'te bête, elle avait entendu quelque chose. C'était une auto. Le cerf a pris peur et a foncé droit sur Lerouge. J'l'ai vu épauler, alors j'y ai fait des grands signes mais y m'voyait pas, tu penses, avec ce cerf énorme qui fonçait droit sur lui… Bon sang, j'm'en souviens comme si c'était hier… Le coup est parti, le cerf s'est cabré. Y a eu un bruit de verre cassé et un *boum* sec. L'auto a fini contre un arbre, un petit marronnier en bord du chemin. L'animal est parti et c'est là qu'eul'Bouc, il a vu l'auto aussi, mais il'tait trop tard. Le mal était fait.

Un silence lourd tombe entre les deux hommes. Le vieux n'ose plus regarder Remangeon en face.

— Alors, c'est Lerouge qui l'a tuée ?

Jambart finit par lever le nez, la mine défaite et désemparée.

— C'était un accident. Un concours de circonstances terrible. Une seconde de plus ou de moins, et ça s'rait pas arrivé.

Remangeon doit contenir sa colère et son dégoût.

— Vous n'avez pas essayé de lui porter secours ?

— Si. Mais elle était déjà morte. La balle lui avait déchiré la gorge après avoir manqué le cerf et ricoché contre un arbre. On a vu la trace sur l'écorce ensuite.

Le visage d'Étienne paraît sur le point d'éclater, de rendre enfin toute cette eau captive de ses tissus tuméfiés par sa maladie alcoolique. Remangeon s'indigne.

— Comment vous avez pu ne pas appeler les secours ? Elle n'était peut-être pas morte !

Étienne baisse la tête, écrasé par la culpabilité.

— Elle 'tait morte, mon gars. La balle avait tout coupé, les carotides, tout. On y a quand même pris le pouls tous les deux au poignet, chacun notre tour. Deux fois chacun.

Le sang. Bon sang. Tout c'sang qui avait coulé de sa blessure. Y en avait partout. Plein l'auto.

Resté froid et distant jusqu'ici, Fabrice est submergé par une vague d'émotions à l'énoncé des détails sordides des derniers instants d'Élise. Une vision de sa femme, ensanglantée derrière son volant, ses cheveux blonds maculés de sang épais, le fait tressaillir. Sa mâchoire se crispe et ses yeux se réduisent à des fentes meurtrières tandis que le visage de Jambart devient un masque grotesque de regrets et de honte.

Après un temps qui paraît interminable au vieil homme, Remangeon finit par demander :

— Pourquoi là-bas, au chêne Martin ?

Jambart rougit et bafouille.

— Ben… C'tait… une idée au Bouc. Y disait que vu que la chasse était interdite sur ces communaux-là, à cause des touristes et des visites d'école, y aurait point d'chiens qui viendraient la déterrer. Et que tant que l'arbre serait là, y aurait point de mini-pelles pour creuser et faire autre chose à la place, ce qui nous laissait encore quelques années… J'étais pas d'accord, pour moi y avait… c'était pas correct… En plus, ça faisait une trotte depuis les bois du baron.

— Le baron ?

— Oui, Heckart. C'est chez lui qu'on était c'jour-là. C'est pour ça qu'on a rien dit, parce qu'une femme de gendarme plus un baron, c'était la prison ferme assurée.

Heckart ? Je ne me souviens pas qu'Élise connaissait le baron. Et qu'est-ce qu'elle aurait fait dans ses bois ?

Habité par un sentiment diffus d'urgence, Remangeon demande :

— Il allait où, ce chemin où Élise roulait ?

Jambart pique du nez.

— J'me rappelle plus bien…

Fabrice plonge une main dans son survêtement et pose le pistolet automatique sur la table, à côté du crâne d'Élise. Le vieux proteste avec véhémence pour tenter de dissimuler sa peur :

— Nom de D'jeu ! Range ça ! Qu'est-ce tu vas faire ? Risquer la taule pour un vieux comme moué ? C'est pas la peine mon gars, c'te coup-là, c'est cuit. « Stade quatre » qu'y m'ont dit à l'hosto…

— Épargne-moi tes jérémiades de vieux pochetron. Où est-ce qu'il allait, ce chemin ?

Jambart hésite et ses yeux gris vont du gendarme à l'arme à feu, en passant par le crâne. Il finit par se décider :

— Tu veux l'savoir ? Hein ? Il allait au pavillon de chasse du baron. Et çui-là, c'est pas une cabane en planches, crois-moi. Y a tout c'qu'y faut, grand confort. Sauf que ce rendez-vous de chasse, au baron, ben y servait aussi à son fils, mais en dehors de la saison de chasse, parce que le fils, il a jamais tenu un fusil de sa vie, ce bon à rien. Y pense qu'à faire le mariole dans ses autos. Y s'prend pour un champion. Paris-Dakar et tout le cinéma…

Fabrice se fige et Étienne se recroqueville sur sa chaise, la tête baissée. Il attend l'explosion de rage. Par dépit et par honte, Remangeon pourrait très bien l'abattre sur-le-champ. Le silence prolongé devient insupportable, et, quand le vieil homme risque un regard en direction du militaire, il constate que l'autre est anéanti. Pâle comme un mort, le regard éteint, en état de choc.

Bon sang, y s'doutait de rien…

Étienne se rassure intérieurement. *Un homme orgueilleux qui a remâché trop longtemps son cocufiage est dangereux, mais un cornard amoureux qui vient de l'apprendre est trop secoué pour faire du mal.*

Le gendarme finit par se lever. Il récupère son arme, enveloppe le crâne dans le foulard de soie et quitte le salon, sans une parole ni un regard pour Étienne. La porte d'entrée claque derrière lui et le vieil homme passe une main fripée sur son crâne chauve, le regard perdu au milieu de sa table, là où trônait ce crâne maudit. De longues minutes s'écoulent avant qu'il trouve la force de se lever.

Après avoir mangé quelques tranches de rillettes confectionnées avec du pain de la veille et bu un litre de vin de table, Étienne va se coucher. Malgré l'abrutissement réconfortant apporté par le vin, le sommeil le fuit. Il repense à Élise, à Lerouge, à Teddy, à son épouse, à ses parents, au monde des morts qu'il va bientôt rejoindre. Seul sur son lit, muré dans son silence, fixant le plafond, dans ce corps usé jusqu'à la corde, bouffi et déformé par la maladie, sur le point d'abandonner la lutte perdue d'avance de toute vie, Étienne a peur.

Le vieil homme aimerait se convaincre qu'il se sent mieux après ces aveux, qu'une forme d'apaisement s'est emparée de lui.

Mais ça serait un fichu mensonge, pour sûr.

Fabrice dépose un baiser sur le front osseux du crâne d'Élise, avant de le placer au sommet du stère de bois qu'il a empilé avec un soin laborieux en un bûcher inégal aux allures de pyramide tronquée à base creuse, remplie de petit bois et de papier journal. Il range le foulard de soie prêtée par Delphine dans une poche de son blouson et s'agenouille pour mettre le feu à la structure. Une fumée âcre et blanche commence à se dégager, suivie de flammes orangées paresseuses qui luttent pour exister en cette aube chargée d'humidité.

Le major se redresse et fait deux pas en arrière. De grosses volutes opaques et hésitantes se forment dans l'air froid du matin, et des brindilles claquent dans le silence de cette triste aurore sylvestre. Après de longues secondes incertaines durant lesquelles Fabrice redoute que le feu ne se soit étouffé, un ronflement se fait entendre. Les volutes se font plus claires, plus rapides, et de longues flammes avides lèchent les flancs du bûcher. Le crâne de son épouse n'est bientôt plus qu'une masse noirâtre et enfumée au sommet d'une pyramide de feu.

Après quelques minutes, la chaleur devient si forte qu'il doit reculer encore de deux pas. Le temps s'écoule sans que Fabrice y prête attention, les mains dans les poches de son blouson. Il se recueille en regardant les bûches se consumer, s'approche parfois pour repousser au centre du foyer un rondin à demi calciné du bout du pied.

La matinée est bien entamée quand il vide un jerrycan d'eau sur les dernières braises fumantes. À l'aide d'un bâton, Fabrice dégage avec précaution le crâne et la mandibule calcinés du foyer. Il attend quelques minutes que la chaleur résiduelle des ossements se dissipe, puis ressort le foulard et y collecte les restes pour former un baluchon tiède qu'il va déposer sur le plateau de la remorque tapissé de sciure et de débris d'écorce. Il va chercher la massette jetée cette nuit-là à la hâte derrière les sièges de sa voiture et revient marteler le paquet. Il peut sentir les points durs des dents mais poursuit sa tâche avec application et régularité jusqu'à ce que le seul son produit se résume à un crissement grossier à travers le tissu.

Le militaire laisse la massette dans la remorque, fait demi-tour, dépasse le foyer éteint et avance d'une vingtaine de mètres jusqu'au bord d'un précipice abrupt qui surplombe un bosquet de châtaigniers, de hêtres et de petits chênes, une cinquantaine de mètres plus bas. Il tend les bras, dénoue le foulard et rend les cendres d'Élise à sa vallée ardéchoise natale, secouant le tissu dans l'air vif de cette belle matinée où pointe un soleil pâle. Fabrice fourre le tissu dans la poche de son blouson et essuie d'un revers de la main la larme qui a coulé sur sa joue.

Adieu, Élise.

Le major retourne vers le foyer pour en disperser les dernières cendres du bout de ses vieilles rangers personnelles. Une fois assuré que le feu est éteint, le major retourne relever la ridelle arrière de la remorque empruntée à Delphine et récupère la massette qui retrouve le tapis de sol de sa voiture. Une fois derrière le volant, il ferme les yeux un instant et essaie de chasser la fatigue qui engourdit ses membres. Il a roulé toute la nuit et il va devoir conduire plusieurs heures pour rentrer.

— Qu'est-ce que tu vas faire ?

— Faire pour quoi ?

Delphine hésite.

— À propos d'Élise…

Remangeon lance un regard plein d'incompréhension à l'éleveuse.

— Qu'est-ce que tu veux que je fasse de plus ? Lerouge est mort et Jambart est en sursis. Il ne lui reste que quelques mois, ou quelques semaines. Il ne verrait jamais son procès.

La fille unique des Garennes fronce les sourcils et se repositionne sur la chaise en bois de sa cuisine. Leurs tasses de café fument sur la toile cirée.

— Tu ne vas pas en parler à tes collègues… ou à ta hiérarchie ?

Remangeon serre les dents et reste silencieux, le regard vague. Il finit par lâcher :

— Et qu'est-ce que je leur dirais, hein ? Hé, finalement j'ai retrouvé Élise… Ah bon ? Elle est où ?… Bah, elle est morte. Deux braconniers l'avaient tuée par erreur et enterrée au pied d'un vieux chêne, pas très loin… Ah bon, et comment vous l'avez su ?… Oh, c'est juste un ami mort qui m'a indiqué l'endroit dans un rêve…

L'agricultrice n'aime pas le mélange de colère et de mépris dans les propos du gendarme.

— Il paraît que des fois la gendarmerie ou la police font appel à des gens… des médiums.

— Oui. Dans les séries télé… Moi, je sais ce que ma hiérarchie pensera. Ils penseront que j'ai mené une enquête personnelle parallèle, en dehors de tout cadre juridique. Que j'ai peut-être cherché à me venger. Des témoins pourraient m'avoir vu chez les Lerouge ou chez Jambart. On pourrait penser que j'ai provoqué l'arrêt cardiaque de Lerouge. Il existe des moyens autres que… ceux-là, pour ça.

L'agricultrice ironise :

— Ils ne trouveront rien, alors. Et puis, un rêve, pour les gens rationnels, c'est toujours le produit du subconscient, non ? Tu m'as dit qu'Étienne t'avait parlé d'un vieil arbre dès ta première visite chez lui. Tu n'as pas fait attention sur le coup parce que tu ne croyais pas Jambart, mais ton inconscient, lui, l'a très bien enregistré. D'où ton rêve, pour te le rappeler.

Fabrice regarde quelques instants le carrelage usé à ses pieds, avant de relever la tête.

— Delphine. D'un point de vue rationnel, et donc juridique, les seules personnes qui peuvent connaître l'emplacement où un corps a été enterré en pleine forêt il y a dix ans sont soit les assassins, soit des personnes impliquées d'une manière ou d'une autre dans l'assassinat. L'intuition ou les rêves n'entrent pas en ligne de compte.

Delphine objecte :

— Fabrice, il a avoué. Tu ne l'as pas écouté, mais il a avoué dès votre première conversation.

Remangeon a un sursaut, surpris par l'entêtement de Delphine et agacé par ce dialogue de sourds. Il se lève, désorienté par l'affirmation de l'éleveuse.

Quel intérêt, de toute façon ? La mémoire d'Élise ? Le zèle administratif ? Le souci procédurier de rester dans la légalité absolue ? Je me suis moi-même exclu de la légalité en assassinant Lerouge en toute impunité…

Il s'approche d'elle, le visage fermé, les yeux habités.

— Delphine. Je suis un assassin. J'ai commis un meurtre, et je ne serai jamais puni pour cela. Comment pourrais-je réclamer justice pour Élise ?

— Non. Non, tu n'as pas le droit !

Elle se lève d'un coup et vient poser ses mains sur ses avant-bras. Son visage est déformé par un début d'affolement et de déni violent.

— Non, Fabrice. Ce n'est pas comparable. Tu n'as fait que renvoyer son dû à Lerouge. C'est son propre mal que tu as barré qui l'a tué. Il n'a eu que ce qu'il méritait !

La voix du gendarme se fait plus forte et plus sourde. Il s'agite, mais sans chercher à se dégager.

— Et pourquoi ça ne serait pas comparable ? Hein ? Dis-moi ! J'avais déjà failli tuer un autre homme, Delphine. De sang-froid, à mains nues. De rage et de colère. C'est pour ça qu'on m'a envoyé ici… Tu sais quoi ? Je n'ai même pas regretté de l'avoir tabassé…

Elle secoue la tête, la vue brouillée par des larmes qui rendent ses pupilles brillantes et profondes.

— Non… Non. Tu n'es pas un tueur, Fabrice… Pas toi.

Cette fois, il lui crie au visage :

— Et pourquoi pas moi ?

Elle lève la tête sur lui, promenant ses yeux tristes et fébriles sur son visage, comme le ferait une mère face à son enfant malade. Une mère ou une amante. Alors qu'il croit qu'elle va baisser la tête, Delphine éclate en sanglots, fermant les yeux pour tenter de retenir ses larmes trop nombreuses, tout le haut de son corps secoué par l'émotion. Elle rouvre les yeux et avoue :

— Parce que je t'aime, Fabrice… Et l'homme que j'aime n'est pas un assassin.

Le gendarme se raidit. Un profond silence tombe entre eux. Un bruit leur parvient depuis une autre pièce du bâtiment, mais ils n'y font pas attention. L'éleveuse vient se poster tout contre Fabrice, posant sa tête de côté sur sa poitrine, enlaçant son torse ferme de ses bras. L'homme sent la pression souple et tiède de la poitrine féminine contre lui et il finit par lever une main hésitante sur sa tête, caressant ses cheveux bouclés de façon maladroite.

— Qu'est-ce que tu racontes, Delphine?

La fille des Garennes se livre :

— Je t'ai toujours aimé, Fabrice... Il n'y a eu que toi, depuis ce jour dans le grenier à foin...

Elle sourit malgré ses larmes à la douceur de ce souvenir qu'elle a tant chéri toutes ces années de solitude. L'esprit de Delphine n'en a gardé que le meilleur, la poésie initiale d'une chair en apprentissage, la douceur des caresses et la fermeté de l'étreinte, oblitérant tout le reste.

— Je n'aime pas les femmes, en fait... Je n'aime que toi... Je voulais qu'on me fiche la paix...

L'éleveuse resserre son étreinte tandis que des pensées et des sentiments contradictoires se bousculent dans la tête du gendarme. Des pans entiers ressurgissent de son passé. Des visages, des paroles, des odeurs, des instants. Un morceau de temps et d'éternité. Sa jeunesse. Son choix entre Élise et Delphine. Face à son silence, la confession de l'agricultrice se poursuit :

— Ton père m'a dit que tu reviendrais. Il... il savait... Alors je t'ai attendu... Tout ce temps...

Remangeon prend le visage Delphine entre ses mains avec tendresse pour la forcer à croiser son regard. Son visage est humide, son léger maquillage a coulé mais elle ose un sourire.

— C'était si long, Fabrice. J'ai cru en crever... j'ai failli abandonner... mais tu es revenu... Ton père avait raison...

— Delphine...

L'éleveuse secoue la tête entre les mains puissantes de Remangeon. Son débit s'accélère et une pointe de joie victorieuse se taille un passage entre les larmes.

— Tu n'es pas un assassin, Fabrice. Tu es un homme juste. C'est tellement rare. Aucun homme que je connais ne t'arrive à la cheville. Ce que tu as fait pour mon élevage, sachant à quel point ça te répugnait, c'est tout à ton honneur. Je suis tellement heureuse que tu sois revenu. Je crois que tu ne comprends pas : je pourrais mourir tellement je suis heureuse…

Elle lève ses yeux humides sur lui pour le dévorer du regard. Remangeon se penche alors pour déposer un baiser sur les lèvres humides de sa compagne, au goût salé de larmes. À l'intérieur de la poitrine de Delphine, le cœur se fige l'espace d'un bref arrêt du temps, tétanisé par une onde violente, éblouissante et infinie de bonheur.

Remangeon et Freysse font résonner leurs chaussures d'intervention sur le parking de la concession Vailly et jettent des regards distraits sur les véhicules tout-terrain d'occasion aux pare-brises ornés de pancartes affichant leur prix de vente. Une fois à l'intérieur de l'établissement, la petite brune rondouillarde du comptoir d'accueil les fait patienter quelques instants. Patrick Vailly les rejoint une minute plus tard et son visage s'assombrit à la vue des uniformes. Le maître des lieux a le salut des plus laconiques.

— Vous auriez une minute à nous consacrer, monsieur ? demande Remangeon.

Le sexagénaire étudie les deux gendarmes derrière ses lunettes fumées. Lorsqu'il grogne un mot indistinct et tourne les talons, le major en déduit qu'il s'agit d'une invitation à le suivre. L'homme les conduit au bureau où ils avaient déjà rencontré son épouse, et les fait asseoir d'un geste sec de la main. Du coin de l'œil, Remangeon remarque à travers la demi-cloison vitrée la présence de Vanessa Vailly dans un bureau adjacent, affairée derrière un ordinateur. En dépit de son immobilité, il sait qu'elle n'a pas manqué leur arrivée. Lorsqu'il se concentre sur le concessionnaire face à eux, le Solognot constate le manque de charisme et de consistance de Patrick Vailly et le contraste marqué avec la présence de sa femme, pourtant à peine visible.

— Je vous écoute.

— Bien. Disons que nous avons une bonne nouvelle pour vous, monsieur Vailly. Et d'autres, peut-être pas forcément mauvaises, mais qui mériteraient toute votre attention.

Le propriétaire se renfrogne, attendant la suite.

— La bonne nouvelle, c'est que nous avons interpellé les braconniers qui vous causaient préjudice depuis quelques mois. Deux individus font aujourd'hui l'objet d'une mise en examen à ce titre. Un cas de flagrant délit a pu être constitué au cours duquel nous avons saisi un véhicule, ainsi que des armes détenues de façon illégale. Des quantités non négligeables de viande braconnée et de nouvelles armes et munitions ont pu être ensuite trouvées lors d'une perquisition. Ces individus disposaient d'une chambre froide dissimulée derrière une activité commerciale de façade, avec un petit réseau d'acheteurs. C'était plutôt bien rodé. Étant donné que ces deux individus étaient déjà connus des services de police et de gendarmerie, leurs antécédents et la multiplicité des charges retenues vont entraîner leur condamnation et leur incarcération.

Un silence. Vailly concède à contrecœur :

— Mes félicitations, capitaine… Ravi de voir que la gendarmerie a enfin décidé de s'occuper de la protection des honnêtes gens.

Remangeon ignore la pique.

— Major, monsieur Vailly. Seulement major.

Le gendarme se tourne vers son subalterne, un sourire ironique aux lèvres.

— À moins que ce succès ne nous vaille une promotion, Freysse ?

Le jeune gendarme esquisse un demi-sourire complice. Face à eux, Vailly ne se déride pas. Fabrice se recompose un visage neutre.

— Par contre, comme je vous le disais, il y a quelques éléments dérangeants dans cette affaire.

— Je vous écoute.

En dépit des verres fumés, Remangeon arrive à capter une partie du regard clair du concessionnaire. Malgré l'assurance de façade de sa mâchoire fermée, le major peut y lire le doute, ou même la crainte.

— Tout d'abord, il s'avère que le véhicule saisi vous appartenait.

— Comment ça ?

— C'est l'un des anciens 4 × 4 de la concession. Mme Vailly nous l'a confirmé.

Remangeon se tourne en direction du bureau adjacent, établissant un contact visuel, bref mais certain, avec la blonde derrière son écran. Il continue :

— Il a été cédé aux établissements *Cass'41* l'an dernier.

— Et alors ? Je n'y suis pour rien, moi, si des véhicules cédés pour destruction sont remis en circulation. Interrogez les responsables de la casse auto ! Je suis sûr que nos papiers de cession sont en règle.

Fabrice hoche la tête.

— Ils le sont, monsieur, ils le sont. Mais c'est une étrange coïncidence, non ?

Vailly hausse les épaules, incertain du cheminement intellectuel du militaire.

— Il se trouve aussi qu'au cours de notre enquête nous avons découvert que vos gardes-chasses avaient été licenciés par leur ancien patron de façon assez abrupte. Étiez-vous au courant, et connaissez-vous le motif de ce licenciement ?

— Non... Mais... pourquoi ? Qu'est-ce que mes gardes viennent faire là-dedans ?

— Rassurez-vous. Aucune charge ne pèse contre eux. Mais disons qu'à un moment donné de l'enquête nous avons soulevé l'hypothèse de leur implication, au moins à titre d'informateurs. Cette hypothèse n'a pas pu être confirmée à ce jour.

Le visage du concessionnaire a rougi, en proie à une agitation grandissante.

— Pourquoi vous me dites ça, alors ?

— Je tiens à vous faire part de nos conclusions. En toute transparence. C'est tout. Je vous rappelle que vous avez signalé que vous estimiez que le travail de la gendarmerie était insuffisant. La preuve que non.

Le sexagénaire se renfonce dans son fauteuil en cuir. Derrière ses lunettes, ses yeux gris vont d'un gendarme à l'autre, avant de chercher refuge sur le sous-main de son bureau.

— Connaissez-vous Dylan et Sonny Molhiardt, monsieur Vailly ?

Vailly marque un temps d'arrêt. Il bougonne un « non » sans conviction.

— Ce sont les deux personnes mises en examen. Ce sont aussi les gérants de la casse automobile *Cass'41,* qui figure dans vos fichiers clients. Et, ultime coïncidence, ils portent le même nom que votre épouse. Son nom de jeune fille, je veux dire.

Un silence malsain s'abat dans le bureau. Freysse et Vailly s'agitent sur leur fauteuil, mais Remangeon demeure impassible, ne quittant pas le concessionnaire des yeux. Celui-ci a fini de rougir et, alors qu'il donne l'impression de se ratatiner jusqu'à disparaître dans le cuir noir de son fauteuil, il se dresse d'un coup, se voulant l'air furieux.

— Je n'aime pas vos manières, Remangeon ! Qu'est-ce que c'est que ces insinuations ? Mon commerce est honnête, mes gardes aussi. Quant à mon épouse, je ne vous permets pas, espèce de…

— Espèce de quoi ?

— Sortez de mon bureau.

Remangeon et Freysse échangent un regard neutre avant de se lever.

— Nous sommes venus en toute amitié vous faire part…

— En toute amitié ? Vous plaisantez ou quoi ? Vous aurez de mes nouvelles.

Fabrice jette un œil dans le bureau adjacent. Il est vide. Le major hausse alors le ton en toisant le sexagénaire :

— Vous ne comprenez pas ? Vous êtes bien mal entouré dans vos affaires, monsieur Vailly, c'est ce que nous essayons de vous dire. Dans votre propre intérêt.

La haine pulse avec régularité derrière le verre fumé des lunettes désuètes de Vailly. Il lève un bras pour indiquer sa porte et lâche d'une voix blanche :

— Dehors !

Remangeon hoche la tête, peu surpris par la tournure des événements. Juste avant de franchir le seuil de la porte du bureau, il se retourne vers le petit homme.

— Et concernant vos importations de cerfs néo-zélandais trafiqués au bon soin du génie génétique britannique, monsieur Vailly, je me permets de vous rappeler la loi Barnier, de février 1995. Sur la protection de l'environnement. Cette loi prévoit des sanctions pénales pour les responsables d'introduction d'espèces préjudiciables au milieu naturel. J'espère donc qu'on ne retrouvera pas un de vos cerfs génétiquement trafiqués dans la nature, sinon vous aussi, vous aurez de mes nouvelles. Il n'est d'ailleurs pas impossible qu'une inspection sanitaire vienne bientôt vérifier la conformité de vos installations. Bonne journée, monsieur.

Les deux militaires tournent les talons, laissant le concessionnaire muet derrière son large bureau de ministre provincial, le teint marbré de zones très pâles, d'autres rose vif, ses petits yeux furieux s'agitant derrière ses lunettes sombres, la gorge sèche et nouée par la colère et un autre sentiment plus profond, plus diffus. De l'angoisse.

Remangeon dit au revoir à l'hôtesse d'accueil, mais les deux gendarmes sont rattrapés par un martèlement sec de talons juste avant de franchir la large ouverture de la concession et de retrouver l'air libre. Vanessa Vailly vient se planter en travers du chemin du major, tout près de lui, une chemise cartonnée bleue sous le bras. Elle porte une jupe marron droite et moulante, un pull léger de couleur crème sur une chemise blanche au décolleté pigeonnant, offrant au militaire une vue imprenable sur une petite croix comprimée entre de généreux globes de chair au grain doré. Son regard sombre n'hésite pas une seconde à chercher celui du Solognot pour s'y vriller avec insistance.

— Qu'est-ce que tu fais là, gendarme ?

La fêlure rauque de sa voix est encore plus prononcée que d'habitude. Face au silence attentif du gendarme, elle jette un petit coup d'œil en direction du bureau de son mari et poursuit :

— C'est pas fini, chef. On se reverra.

Il se demande si elle fait allusion à l'affaire concernant ses cousins ou à leur rencontre à Romorantin. Remangeon ose un sourire provocateur en se rapprochant de son visage, afin qu'elle seule entende :

— C'est une menace ? Ou une promesse ?

Il se réjouit de la lueur furieuse dans les yeux de la patronne. Elle siffle entre ses dents un mot qu'il ne comprend pas et tourne les talons, ondulant du postérieur dans sa jupe serrée tandis que ses talons résonnent dans le hall silencieux de la concession.

Sorcière… Lerouge avait raison.

Les deux militaires retournent à leur véhicule de patrouille. L'odeur des plastiques de la fourgonnette ne suffit pas à ôter celle, entêtante, de Vanessa Vailly de la tête de Fabrice. Le Solognot ferme les yeux sur une image de la poitrine féminine comprimée dans le chemisier blanc, avec ce bijou doré niché au creux du sillon charnel couleur de blé mûr.

Elle se moque bien de ses cousins ou de son mari. Elle est furieuse à cause de ton refus de la suivre à l'hôtel.

Remangeon rouvre les yeux sur son subalterne, afin de ne pas trop s'appesantir sur l'occasion manquée et la faim animale provoquée en lui par la brune décolorée.

— Alors, Freysse ? Qu'est-ce que tu penses de la patronne ?

Le jeune gendarme ouvre de grands yeux songeurs en secouant la tête de droite à gauche, comme s'il soupesait différents jugements possibles. Fabrice sourit :

— Elle vaut bien les *cougars* que tu mates sur Internet, non ?

Après un délai lié à la surprise, Freysse hoche la tête en guise d'approbation, l'air égrillard, et le Solognot actionne le démarreur. Une fois sur le chemin du retour vers la caserne, après quelques minutes de silence, Remangeon se penche vers son passager.

— Tu as vu la réaction de Vailly ?

Le jeune hoche la tête.

— Elle est symptomatique. Tu la retrouveras tout au long de ta carrière. Les gens nous cassent les pieds avec la vérité, mais c'est une imposture. Tu verras : c'est fou ce qu'ils sont capables de bâtir comme illusions élaborées plutôt que d'accepter une vérité simple et évidente pour tous les autres. Tu verras, Freysse : nos vies sont des mensonges mis en scène auxquels chacun est très attaché.

Le blond acquiesce en silence. Alors que son attention se reporte sur la route familière, Fabrice est envahi par une humeur sombre, se demandant dans quelle mesure cette constatation peut s'appliquer à lui-même, à Élise et à Delphine.

Les cloches de l'église battent la volée, faisant lever la tête aux habitants du bourg. Ils ne sont que quelques-uns à s'être endimanchés pour attendre dans l'air froid et sec de ce samedi de décembre sur le parvis aux pierres usées. Les gendarmes sont là, avec Freysse dans un costume neuf trop grand, de Freitas et Geretz en uniforme et en retrait du reste du groupe, tous les deux d'astreinte, la brune fumant avec avidité une cigarette après l'office désespérément long.

Les Alapetite se tiennent près l'un de l'autre, auréolés de leur fierté toute simple, lui dans un costume sombre à la coupe démodée, la casquette revenue sur son crâne dès la sortie de la messe, elle avec une coiffure savante élaborée pendant deux heures au salon ce matin, chaussée d'une paire d'escarpins vernis trop voyants qui tranchent avec le classicisme de sa robe. Deux couples âgés, des amis cultivateurs, sont là aussi, ainsi que deux familles de cousins proches, avec des adolescents qui s'ennuient et qui pianotent sur leurs téléphones des commentaires allant dans ce sens.

Lorsque Fabrice et Delphine émergent de l'obscurité du portail gothique assez bas, ils sourient tous les deux, bras dessus, bras dessous. La lumière hivernale accentue le flamboiement de la chevelure de l'éleveuse qui se pare de reflets de feu, tranchant avec le blanc de sa robe droite au bustier couvert de délicates broderies. Contraste aussi avec l'homme à ses côtés, haute silhouette noire, monolithe d'obsidienne.

Le mariage d'une ombre et d'une flamme.

On leur jette quelques poignées de riz et Delphine rentre la tête dans son cou en souriant, portant une main gantée au décolleté de son bustier, tenant son bouquet de l'autre. Elle croise le regard de ses parents, leur fierté de l'avoir enfin mariée, et elle rayonne d'émotion, se penchant ensuite vers Fabrice, lui soufflant dans le cou :

— Ton père me l'avait dit : « Tu le marieras dans c't'église, et point ailleurs. » Même ta mère y croyait.

Remangeon hoche la tête, content qu'elle évoque ses parents en cet instant privilégié. Il se penche à son tour pour l'embrasser sur la bouche, provoquant un ou deux cris de satisfaction et des applaudissements épars dans l'assemblée. La modestie de celle-ci ne compte pas, ni pour Fabrice ni pour Delphine, qui vivent l'instant dans leur bulle, le cœur léger. Des badauds se sont arrêtés sur la place de l'église, curieux de voir les jeunes mariés. Le gendarme, « le fils du sorcier », et la vieille fille qu'on pensait perdue à jamais pour ce genre d'union.

Levant la tête, Fabrice repère une silhouette familière, presque un fantôme. Il sait que ce n'est pas Élise, mais Irina Lerouge, l'Ukrainienne. Il l'a toujours su, même s'il a tenté de se mentir à lui-même tout au long du dernier été. Comme s'il avait eu besoin de cette erreur, de cette méprise grossière, avant de retrouver sa femme et d'apprendre son destin funeste.

La blonde observe les mariés depuis le coin de la place avec une hostilité qui se concentre sur l'homme. Elle a déjà essayé de le joindre à la brigade, mais il a refusé ses appels. Il l'a croisée en allant à la boulangerie et l'Ukrainienne l'a couvert d'invectives en pleine rue. Passé la surprise et l'incompréhension initiale, Remangeon a alors réalisé que la veuve attendait de lui qu'il prenne la place de Lerouge auprès d'elle. Elle ne comprend pas pourquoi il ne veut plus d'elle après s'être battu avec le braconnier à son sujet, après sa visite et leur relation sexuelle.

Comment lui expliquer, avec la barrière d'une langue mal maîtrisée, que je poursuivais à travers elle une chimère ? Une morte.

Comment lui dire que l'image que je me suis construite d'Élise depuis sa disparition relevait d'une dérive narcissique ? En ayant été l'époux d'une femme si belle et si parfaite, c'est moi que je flattais inconsciemment.

Comment avouer qu'Élise était aussi, peut-être, une arme contre mes parents ? Que je l'avais choisie aussi dissemblable d'eux que possible.

Comment admettre enfin qu'elle m'a finalement trahi ? Avec ce type, cet Heckart. Un bellâtre transparent, un oisif médiocre qui ne serait rien sans l'argent de son père. Jamais il n'aurait cru qu'Élise puisse accorder ne serait-ce qu'une seconde d'attention à un imposteur pitoyable de cet acabit. Comment avait-il pu se tromper à ce point au sujet de son épouse, de ses inclinations secrètes ?

Fabrice a pensé à la vengeance. Aller trouver ce type, certainement un lâche et un faible, comme tous les coureurs, et lui refaire le portrait à coups de rangers dans ses dents blanchies à grands frais. Pour éviter tout risque avec sa hiérarchie, il aurait pu agir cagoulé, lui glisser juste un mot à l'oreille, pour que l'autre sache, mais sans rien pouvoir prouver par la suite. Il l'aurait salement amoché, jusqu'au sang. Pour que chaque coup de reins dans la matrice de son épouse soit payé par un hématome, par une contusion, par une douleur intercostale. À sa grande surprise, l'idée lui est passée, jusqu'à paraître ridicule. Élise s'était abaissée à ouvrir les cuisses devant un tel minable, mais lui, son honneur était sa fidélité.

Il chasse l'image décevante de sa première femme de son esprit et contemple Delphine, si vivante et si belle en cet instant. Elle a rajeuni de dix années pour l'occasion et le gendarme est saisi par les faux airs de sa jeunesse ainsi retrouvés, aussi bien dans ses expressions que ses attitudes. Il est heureux de voir qu'elle se concentre sur leur cercle d'amis proches et qu'elle n'a pas vu la femme de Lerouge. Lorsque le fils du rebouteux lance un nouveau regard attentif à l'autre bout de la place, il constate que la blonde a disparu. Sans doute partie remâcher sa rancœur et sa haine ailleurs. Si elle décide de rester au village, l'Ukrainienne sera une ennemie, il le sait, et il devra les en prémunir, Delphine et lui, à l'avenir.

Fabrice Remangeon tourne la tête sur le jeune prêtre qui a procédé à leur union et qui émerge à cet instant de la pénombre froide de l'église. L'ecclésiastique n'a pas caché son hostilité à l'idée de les marier, surtout un jour de solstice d'hiver, et Fabrice n'a pas ignoré le choix de l'homélie du père Treboux, les références à saint Paul et à ses missions auprès des païens. Remangeon lui a alors fait un clin d'œil en plein office, s'amusant de la mortification du prêtre dont la mine s'est à peine détendue depuis.

Delphine et ses parents tenaient au mariage religieux. Un refus de ma part aurait été aussi futile qu'égoïste.

Le gendarme observe son épouse avec tendresse, se nourrissant de l'éclat de sa joie et de son sourire, avant d'embrasser la place de son village natal du regard. Tant de choses ont changé en lui depuis le début de cet été qu'il avait d'abord cru maudit… Il n'aurait jamais imaginé se remarier, surtout ici, avec une fille du cru, avec la picassée, avec une belle-famille enracinée en Sologne. Le fils du rebouteux en exil voulait repartir au plus vite, et le voilà avec un engagement qui pourrait signifier passer la fin de sa vie là.

Fabrice Remangeon inspire longuement, emplissant ses larges poumons d'air vif. Bizarrement, il ne se sent ni contraint ni emprisonné.

Il se sent enfin libre.

Fabrice aime la douleur des premières centaines de mètres, quand les poumons font mal, que les jambes sont encore lourdes, que les articulations des genoux protestent. Il expire avec bruit dans le matin silencieux et frais, profitant du soleil rasant sur les bois, les landes et les prairies tourbeuses, modulant sa respiration sur le rythme de ses foulées. Inspiration sur deux pas, expiration sur trois pas, et le chemin qui se déroule sous les baskets avec régularité.

Il s'est glissé en douceur du lit, sans réveiller Delphine, profitant un instant de la ligne sereine de son profil assoupi, avant de s'habiller sans bruit et de quitter la chambre. Les parents de Delphine étaient en train de boire un café dans la cuisine et les trois se sont salués, ayant encore besoin de temps pour s'apprivoiser plus avant. Personne n'avait évoqué la nuit de noces, mais Remangeon est sûr que les deux vieux y ont pensé, peut-être avec un brin de nostalgie.

Une fois le gendarme sorti, le père Alapetite a bougonné dans son dos :

— Où qu'c'est qu'y va, comme ça ?

— Ben, courir. C't'un militaire.

— Ah.

Une nappe de brume matinale s'étale sur la campagne environnante. Guère plus de deux ou trois mètres de hauteur, s'attardant dans les prairies vallonnées à l'herbe haute et humide et à la lisière des bois. Spectacle simple, récurrent et habituel par là, mais il réalise à cet instant la magie du monde lorsqu'il se réveille ainsi. En dehors des oiseaux, du martèlement régulier de ses pas sur le chemin dur et de sa respiration, tout est calme, feutré. Regardant autour de lui, Fabrice réalise que cette brume est une émanation de l'âme de la Sologne. C'est le réceptacle de son histoire, le catalyseur de ses traditions, le révélateur de tous ses mythes et la tombe immatérielle et silencieuse de toutes les âmes de ses anciens, hommes et bêtes. Lui aussi, un jour, il cessera d'y courir au matin pour s'y fondre et s'y incorporer à jamais, devenant le fantôme d'un souvenir. On racontera peut-être alors aux petits Solognots que, par matin de brume, on peut parfois apercevoir un gendarme qui court. Un gendarme un peu sorcier.

Alors qu'il module sa foulée dans une partie descendante pour garder un rythme égal, une masse sombre attire son attention à l'horizon, sur sa droite. Il s'arrête, frappé par le spectacle du grand coiffé qui s'imprime en contre-jour sur l'arrière-plan filandreux. L'animal s'est immobilisé à son tour et Fabrice a l'impression qu'il l'observe un instant, lui le coureur frêle, avant de lever la tête, jetant en arrière ses bois puissants aux nombreux cors. Le cerf fait ensuite quelques pas dans l'herbe pour gagner un sous-bois où il s'enfonce, se soustrayant à la vue du militaire qui reprend sa course après quelques secondes de recueillement, chargé d'une énergie et d'une détermination nouvelles.

Deux cents mètres plus loin, le chemin plonge dans un boqueteau où se dressent des pins laricio, des frênes, des châtaigniers et des chênes. Les frondaisons sont dégarnies et le soleil pâle joue entre les fûts sombres des troncs et les larges mains noires des branches, créant un jeu d'ombres et de lumières qui absorbe la silhouette en mouvement du gendarme comme un manège d'illusions sylvestres. Fabrice sourit intérieurement en pénétrant le sous-bois aux riches odeurs de mousse, de terre et de feuilles en décomposition.

Je suis chez moi.

Bibliographie sélective

Jeanne Favret-Saada, *Les Mots, la mort, les sorts, sorcellerie dans le bocage*, Éditions Gallimard, coll. Folio Essais, 1985.

Devenu un classique de l'ethnologie, cet essai se proposait d'étudier la sorcellerie telle qu'elle se pratiquait encore au début des années soixante-dix en France. Vite confrontée à l'incompatibilité de sa démarche d'ethnologue — basée sur l'échange verbal — avec le sujet étudié — discours de pouvoir où chaque mot peut être une arme —, la chercheuse du CNRS n'eut pas d'autre choix que de s'impliquer personnellement dans le discours de la sorcellerie pour en tenter une analyse, avec tous les risques que cette redéfinition impliquait…

Philippe Alfonsi, Patrick Pesnot, *L'Œil du sorcier, une histoire d'envoûtement aujourd'hui en France*, Éditions Robert Laffont, 1974.

Cette fiction journalistique située au cœur du Berry entre Indre et Cher permet de mieux comprendre — sur la base d'investigations et de faits réalistes romancés — l'enchaînement des événements, des discours et des attitudes dans une affaire typique de sorcellerie rurale, à l'heure où les missions spatiales américaines se multiplient sur la Lune, proposant un préalable idéal à l'essai de Jeanne Favret-Saada.

Bertrand Hell, *Sang noir : chasse et mythe du sauvage en Europe*, Éditions L'Œil d'Or, 2012.

Cet ouvrage signé par un anthropologue spécialiste du chamanisme offrira de nombreuses clefs de compréhension aux lecteurs souhaitant s'initier aux symboliques de la chasse et de l'ensauvagement. Renouant les fils distendus des pratiques modernes à leurs significations antiques, Bertrand Hell replace la chasse dans son contexte originel, celui d'une expérience régressive et extatique, pour convier son lecteur à redécouvrir une fascinante cosmogonie du sauvage européen. Fondamental et captivant.

DU MÊME AUTEUR

LA FILLE DE LA PLUIE, Série Noire, 2013.

Composition : APS Chromostyle.
Achevé d'imprimer
sur Roto-Page
par l'Imprimerie Floch
à Mayenne, le 4 mai 2016.
Dépôt légal : mai 2016.
Numéro d'imprimeur : 89714.

ISBN 978-2-07-014968-1 / Imprimé en France.

287362